U0659275

英国20世纪实验小说的叙事研究

于 淼 孙 舒 著

哈尔滨工程大学出版社

Harbin Engineering University Press

内容简介

本书以英国20世纪实验小说为研究对象,探寻了实验小说中的叙事特征,梳理了实验小说的社会文化背景、主题特征等,并详尽阐释了安妮塔·布鲁克纳小说中的女性叙事、玛格丽特·德拉布尔小说中的元小说叙事、安吉拉·卡特小说中的拼贴叙事、朱利安·巴恩斯小说中的历史叙事等。本书对实验小说多样化的叙事技巧进行充分解读,使读者更好地品味这种独树一帜的创作风格,领悟实验小说作品的内涵。

本书适合相关领域的研究者及文学爱好者阅读、参考。

图书在版编目(CIP)数据

英国20世纪实验小说的叙事研究/于淼,孙舒著. —
哈尔滨:哈尔滨工程大学出版社,2022.7
ISBN 978 - 7 - 5661 - 3611 - 4

Ⅰ.①英… Ⅱ.①于… ②孙… Ⅲ.①小说研究 – 英
国 – 20 世纪 Ⅳ.①I561.074

中国版本图书馆 CIP 数据核字(2022)第 123737 号

选题策划	邹德萍
责任编辑	张　曦
封面设计	李海波

出版发行	哈尔滨工程大学出版社
社　　址	哈尔滨市南岗区南通大街 145 号
邮政编码	150001
发行电话	0451 – 82519328
传　　真	0451 – 82519699
经　　销	新华书店
印　　刷	哈尔滨午阳印刷有限公司
开　　本	787 mm × 960 mm　1/16
印　　张	13.25
字　　数	280 千字
版　　次	2022 年 7 月第 1 版
印　　次	2022 年 7 月第 1 次印刷
定　　价	59.80 元

http://www.hrbeupress.com
E-mail:heupress@ hrbeu. edu. cn

前　言

　　20 世纪初,伴随科学技术的迅猛发展,世界局势动荡不安,英国国内阶级矛盾激化,传统的权威观念及宗教信仰受到了怀疑,从而出现了普遍的精神及思想道德危机。与此相对应的,20 世纪的英国文学经历了深刻的变化和巨大的发展:一方面是传统写作手法的延续和对现实的抨击,另一方面是创作手法的实验和革新以及这两方面的糅合和交叉。正如英国著名小说家和文学评论家戴维·洛奇所说:"20 世纪的英国文学就如同钟摆一样,有规律地在现代主义和反现代主义之间来回摆动,而摆动的周期大约是十年。"伴随着女权运动、后结构主义、新历史主义等后现代主义思潮的涌入,英国小说也进入了一个实验型的时代。实验小说是用来和传统小说进行区分的,指的是小说家为了在小说的内容、形式、体裁和技巧等方面不受传统的束缚,而选择对小说进行创新性的尝试,在这些方面进行大胆实验的小说家被称为实验小说家。实验小说在创作理论上打破现实主义小说所设立的叙事结构,发掘生活中隐藏在现象背后的种种无形的可能,披露人物生活的实质,表达人物内心的需要。实验小说家们挣脱了传统英国文学的桎梏,主张自由自在、不受任何规则束缚的文学创作,注重对叙事方式的详解,在小说的故事构思和写作技巧方面不拘一格,崇尚片段式的,甚至精神分裂式的结构,追求迷宫式的故事情节,故事的结局往往是戛然而止的、短路式的,留下悬念,为读者提供广阔的想象空间。人们仔细品味实验小说,就能体会这种无规则地创作出来的作品实质上又在新的意义上形成了新的规则,摒弃传统的价值标准,探求新的价值标准。实验小说使得20 世纪的英国文学创作的面貌为之一新,独特的叙事特点引起了国内外评论家的广泛关注和研究。

　　本书分享了具有代表性的实验小说家的作品,讲述了著者对文学理论、文学作品和文学现象的认识与理解,是集 20 世纪英国实验小说发展史简述、作家评传、故事梗概和作品叙事分析为一体的读物。目前国内虽然还没有除本书外其他的关于20世纪英国实验小说的专著出版,但是实验小说中的叙事却具有独树一帜的风格,非常值得探究。本书概括地介绍了20世纪英国实验小说产生的社会文化背景,追溯其发展渊源。作为作家评传,本书详尽介绍了九位主要作家的生平、创作源流和思想观点,以及他们的小说的创作理念和观点、创作倾向及风格特点,并且着重介绍了他们具有代表性的作品中独特的叙事艺术。因此本书的撰写目的,一方面是将著者对于这一时期实验小说作品的理解及叙事技巧的研究进行梳理和总结;另一方面则是期望能够对实验小说的研究和叙事理论的发展贡献一点力量。

本书属于文学的主题和叙事学研究,在研究过程中主要采用叙事学和文本细读的方法。本书与以下项目有关,并作为其研究成果:1.叙事学视角下阿莉·史密斯小说的研究(17WWD223,黑龙江省哲学社会科学研究规划项目);2.英国实验小说文本研究(12542119,黑龙江省人文社会科学项目);3.安吉拉·卡特民族童话的马克思主义女性主义研究(18WWC245,黑龙江省哲学社会科学研究规划项目);4.安吉拉·卡特民族童话重构中的小说趋向性研究(UNPYSCT – 2018108,黑龙江省教育厅普通本科高等学校青年创新人才培养计划)。本书各章节撰写分工如下:第一章、第二章、第六章、第八章、第十章和第十一章由哈尔滨师范大学的于淼撰写;第三章、第四章、第五章、第七章和第九章由齐齐哈尔大学的孙舒撰写。

理论探究无止境、学术研究无疆界。由于著者水平有限,书中尚存在不足之处,真诚希望学界同行和其他读者批评指正,提出宝贵意见。

著　者

2022 年 5 月 28 日

目　　录

第一章　20世纪的英国小说及其社会文化背景

第一节　20世纪英国社会背景

20世纪是世界历史也是英国历史最重要的一个世纪,无论是政治经济体制还是教育科学文化都发生了翻天覆地的变化。对于英国来说是由盛到衰,动荡不安的年代,资本主义社会的根本矛盾更加激化尖锐,在政治经济、思想文化、阶级关系、教育体制等方面都陷入了深深的危机。而文学作品呈现的是社会变化,小说正是以其自身的特点记录了20世纪英国社会的变化。

一、战争伤痕

两次世界大战给英国带来了前所未有的影响。

第一次世界大战,英国作为战胜国之一,占领了更多的领土,因此建立了历史上的大英帝国,领土面积约占世界陆地总面积的四分之一,并且工党取代自由党成为英国的第二大党。

第二次世界大战给英国更是带来了双重影响。一方面,由于美国的压力和殖民地民族独立运动的兴起等因素,战后的英国不得不同意其大部分的殖民地获得独立权。另一方面,由于战争需要而进行的经济政治改革,使英国社会的阶级关系趋于平等,但是20世纪30年代的经济萧条和贫富差距给大多数人带来灾难。英国在资本主义世界中的经济地位逐渐被削弱,遭受的沉重打击在其政治以及民族心理等方面留下了深刻的伤痕,曾经的民族自豪感和自信心几乎完全丧失,并且很难修复。

二、帝国衰退

19 世纪中叶,英国是第一个完成工业革命的国家,工业生产总值为世界第一,被称为"世界工厂"。并且因为它的殖民地遍布世界各地,据称每 24 小时就会有一个挂上英国国旗的殖民地,因此也被称为"日不落帝国"。但是第一次世界大战使它丧失了海上霸主的地位,出口贸易额也被美国超过,成为世界第二;第二次世界大战使它被美国、德国、法国等国家甩到了后面,国际地位急剧下降,殖民帝国瓦解。

1956 年 10 月的苏伊士运河危机事件,意味着英国在世界列强中巨无霸地位的终结。"冷战"对于世界的影响在逐渐加剧,迫使英国在 1973 年加入了欧洲经济共同体(以下简称欧共体),试图在其中发挥积极主动的作用。一部分英国人认为,成为欧共体的一员有利于英国经济、社会和文化发展;另一部分英国人认为,加入欧共体就意味着放弃了英国的传统,甚至是唯他国马首是瞻。

三、政治状况

第一次世界大战后,英国的两大党派为保守党和工党。工党的崛起是工人运动发展的结果,并且在领导工人进行合法斗争方面起着重要的作用,其积极进取的政治努力和温和的社会政策对英国社会的发展起到重要的作用。

比如工党在 1945 年大选获胜后,1946 年颁布了国民保险法、1948 年颁布了国民救济法等。而保守党能够在政党地位交替中维持自己的大党地位,不仅因为其自身的特点,也在于其能够顺应时代及时调整。另外虽然英国的很多领域都处于世界领先的位置,但是它是一个以"保守"而著称的国家,谨慎保守的改革是这个国家的重要特征。英国工党右翼理论家克洛斯兰在 1956 年出版的《社会主义的未来》一书中指出,第二次世界大战之后,英国的无产阶级和资产阶级都发生了显著的变化,并且出现了中间阶级。

新的中间阶级分子,经济地位和教育水平已经提高,但是一时之间难以获取相应的社会地位,因而没有得到足够的机遇和尊重,产生了怨愤的情绪,这也是"愤怒青年"运动的根源。

四、经济改革

1936 年,凯恩斯在《就业、利息和货币通论》中指出,资本主义经济危机和事业的根源是有效需求不足。第二次世界大战之后,英国工党和保守党政府采用了凯恩斯主义经济政策,实施"需求管理",通过增加支出和扩大财政赤字来刺激消费和投资。并且在国家干预的凯恩斯主义无济于事的时候,转向强调货币主义。撒切尔夫人上台执政后,组成了推行货币主义经济政策的内阁,调整英国的经济结构。1981 年 5 月以后,英国的经济开始稳步上升,持续增长,超过了欧共体平均增长率,成为"西欧经济火车头",撒切尔夫人的经济改革取得了明显的效果。

五、民族、种族冲突

英国是一个多民族的国家,并且各区域实行民族区域自治。北爱尔兰虽然人口较少,但是却存在极其尖锐的民族矛盾,并且宗教信仰和语言都与英格兰人有差别,因此很难融合。爱尔兰人为了争取自由和独立,数百年来一直在不断地抗争。除此之外,英国平均每年大概有两万名移民,白人在英国占 94%,并且拥有较高的社会地位;有色人种的移民大多数文化程度低、经济状况差,在住房、教育、职业等方面都得不到公平的待遇。

六、信仰危机

1901 年,维多利亚女王的去世标志着英国历史上一个重要时期的结束,而这一时期在信仰方面的主要特点就是对权威的服从和恭顺,对各个方面的权威观念要不持任何异议地接受。但是很多作家不愿意盲从或者受传统观念的约束,对"维多利亚信仰"发出了激烈的批评,他们抨击宗教的"旧迷信"和科学的"新迷信"。人们的价值观念和思想信仰处于新旧交替的阶段,大规模的社会改革政治运动开始活跃。

七、科技发展

作为世界上第一个进行工业化革命的国家,英国在 20 世纪科技迅猛发展。1993 年,英国政府发表了《实现我们的潜能》的白皮书,对科技发展进行了预测,并且制定了科技发展规划以及创新战略。汽车、电话等的使用改变了社会和人们的思维方式和生活习惯。

著名的物理学家爱因斯坦提出了相对论；奥地利心理学家弗洛伊德提出了支配个人活动的基本动力是人的潜意识中的本能。这些都毫无疑问地动摇了大部人对于道德和意志的信心。并且科技在造福人类的同时也带来了生态环境恶化、人口爆炸、能源危机等严重问题，这引发了人们对"科学技术合理性"的质疑与反思。

八、女权运动

女权运动也称为女性运动或者妇女解放运动，即反对歧视女性，使女性获得应有的社会地位和权利，实现两性权利完全平等的社会运动。

英国的女权运动随着法国大革命一起展开，比较著名的是玛丽·沃斯通克拉夫特的《女权辩护》一书，其中心内容是唤醒女性意识，为妇女争取平等的权利，提倡女性要在教育、工作、政治等方面享有和男性平等的权利。

1870 年，英国议会通过了《已婚妇女财产法》，这表明英国妇女开始拥有独立的财产权；随着《人民代表法案》的发布，英国女性获得选举权。

1909 年 3 月 8 日，美国芝加哥女工举行了声势浩大的示威游行，要求增加工资，实行 8 小时工作制，并且宣布这一天为"国际劳动妇女节"，毫无疑问这是全世界女性斗争的一个重大胜利。

第二次世界大战后，法国女作家西蒙娜·德·波伏瓦在 1949 年出版了《第二性》，美国女作家贝蒂·弗里丹在 1963 年出版了《女性的奥秘》，这两本书在国际上产生了巨大的影响，将女权主义推向了高潮。

20 世纪 60 年代以来，女权主义者的关注重心从谋求与男性同等的地位转移到思想领域，借鉴各种后现代理论对各个领域中的性别歧视提出挑战，并且尝试运用女权主义的理论进行修正和补充。但是女权主义者并没有放弃对平等和解放的要求，而是已经超越了政治领域，进入更加广阔的文化领域，女权主义理论也成为学界关注的热点之一。英国也随之产生了很多女权小说家，出现了许多关于女性的文学作品。

九、社会文化思潮

社会文化思潮，是一定历史时期内人们政治、经济、文化等思想的产物，而社会存在和社会实践决定了社会意识和社会思潮。第二次世界大战之后，英国维多利亚传统价值观念彻底崩溃，并且促使文化价值观念的国家化和平民化。

随着 1945 年大选,工党候选人艾德礼的上台,建设"福利国家",保障人民权益和社会改革的思潮开始在全英国展开。凯恩斯主义经济政策曾经一度发挥积极作用,使英国的经济复苏。但是到了 20 世纪 50 年代,负面影响逐渐暴露,使得经济朝向"病态"发展。人们站在不同的立场,思考着英国的前途和人类的命运,出现了以莱斯利·保罗和金斯利·艾米斯为代表的"愤怒青年"。而 20 世纪 60 年代英国出现了通货膨胀,经济衰退对传统价值观念产生巨大影响,造成了精神失落和信仰危机,并且女权运动的日益高涨,性解放运动的泛滥,同性恋合法化、公开化等社会变化对传统文化造成了强烈的冲击。

20 世纪 70 年代,英国加入欧共体以后,在经济、思想和文化上都向欧洲靠拢,一些英国作家,如 B.S. 约翰逊、安·奎因和艾伦·谢利丹等人对小说形式进行了实验性的探索和革新。20 世纪 80 年代,撒切尔夫人成为英国历史上第一位女首相,英国保守主义时代随之开始,在她的领导下,英国的经济状况不断好转,成为欧洲经济增长率最高的国家,被称赞为"撒切尔奇迹"。

20 世纪 90 年代,英国坎特伯雷大主教特别委员会在《城市的信仰》报告中指出,英国已被极端个人主义思潮所左右,传统价值观念日渐消失,社会的不公平现象日益严重,这势必造成英国实力的减弱。随着布莱尔的"新工党"竞选成功(1997 年),英国开始重建以社会团结、共同使命、公平共享、相互责任为共同理想的英国价值观,构建一个团结一致的"新英国"。

第二节　20 世纪英国小说概述

文学的发展变化是社会、政治、科技等变革的反映,随着英国社会的变化以及欧美各国社会思想的影响,20 世纪的英国文学领域中,一方面是传统写作手法的延续和对现实的抨击,题材上主要是直接、真实地反映社会问题和道德问题,具有浓烈的现实气息和时代内容,并且注重完整的故事情节、人物塑造和细节描写的真实性和客观性;另一方面是创作手法的实验和革新以及这两方面的糅合和交叉,热衷于标新立异,抛弃传统的叙事规则,对小说从主题、结构和语言等方面都进行了一系列的改革和实验,侧重通过复杂多变的内心世界和意识活动反映客观世界,从特别的角度反映社会现实。

英国小说家和文学评论家戴维·洛奇认为,"20 世纪的英国文学就如同钟摆一样,有规律地在现代主义和反现代主义之间来回摆动,而摆动的周期大约是十年"。二者的交替统治,在不同的阶段成为英国文学的主要倾向,这种状况构成了20 世纪英国文学的一种独特的现象。在钟摆摆动的过程中,这两种主义相互影响,彼此渗透,丰富和深化了文学作品的主题内容和表现形式,使英国文坛呈现精彩纷呈的景象。

总体而言,20 世纪的英国小说可以以两次世界大战为分割线,分为三个阶段,尤其是第二次世界大战是现实主义和后现实主义重要的界限。

一、第一次世界大战以前(1900—1918 年)

这一时期小说的特点是处于从传统到变革的转变过程,主要是维多利亚时代现实主义传统的延续,狄更斯、萨克雷等大师仍然对这一时期的作家有着深远的影响。这一时期现实主义的杰出代表是赫伯特·乔治·威尔斯、约翰·高尔斯华绥以及阿诺德·本涅特等,他们都继承了维多利亚时代的传统写作技巧,他们的作品展现了当时英国社会生活的真实状态。

赫伯特·乔治·威尔斯在其创作生涯中共写作了五十多本小说,还出版了短篇小说集等。他的传世之作《时间机器》以及后来发表的一系列科幻小说为他奠定了作为英国科幻小说创始人的地位。他同法国的凡尔纳并称为现代科学幻想小说的鼻祖。幻想是他的写作特点,他结合现实社会,借助幻想的形象、怪诞的人物和夸张的手法揭示了资本主义社会的各种矛盾和危机。

约翰·高尔斯华绥继承了英国小说幽默讽刺的传统,他的《福尔赛世家》是20 世纪初批判现实主义的代表作,通过一个家族前后四十多年的兴衰变化揭示资产阶级社会的没落,并且讽刺了英国上层阶级的浅薄和狭隘,作品中塑造的人物展现了他的善恶观。

阿诺德·本涅特是典型的运用法国自然主义的写作技巧进行英国题材写作的作家,深受左拉、莫泊桑等法国自然主义作家的影响。他的小说《老妇人的故事》(又译为《老妇谭》)运用照相机式的风格记录了城市几十年的风雨变迁,反映了 19 世纪末至 20 世纪初英国经济和社会结构的发展变化,虽然他没有深刻地批判现实社会,但是流露了时间无情、人生徒劳的消极情绪。

亨利·詹姆斯是英国现实主义小说向现代主义小说过渡的承上启下的人物,他的一生创作了一百多部长、中、短篇小说,出版了十几本文艺批评书籍。在《小说的艺术》一文中,他认为"小说是直接地再现生活的艺术",并且他寻求的是内容与形式的完美结合,他对小说理论做出了重要贡献,对以后的意识流小说的兴起起到了铺垫作用。他的小说对完美典雅的艺术形式的追求和细腻精致的心理刻画尤为突出，并且以献礼现实主义著称，被称为英国现代主义小说的先声。

约瑟夫·康拉德运用象征主义和印象主义同现实主义相结合的创作方法，致力于完美的风格和形式的改革以及小说技巧的探索和实践，对异国风情和冒险故事展开描写，体现了人物在特定环境里内心世界的变化。他的代表作1900年的《吉姆爷》和1902年的《黑暗心灵》都体现了他的写作风格，并且在其作品中还无情地揭露了殖民主义的野蛮荒诞。

E. M. 福斯特也是从传统的现实主义向现代主义过渡的一位重要作家，其代表作《印度之行》和《霍华德庄园》中呈现了探索人与人之间关系的主题，并且运用象征技巧的写作手法对现代主义小说的发展起到了推动作用。

福特·马多克斯·福特在作品《好兵》中采用了明暗对比的印象主义和时间转移的手法，通过对人物心理的描写，揭露了第一次世界大战前英国社会中的各种矛盾。

二、两次世界大战之间(1918—1945年)

这一时期是现代主义小说的黄金时代。第一次世界大战对英国社会造成了强烈的冲击，使各种社会矛盾加剧，人们也开始怀疑传统的价值观念，并且对宗教信仰失去了信心，不少人产生了悲观厌世的情绪。而同时西方各种现代文艺思潮和理论，尤其是法国柏格森的直觉主义、弗洛伊德的心理学理论等传入英国，英国现代主义文学在20世纪20年代达到了创作高峰。

D. H. 劳伦斯是一位把弗洛伊德的心理学说运用到小说中的一个典范，他的小说《儿子与情人》从心理学的角度深入探讨了人与人之间，特别是男性与女性之间的关系；《虹》和《恋爱中的妇女》将个人主题与社会主题完美结合，开始了西方道德领域的革命。

詹姆斯·乔伊斯的出现是英国意识流小说崛起的标志，他的《青年艺术家的画像》运用了现实主义、自然主义、象征和意识流技巧，表现了主人公斯蒂芬·迪德勒心理和精神的成长过程，也是作者从传统到革新转变的标志。《尤利西斯》是标志意识流小说达到登峰造极地步的作品，乔伊斯运用独特的表现手法，将神话、史诗和现实相结合，借古讽今，描绘了现代社会光怪陆离的现象，揭示了人物空虚和混乱的精神世界。

弗吉尼亚·伍尔芙是另一位英国意识流小说的杰出代表，也是英国历史上最重要的女作家之一。她主张小说家在理论上要对传统的现实主义创作手法进行革新,作品要通过人物的内心世界体现主观世界。其代表作《达洛维夫人》奠定了她作为意识流小说家的地位。并且她在之后的《到灯塔去》《浪》等作品中,继续创新和改革小说的艺术风格,将心理时间、内心独白等手法创造性地运用到小说中,对同时代以及以后的作家产生了巨大的影响。

20世纪30年代的经济危机对整个资本主义社会造成了巨大的影响,社会动荡、阶级矛盾加剧。在这种情况下,现代主义的影响已经逐渐衰退,取而代之的是具有鲜明现实主义色彩的社会讽刺小说和左翼文学,这一年代也被称为"红色的三十年代",并且出现了更加关注现实社会问题的新一代小说家。

1939年,斯蒂文·史本德在《新现实主义》中断言:"现实主义在三十年代会重新流行,今天艺术家的倾向是向外转,从内心转向现实,因为形式技巧上的实验已经被证明是没有生命的。"

奥尔德斯·赫胥黎在《克鲁姆庄园》《旋律与对位》中用讽刺的写作手法表现了上层中产阶级社会及知识分子的精神危机。

《衰亡》为伊夫林·沃赢得了讽刺小说家的声誉,并且他在之后的作品中讽刺技巧已经成为其揭露现实生活中荒诞无稽现象的手段。

乔治·奥威尔具有最为鲜明的政治倾向,《动物庄园》和《1984》作为他的政治讽刺作品,阐述了作者带有浓重资产阶级个人主义色彩的社会主义观点,体现了他对极权主义的抨击。

格雷厄姆·格林在《权力与荣耀》等小说中以揭示主人公无辜与罪恶的矛盾心理为主题,阐明作者特有的天主教色彩的善恶观。

这一时期的另外一个特征就是左翼进步文学的兴起。随着工人运动的发展,英国无产阶级文学进入了新的阶段,表现出无产阶级的贫困和觉醒,并且将无产阶级斗争写入了小说,创造出具有鲜明时代内容的作品。

三、第二次世界大战后期(1945年至今)

这一时期即为战后小说时期。第二次世界大战削弱了资本主义世界的地位,改变了国际阶级力量的对比,英国国内的阶级关系也产生了深刻的变化,各种社会矛盾尖锐化,经济状况日见衰竭,传统的价值观念面临着挑战。战后小说的发展变化不稳定,各个创作方向相互掺杂,既有转向历史和现实生活主题的作品,也有体现自我或者某种哲学观念的作品。

在形式结构和表现技巧上,一部分小说保留和发展了现代主义的某些特征,另一部分小说在形式和技巧上进行了极端的创新和变革,很多评论家将这个阶段中的现代主义称为"后现代主义"。以艾略特为代表的诗剧复兴轰动戏剧领域;狄兰·托马斯继承和发展了现代主义诗歌的传统;塞缪尔·贝克特以象征手法表现了人生的虚无和社会的荒诞,流露出对资本主义社会的绝望。

20世纪50年代初期由于战争创伤未愈,阶级矛盾加剧,生活艰难,英国人民的心中充满了不满和愤怒。于是英国文坛出现了一批出身低微、对现实极为不满的青年作家,他们被称为"愤怒青年"。这一称呼因为约翰·奥斯本轰动伦敦剧坛的剧本《愤怒的回顾》而得名。

这些年轻的作家来自中、下阶层,他们目睹了英国战后的悲惨,对资本主义上层社会的腐朽充满强烈的不满,对前途感到空虚茫然,从失望变为愤怒,用严肃的态度讨论道德问题和社会问题。金斯利·艾米斯在《幸运的吉姆》中用幽默的语气塑造了一位喜剧式的"反英雄"角色,抨击了第二次世界大战后英国文化界的现状以及社会道德问题。

20世纪60年代英国社会进入了相对繁荣的阶段,并且实现了工业自动化,科学技术迅猛发展,受法国哲学家萨特的存在主义哲学影响,很多作家都着重从哲学角度探讨当代社会,以及人在社会中的地位与价值,多运用象征等创作技巧。

威廉·戈尔丁被誉为21世纪最具独创性的作家,他的作品不受任何正统观念或者形式的束缚,其小说《蝇王》以现代寓言的形式,阐述了人性之恶的主题。他的小说《通过仪式》于1980年获得英国最高文学奖布克奖,也是他获得诺贝尔文学奖前所写的最后一篇长篇小说。

艾丽丝·默多克是一位多产的作家,她的创作手法沿袭了现实主义传统,深受法国存在主义哲学的影响,她将自己的哲学、美学观点以及人生观贯穿于作品中,她的《在网下》正是一部哲学探索小说。

20世纪60年代的小说没有单一的风格,没有持久的形式,流派纷呈的景象超过了20年代现代主义的鼎盛时期。

1969年,戴维·洛奇在《十字路口的小说家》中指出,在20世纪60年代,许多作家的面前摆着两条可供选择的道路:一是写"非小说",二是写罗伯特·斯科尔斯所称的"胡编"。尼采在19世纪说"上帝死了";福柯在20世纪60年代说"人死了";1968年罗兰·巴特发表了《作者之死》的论文,强调在文学世界里,不是作者支配语言,而是语言造就了作者,作者已经丧失了他原有的权威性和控制权;约翰·巴思提出了"文学衰竭"。这都是强调变革的时代要来临,要打破旧的秩序,

"作者死亡"和"文学衰竭"不过是对创新的期待和渴望。

20 世纪 70 年代,受动荡的国际局势、法国新小说和文学中结构主义思潮的影响,英国小说也进入了一个实验型的时代,其中早期的对小说形式进行探索性试验的作家包括多丽丝·莱辛和约翰·福尔斯。

多丽丝·莱辛的小说《金色笔记》(1962 年出版)用全新的、复杂的叙述结构讲述了一个故事中的故事,分散的形式和内容揭示了作者寻找自我完整的主题。约翰·福尔斯的《法国中尉的女人》(1969 年出版)运用各种实验策略对维多利亚时代的特点和历史进行了分析和重构,又以维多利亚时代的观点对现代社会进行了审视。

这一时期,实验小说大量涌现,有的甚至走向了极端,出现了以 B. S. 约翰逊为代表的"形式革新派"。英国小说中的两种倾向相互贯通,兼容并蓄。

富于创造性的 20 世纪 60 年代的小说家把小说形式推到了边缘,因此相对萧条的 20 世纪 70 年代更像是 20 世纪 80 年代的过渡期。马尔科姆·布拉德伯里在《现代英国小说》(1993 年出版)中用"摇摆的 60 年代"和"萎靡的 70 年代"来形容这二十年的英国小说。

20 世纪 80 年代,结构主义、后结构主义、女权主义、新历史主义等后现代主义理论的涌现,对传统的英国小说创作发出了前所未有的挑战,英国年轻一代的作家借鉴后现代主义理论,试图在小说的题材和写作手法上对传统现实主义与现代主义有所突破。而随着这一代不受传统约束的小说家的崛起,英国小说创作进入了一个"黑色幽默"时期。

马丁·艾米斯、伊恩·麦克尤恩和巴恩斯等作家给死气沉沉的英国文坛注入了新的活力,使英国小说重新进入了一个极富创造性的时期,并且英国文学史上出现了前所未有的现象—— 一批少数民族小说家在文坛异军突起。

英国印度裔小说家萨曼·鲁西迪凭借《午夜之子》(1981 年出版)一举成名,震惊英国文坛,并且获得了 1982 年的英国布克奖。他在小说中把现代主义、后现代主义以及魔幻现实主义等技巧全部糅合在一起,开创了 20 世纪后期英国小说的新时代。英国日本裔作家石黑一雄所写的《群山淡景》(又译为《苍白的丘陵》,1982 年出版)和《浮世画家》(又译为《浮世中的艺术家》,1986 年出版)充满了东方情调和日本特色,为英国小说增添了异国风采。

20 世纪 80 年代末至 90 年代初,小说家们并没有发起统一的或者清晰的文学运动,对小说也没有明确的概念,英国小说正在经历一个国际化的过程,小说风格也趋于多样化,呈现了异彩纷呈的局面。

在20世纪英国小说的发展过程中,有时候是现实主义占据主导地位,有时候是实验主义占据主导地位。这种变化带有一定的规律性,其实也是资本主义社会经济周期变化的一种反应。

正如戴维·洛奇用"钟摆"的比喻,形容20世纪的英国文学在现代主义和反现代主义之间交替更迭轮流支配,摆动的周期大约是十年。但事实上如果将20世纪的小说潮流变更理解为现实主义和实验主义之间摆动更为恰当,钟摆真正停止摆动的时间,是在后现代小说出现的20世纪80年代到90年代,而后现代主义的定位是偏于实验主义那一侧的。

20世纪英国小说的发展是在现实主义和实验主义之间循环往复,引起这一变化的原因除了政治经济因素和社会思潮的变化外,还有各个学科之间的相互影响,比如爱因斯坦的相对论和柏格森的心理时间理论,这些对20世纪英国小说的发展都起到了推动的作用。

参 考 文 献

[1] 巴赫金. 文本对话与人文[M]. 白春仁, 晓河, 周启超, 等译. 石家庄: 河北教育出版社, 1998.

[2] 程爱民. 20 世纪英美文学论稿[M]. 上海: 上海外语教育出版社, 2002.

[3] 马丁. 当代叙事学[M]. 伍晓明, 译. 北京: 北京大学出版社, 1990.

[4] 罗钢. 叙事学导论[M]. 云南: 云南人民出版社, 1994.

[5] 热奈特. 叙事话语: 新叙事话语[M]. 王文融, 译. 北京: 中国社会科学出版社, 1990.

[6] 阮炜, 徐文博, 曹亚军. 20 世纪英国文学史[M]. 青岛: 青岛出版社, 1998.

[7] 申丹. 叙述学与小说文体学研究[M]. 北京: 北京大学出版社, 1998.

[8] 米勒. 解读叙事[M]. 申丹, 译. 北京: 北京大学出版社, 2002.

[9] 申丹, 韩加明, 王丽亚. 英美小说叙事理论研究[M]. 北京: 北京大学出版社, 2005.

[10] 谭君强. 叙事理论与审美文化[M]. 北京: 中国社会科学出版社, 2002.

[11] 巴尔. 叙述学: 叙事理论导论[M]. 谭君强, 译. 北京: 中国社会科学出版社, 2003.

[12] 洛奇. 小说的艺术[M]. 王峻岩, 译. 北京: 作家出版社, 1997.

[13] 王岳川. 后现代主义文化研究[M]. 北京: 北京大学出版社, 1992.

[14] 王佐良, 周珏良. 英国二十世纪文学史[M]. 北京: 外语教学与研究出版社, 1994.

[15] 张和龙. 战后英国小说[M]. 上海: 上海外语教育出版社, 2004.

[16] 张杰. 复调小说理论研究[M]. 桂林: 漓江出版社, 1992.

[17] 周宪. 20 世纪西方美学[M]. 南京: 南京大学出版社, 1997.

[18] 朱立元. 当代西方文艺理论[M]. 上海: 华东师范大学出版社, 1997.

[19] 蒋承勇. 英国小说发展史[M]. 浙江: 浙江大学出版社, 2006.

[20] 汪小玲. 美国黑色幽默小说研究[M]. 上海: 上海外语教育出版社, 2006.

[21] 布斯. 小说修辞学[M]. 付礼军, 译. 南宁: 广西人民出版社, 1987.

[22] 弗洛伊德. 论文学与艺术[M]. 常宏, 译. 北京: 国际文化出版公司, 2001.

[23] 柯里. 后现代叙事理论[M]. 宁一中, 译. 北京: 北京大学出版社, 2003.

［24］马新国.西方文论史［M］.北京:高等教育出版社,2002.

［25］波伏娃.第二性［M］.李强,译.北京:西苑出版社,2011.

［26］阮炜.社会语境中的文本:二战后英国小说研究［M］.北京:社会科学文献出版社,1998.

［27］钟鸣.英国后现代现实主义小说探析［J］.外国文学研究,1999(1):38－43.

［28］张若昕.二战后英国女性实验小说的创作特征［J］.沈阳师范大学学报(社会科学版),2021(5):78－83.

［29］李军.英美女性实验小说传统及其先验创作的特征［J］.求是学刊,2008(3):119－124.

［30］李军.妇女与现代的组合:现当代英美女性实验小说传统分析［J］.哈尔滨学院学报,2006(6):52－58.

［31］宋虎堂.论左拉的《实验小说论》［J］.海南师范大学学报(社会科学版),2014(9):89－92.

［32］赖骞宇.《项狄传》:西方早期的实验小说［J］.名作欣赏,2009(11):71－73.

［33］李松岳.论中国实验小说对法国新小说的吸纳与变异［J］.文艺争鸣,2008(12):158－161.

［34］姚公涛.实验室里的耕耘和收获:罗布・格里耶实验小说浅论［J］.盐城师范学院学报(人文社会科学版),2006(1):54－61.

［35］钱青.多种多样的当代美国实验小说［J］.外国文学,2002(6):30－37.

［36］李维屏,杨理达.英国第一部实验小说《项狄传》评述［J］.外国语(上海外国语大学学报),2002(8):53－58.

［37］方笑君.当代英国文学的走向:新潮实验小说一瞥［J］.兰州商学院学报,2002(2):117－120.

［38］邓小琴.关于实验小说语言及其研究［J］.语文研究,1995(7):47－52.

［39］周芷汀.后现代主义小说的文本策略及其转向［J］.浙江师范大学学报,2004(6):33－37.

［40］余军.美国新现实主义小说研究［D］.苏州:苏州大学,2013.

［41］ARISTOTLE. Poetics［M］. New York:Norton Press,1973.

［42］MIEKE B. Narratology［M］. Toronto:University Toronto Press,1997.

［43］WAYNE B. The rhetoric of fiction［M］. Chicago:University of Chicago Press,1983.

［44］CHATMAN,SEYMOUR. Storyand discourse［M］. London:Cornell University Press,1983.

［45］KEARNS,MICHAEL. Rhetorica lnarratology［M］. London:University of Nebraska

Press,1999.

[46] CURRIE,MARK. Postmodern fiction theory[M]. New York:ST. Martin's Press,1998.

[47] GENETTE G. The narrative discourse[M]. Oxford:Basil Blackwell Press,1979.

[48] DOWDEN,BRADLEY. The internet encyclopedia of philosophy[M]. Sacramento: California State University,2006.

[49] DAVID H. Narratologies:new perspectiveson narrative analysis[M]. Ohio:Ohio State University Press,1999.

[50] ABBOTT H P. The cambridge introduction to narrative[M]. Cambridge:Cambridge University Press,2008.

第二章　20世纪英国实验小说及其叙事特征

第一节　20世纪英国实验小说概述

实验小说的产生和发展与英国的政治经济状况变化是分不开的。随着全球性后工业社会的到来,越来越多的英国作家发现,传统的现实主义创作方法不能够有效地描述社会现实。

尽管还有小说家继续运用现实主义的创作方法,但是很多人已经对这种叙述方法产生了厌倦情绪,并且对其的描述产生了怀疑和反驳。这也说明曾经在19世纪辉煌一时的英国现实主义小说到20世纪中期已经发展到一个终点,陈旧的创作模式已经难以反映当时英国社会面对的新现实。

实验小说因此应运而生,具有多元文化思想色彩的作家们以其与众不同的文学思维方式,使英国文学进入了一个极富创造性的时期,丰富了英国文学固有的内涵。

英国实验小说的发展历程,按照时间顺序大致可以划分为四个阶段:第一阶段是20世纪30年代全第二次世界大战结束,萌芽期;第二阶段是20世纪40年代中期至50年代,蜕变期;第三阶段是20世纪60年代至70年代,繁荣期;第四阶段是20世纪80年代至今,发展期。

一、第一阶段:20世纪30年代至第二次世界大战结束

20世纪20年代至30年代初,青年小说家们发起了反对传统文学的运动,比如

抵制顽固说教、传统小说叙事模式等。越来越多的青年小说家加入其中,许多作家运用创新的文学形式来对抗维多利亚时期的传统,并且通过反传统的话语模式来揭示资本主义社会下人们极度空虚的精神状态。这一阶段的特征为实验小说家在作品中进行潜意识的实验和实践。

弗洛伊德的心理学说对英国文学创作产生了极大的影响,促使了以詹姆斯·乔伊斯和弗吉尼亚·伍尔芙为代表的意识流小说的产生,成为英国当时的潮流,也体现了实验主义在英国的萌芽。

意识流小说的突出特点是打破了传统小说的表达形式,模糊了时空界限,进行立体交叉式的描写,故事的叙述不是按照时间顺序依次沿直线前进,而是随着人物的意识活动,通过自由联想来组织故事,故事的安排和情节的衔接不受空间和时间的限制。

英国意识流小说虽然开始于现代主义时期,但是却体现了浓郁的实验性,打破原有的叙事传统。乔伊斯的《尤利西斯》被认为是充满实验性和革新性的意识流长篇小说,它描述了三个人物在十八个小时内展示的三十年时间延伸的意识流动,同时借用了《圣经》《奥德赛》等经典文学作品刻画小说中的人物形象。

乔伊斯的这部意识流小说还运用了互文性、戏仿、情节碎片化、拼贴式的叙事策略使之达到了讽刺的效果。并且乔伊斯还对小说进行了语言艺术的革新,抛弃了传统的词语构建模式,创造新词、使用双关语,这是一种玩弄语言的游戏,通过语言描述反映整个爱尔兰民族乃至整个欧洲社会的意识状态。

这一时期另一位重要的意识流小说家弗吉尼亚·伍尔芙在其作品《达洛维夫人》中,通过描述达洛维夫人一天的生活和意识流动的轨迹,向我们展示了英国上流社会人们的生活状况以及第一次世界大战前后的整个英国社会。她采用意识流技巧,跨越时空的界限,用物理时间上的一天来表现人物心理时间上的一生。伍尔芙认为:"小说应该超越作品中的具体的、个人的关系,去探讨有关人类命运和人生意义等更为广泛的问题。"同时,作为女性主义的先锋,她的作品强调了女性话语的权力意识,显示了浓郁的女性话语特征,被认为是女性主义批评的先驱。伍尔芙的作品表现出了超前的实验性,其前卫的思想观念为审视维多利亚时期传统的历史和社会提供了新的视角,并且对实验主义与女性主义批评的发展提供了多方面的启示。

二、第二阶段:20 世纪 40 年代中期至 50 年代

这一时期第二次世界大战刚刚结束,整个世界都在缓慢复苏,虽然有一些通过

小说表达对现实社会不满的"愤怒青年",但是也涌现了以劳伦斯·德雷尔为代表的许多实验小说家,尤其出现了以多丽丝·莱辛、玛格丽特·德拉布尔为代表的女性小说家,从女性角度描写妇女的生活,同时也关心社会问题,思考、探讨人类的生存状况。

文学思潮从现代主义向后现代主义的转变表明了这一时期的实验小说属于蜕变期。这一时期的小说家都是有意识地通过实验来使小说拥有新的创作模式,以期建构和反映新时代下的社会事物,并强调语言的中心地位、多元化的叙事手法等。

这一时期的小说家在坚持不断地探索反映战后英国社会现实的新模式,西利托坚信"新的东西一定会出现,虽然我还不能确定这新东西将会是什么,但它肯定是某种直接影响到每一个人的东西"。

这个所谓的"新东西"即实验主义小说所寻求的能够表现战后英国社会现实的新方式。布雷奇特尤其强调,这种善于发现人类社会最新变化的作家本能促使英国小说家能够不断实验新的文学形式。如西利托、麦金尼斯、赛尔文、斯帕克等战后英国小说家坚持实验主义,自由运用间接引语、内心独白、集体说话声音、意识流、隐喻、象征等叙述方式和策略,探索重建英国文化,表现出鲜明的实验主义特征。

缪丽尔·斯帕克的作品被认为"怪",她的作品充满了实验与创新精神,并且重点体现了元小说创作的超前实验性。她的长篇小说《安慰者》(1957年出版)为英国实验主义的元小说叙事奠定了基础。1970年,美国小说家威廉·加斯的《小说与生活中的人物》(1970年出版)中首次出现了"元小说"这一概念。

对比上述两位作家对元小说使用的时间可见,斯帕克的小说创作具有明显的超前性和实验性,并且在元小说创作的同时,她对小说本身的虚构性进行了解释和评论,这说明斯帕克对小说的形式以及暴露其创作过程非常重视。

《安慰者》一开始就告诉读者,小说的人物全部都是虚构的,主人公也一再告诉读者,人物全部是虚构的。这种解释故事虚构的个性话语行为在小说中十分明显,表明斯帕克对小说进行了作者干预,引导读者在阅读小说的过程中不自觉地参与了小说的创作,其目的是让读者认清小说的虚构性本质,并且对存在的现实进行思考和对比。此外,斯帕克的元小说创作也表现了明显的互文性和诗歌语言简洁凝练的特点。

多丽丝·莱辛一生共创作了27部小说,《野草在歌唱》(1950年出版)反映了希望自由平等和解放女性困境的思维意识,作品中的人物具有不确定性的特点,包含了后殖民主题的伦理叙事。《暴力的孩子们》是莱辛表达人文主义气息和捍卫女权的代表作,具有话语转向的实验特点。

三、第三阶段:20世纪60年代至70年代

这一时期是实验小说的繁荣期。20世纪60年代是整个世界都处在动荡不安的十年,学生运动、女权运动等相继在欧美大陆展开,文学领域也随之发生了变革。英国出现了"实验诗歌派",德国出现了"新先锋派",同时英国的小说家们也顺应时代潮流开始改革和创新。

B.S.约翰逊作为英国的先锋实验派小说家的先驱人物,对小说的形式进行了创新;约翰·福尔斯对小说的叙事方式进行了革新;安格斯·威尔逊对小说的语言进行了创新,并且他的小说标志着英国小说从现实主义向实验主义转变。

而这一时期也涌来了许多的女性作家,以女性为关注对象,如对女性的生存状态与内心世界进行探索和描写的玛格丽特·德拉布尔;还有擅长语言艺术、对单身女性生活进行细腻描写的安妮塔·布鲁克纳等。

20世纪70年代中期,英国小说进入了创造性的新时期,并且出现了很多新一代的小说家,他们接受过良好的教育,受后现代主义的影响,创作的小说追求新颖。

代表作家如擅长心理刻画以及带有震慑效果的马丁·艾米斯;语言精练,融趣味性、艺术性、思想性为一体的朱利安·巴恩斯;探讨个人经历与历史事件之间关系的格雷厄姆·斯威夫特;善于对历史事实进行再创作的彼得·阿克罗伊德等。此外,随着英国前殖民地的纷纷独立,亚非拉民族解放运动的发展,还有很多少数族裔的作家,如"英国移民三杰":V.S.奈保尔、萨曼·鲁西迪、石黑一雄。

20世纪60年代至70年代的很多小说家的小说都是早期实验性的探索,可以说是向成熟的实验性迈进,许多作品都被认为是实验小说的经典作品。

约翰·福尔斯是一位擅长模仿更懂得创新的小说家,他的艺术创新体现了对传统的兼收并蓄,又体现了他革新传统的勇气和魄力。在《法国中尉的女人》中,福尔斯运用了各种实验手段,用颠覆性的叙事手法构建了虚实相交的文本,揭示了虚构与真实的不确定性。并且这部小说的实验性还体现在运用了包括戏仿、元小说等后现代主义叙事策略,并且设置了开放性的结尾挑战传统小说,留给读者选择和思考的余地,读者成为小说游戏中的参与者,超越文本世界的范畴,和作者一起共同"创造"小说。这种游戏性、开放性的结尾打破了传统小说一贯坚持的内在意义、行为和情节等方面的一致性和连贯性,这也是这本小说被称为"实验小说"的

重要原因。

B. S. 约翰逊是英国 20 世纪 60 年代最为尖锐的小说形式改革者和理论解释者,他追求以新的形式、文本、语言、叙事手法等去创新小说,寻找新的出路。他提出了一整套实验小说理论,并且对英国的传统叙事小说非常不屑,他认为,"不论用这种小说形式的作家写得有多么好,这种形式在我们这个时代已经不起作用了,用它就是犯时代的错误,写出的作品是无力的、离题的、反常的"。

约翰逊一生出版了 7 部小说,每一部小说都各不相同,他称自己写的不是小说,而是用小说的形式在描写真实的世界。在第一部小说《旅行的人们》中,约翰逊用不同的叙事视角和叙事方式突破传统、打破常规,大量的实验性手法被用来反映农村俱乐部的一个夜晚。其通过复杂的叙事技巧,让读者感受主人公的无助和对生活的绝望,启发读者进行思考。他的第三部小说《拖网》也是一部实验性很强的作品,全部使用的是内心独白,并且为了解决内心活动的间歇时间,他运用了 3 个长度单位、6 个长度单位、9 个长度单位的空白,使读者的眼睛得到短暂的休息,而且还特意缩短每行的长度来弥补段落的空白,这使他的小说呈现狭长的版式。

他的小说《不幸者》主要的写作技巧是材料的任意性,没有时间顺序,没有过去和现在之分,读者可以任意决定自己的阅读顺序。这种形式和结构上的创新也反映了生活的凌乱无序。

约翰逊追求小说的形式创新达到了极致,是"英国 20 世纪最前卫、最具创新意识的作家",但是因为他过度追求小说的形式,造成小说缺少故事性,所以作品并没有受到太多读者的欢迎和好评。

20 世纪 60 年代至 70 年代是多丽丝·莱辛创作的第三阶段,这个阶段她主要是使用寓言、想象等形式关心人类未来的生存,主要作品有《金色笔记》《四门之城》等。其中《金色笔记》为她奠定了在英国文坛的重要地位,并于 2007 年获得了诺贝尔文学奖。这是一部充满后现代主义特征的时代小说,以鲜明的主题和后现代主义叙事手法对女性的形象进行解构与建构。小说整个构造是以上升的轨迹来不断深化故事的逻辑顺序,以元小说、拼贴等大量后现代主义小说的叙事策略来构建女性形象在大时代背景下的不确定性。

四、第四阶段:20 世纪 80 年代至今

这一时期的英国小说从本土性向世界性转变,兼容并蓄,朝着国际化趋势不断深化发展,并且这一时期的作家以更加成熟的创作技巧对小说模式的创新进一步

深化。

A.S.拜厄特是英国后现代主义重要的女性作家,她认为英国的传统文学已经不能满足当代读者的需求,于是她将后现代主义写作技巧充分运用于小说的形式和结构上。她的小说《占有》在 1990 年获得了布克奖,小说内容丰富,包含弗洛伊德结构主义、挪威神话、校园讽刺等各种文学形式,采用戏仿、拼贴等叙事技巧展现小说的内容,呈现作品的主题,以及作者希望消除男权文化霸权,言说女性自我的尝试。

玛格丽特·德拉布尔是拜厄特的妹妹,被文学评论界认为是具有典型的现实主义创作风格的作家,但是实际上,她是一位与时俱进的作家,其后期的小说向实验小说、后现代主义过渡得非常明显,并且具有明显的实验小说创作特征。她的小说《瀑布》采用第三人称的视角叙事,但是在叙事遭遇困难的时候,又改为第一人称补充叙事,通过不断转变叙事视角和叙事人称尝试新的叙事技巧。这部小说也被认为是德拉布尔小说创作向后现代主义转变的一个标志。小说《七姐妹》的实验主义叙事技巧更是出神入化,是一个结构奇特的小说,将历史和现实相互交织,形成多层叙事。

朱利安·巴恩斯至今已发表十多部长篇小说,并且以《终结的感觉》获得了布克奖,他的每一部小说都具有实验主义小说的特征。他的小说《福楼拜的鹦鹉》完全是一部实验性的小说,一经问世就受到了好评,这部小说"既可以说是一部福楼拜传记,也可以说是一部包含着严肃批评理论的作品",是一部集散文和评论于一体的小说。巴恩斯将过去和现在、历史和现实、虚构和史实巧妙地融合在一起,"福楼拜的鹦鹉"也成为一个暗指过去历史的隐喻,目的是告诉读者历史的真相很难追寻,而这种不确定性正是实验小说的主要特征之一。

马丁·艾米斯的作品涉及的主题以及他的政治观点和个人生活一直以来都是人们讨论的焦点。艾米斯坚持自己独特的叙事方式,一直在尝试小说的实验和创新。他的小说《伦敦场地》是一部实验性很强的后现代主义文学作品,交替使用第三人称和第一人称的叙事视角设计了整个故事,小说的女主人公妮科拉自导自演了一部关于谋杀的故事。艾米斯通过场景的不断变换,创造出一个离奇的故事,带有明显的实验主义荒诞性特征。

另一部小说《时间之箭》是艾米斯唯一一部进行极端叙事实验的小说,并且获得了布克奖提名。在这部小说中,他采用了时间倒流的叙事技巧,也就是历史或者人生不是按照过去、现在和将来的顺序发生发展,而是从某一时刻开始向过去神奇地倒退回去,颠覆了传统的时间观念和道德观念。艾米斯把一切都颠倒了过来,像倒放录像带一样,打破了时间不可逆转的传统叙事,使时间的不可逆性成了可逆性,通过戏仿诞生、堕落和拯救的人生模式,构成了对永恒进步的历史观的质疑,通过实验性的叙述、扭曲的故事情节给读者展示了一段令人窒息的历史。

21世纪后的英国小说继续紧跟潮流,并且不断在小说的创作手法上进行实验和实践。如扎迪·史密斯、亚当·瑟尔维尔等。这些小说家设法深入实验,将传统小说叙事与后现代主义小说叙事、本土性与世界性相容,表现出创作主题和叙事手法的相融特点。

他们的创作主题不再限定于二元对立界限的历史与现实、通俗与高雅等,而是以开放性、多元性的姿态打破彼此的界限去分辨新世界和新事物,并且融合了现实主义、象征主义、空间叙事等手法。如扎迪·史密斯的《白牙》便是糅合了现实主义的叙事特征和实验主义的叙事策略。

阿莉·史密斯是英国具有代表性的女性实验小说家之一,被称为"英国最重要和有成就的作家之一"。史密斯的小说创作主题是英国小说现在创作的热门,比如生与死、爱情、代沟、犯罪等,她总是能够为读者提供不同的、崭新的视角来看待这些传统的主题,这使她的小说显得更有新意,与众不同。

21世纪的英国小说充满了开放性、不确定性以及多元性等特征,隐去了小说的虚构与真实、过去和未来的界限,这是符合实验小说的潮流趋势的。

国外对实验小说的研究开始于20世纪50年代,可以将其研究划分为三个阶段:第一阶段为20世纪50年代,这一阶段研究主要集中在作品的思想主题方面;第二阶段为20世纪70年代至80年代,主要从文化的角度阐释作品;第三阶段为20世纪90年代以后,这一阶段的研究呈现出理论与方法结合、创作与批评互动的特点。综合分析国外对实验小说的研究成果,其研究理论与角度集中在以下几个方面。

一方面是从叙事学角度研究。

实验小说具有独特的叙事技巧,叙事研究也一直是实验小说的研究热点。研究者从"话语"的角度,从叙述策略、叙述结构、表达方式等方面解读实验小说的文本。如凯西·梅奇从女性主义的角度在其著作《暧昧话语:女性主义叙事学与英国女性作家》中解读了实验小说家阿莉·史密斯的作品。

另一方面是从空间角度研究。

20世纪末文学批评的空间转向研究为实验小说的文本研究开辟了新的视角,研究者主要关注空间的意识形态性。此外也有从空间与政治的关系研究的。美国著名女权评论家艾丽丝·贾丁在《妇女与现代的组合》中明确指出:"现代主义与女权主义联手共同努力的前景是强大而令人兴奋的。这主要因为当现代主义理论和实践被女性声音所接纳时,会具有奇异而不可抗拒的颠覆性。从而产生并背上西方主流意识形态包袱的新问题与新答案。"

中国对实验小说的研究起步较国外晚,瞿世镜、任一鸣 2008 年出版的《当代英国小说史》中单独用一章阐述了英国实验小说,认为到了"动荡的 20 世纪 60 年代",实验主义倾向逐渐增强。而其他的一些研究者主要从小说的叙事技巧、结构形式、人物塑造、语言运用等方面做了相关的研究。从 20 世纪 80 年代后期开始,中国对实验小说的研究主要分为三个阶段。

第一阶段:以翻译部分作品为主,另有少量的论文涉及作家、作品介绍,纯粹的学术研究较少。瞿世镜 1995 年刊发的《当代英国青年小说家作品特色》一文介绍了活跃在 20 世纪 80 年代英国文坛小说家的美学观点、主要作品和艺术技巧,并对这些具体的文学现象做出理论上的概括,借以探讨英国小说的发展趋势。张中载在《二十世纪英国文学:小说研究》的第二部分对于第二次世界大战后英国当代小说的特点进行了整理与介绍,并且对实验小说家的创作背景及其创作成果进行了理论分析。

第二阶段:围绕实验小说的后现代主义特点以及创作手法进行研究。王桃花在《英国后现代主义小说论》中对一些实验小说家,如玛格丽特·德拉布尔、朱利安·巴恩斯、伊恩·麦克尤恩等人的作品进行了后现代主义特点的分析,并且认为后现代主义小说的形成与发展是英国小说多元化的必然产物,并且通过分析英国当代作家的代表性作品发现,后现代主义思想早已渗透作家的骨髓,成为作品成功的表现。

第三阶段:新发展阶段,无论是研究理论的深度还是研究的角度都进入一个全新的阶段。这一阶段既有关于实验小说的研究专著出版,也有关于实验小说的叙事理论研究。《当代英国小说史》中"实验小说"一章详细介绍了实验小说的特点及实验派小说家,并进行了高度评价。

综上所述,国内关于实验小说作品的研究已经取得显著成就,无论是研究的角度,还是研究的层次都有了明显的进步,但是与国外研究还有一定的差距,存在专门从事英国实验小说研究的人员少和研究的角度缺乏创新、作品研究的多是作家的前期作品的个案等问题。

因此,对于英国现、当代实验小说的研究还存在大量的空间,从叙事理论解读具有不同叙事特点的实验小说家的文本,既改变了叙事学脱离社会语境的形式主义倾向,又弥补了片面化、印象化缺陷,推动实验小说的文本研究。

英国实验小说是社会历史发展的必然产物,无拘无束的创作风格对传统和现实提出了挑战与抗议,通过反传统的方式反映社会境况。限于篇幅,本书没能详细研究每一位英国实验小说家及其作品,因此按照作家的出生年份的先后顺序,选取了安妮塔·布鲁克纳、玛格丽特·德拉布尔、安吉拉·卡特、朱利安·巴恩斯、伊恩·麦克尤恩、马丁·艾米斯、彼得·阿克罗伊德、珍妮特·温特森、阿莉·史密斯九位作家为代表,讨论其作品的实验性叙事策略及叙事技巧,使读者领略英国实验小说的魅力。之所以选取这几位作家,并不是说他们是英国最为著名的实验小说家,而是因为他们的小说确实有明显的实验小说创作特征,作品具有浓重的实验色彩。

第二节　20 世纪英国实验小说叙事特征

实验小说将破坏和颠覆传统文学,以及摆脱传统文学对小说的内容、形式、体裁和技巧的影响作为创作的首要任务。小说家们经常把世界描写为荒诞的,小说的主人公也是荒诞不经的,自觉而重复地宣扬文本的虚构特质。实验小说的主要叙事特征表现为:主题不确定性、碎片化、零散性等;叙事时间上颠覆传统的物理时间,改用心理时间;空间视角的多方位转换;意识流叙事;使用隐喻、象征等表现手法;多层次叙述;对神话寓言、《圣经》故事、历史故事的改写等。实验小说没有非常明确的美学主张,在小说的故事构思和写作技巧方面不拘一格,崇尚片段式的,甚至精神分裂式的结构,追求迷宫式的故事情节,故事的结局往往是戛然而止的、短路式的,留下悬念,有时还玩弄一些小把戏。

一、碎片化

实验小说的碎片化有很长的创作历史,但其定义却颇有争议。2008 年版的《小罗伯特法语词典》给出了它的定义:一块破碎的东西或作品的一部分,其主题已经丢失。比较常见的说法是后面的部分。

在西方学者中,最早触及碎片化定义的是杰姆逊,美国著名的文学和艺术评论家。他在《后现代主义和文化理论》一书中指出:"在后现代社会中,时间的概念与过去的时代非常不同。时间现象的形成是一种新的体验,从过去到未来的连续性的感觉已经崩溃,新的时间体验只关注现在,离开了现在什么都没有。"

巴特姆称赞说,片段是他唯一信任的形式。这种赞誉被认为是对碎片化写作技巧的评价,碎片化是一种写作策略,是后现代主义者经常使用的。传统的叙事模式倾向于按时间顺序、连贯性和统一性,碎片化的目的在于断开连接,并伴随着不可言性、游戏性、差异性、非中心性、不确定性和不可通约性。碎片化叙事的目的是解构传统的叙事结构,从而更好地揭示文本中的争议和裂缝。

在德拉布尔的小说《针眼》中,碎片化体现在男女主人公的特征上,人物性格的转变可以让读者想起过去和现在所发生的事情,并且非线性的时间顺序和不连贯的情节也是碎片化的体现,这样一来,一个无序而混乱的当代世界就显现出来了。

二、不确定性

实验小说具有"不确定的内在倾向",这被认为是它的最重要的特征之一。文学中的不确定性可以被定义为,文本的构成部分要求读者对文本的意义做出自己的决定。

如果文本的结尾没有提供一个完整的结局,仍有一个问题需要回答,或者"语言导致作者的原意不明",这就可以被进一步描述为"不确定性原则,是否认为存在着的任何最终或明确的意义,可以终止文本元素之间的意义"。

在《后现代转向:后现代理论与文化论文集》中,哈桑指出,后现代主义有11个要素,它们分别是不确定性、碎片化、去中心化、无自我性、不可呈现、讽刺、杂交、狂欢、表演或参与、建构主义和内在性。其中,不确定性是哈桑给出定义的最基本和最重要的元素。因此,不确定性是一种信念,在某些情况下不可能完全确定一个词的意思,所以整个文本的意义必须保持开放。它的重要性是不可否认的,实验小说的基本特征包括不确定性、写作技巧的多元性、语言实验和话语的多样性。

在实验小说家的眼中,世界上的事物都是不确定的、变化的、复杂和混乱的,不可能也很难搞清楚,一切都是偶然的。《针眼》中的不确定性在叙述者方面被清楚地揭示出来,有很多事情是人们无法控制的,所有的人物都在遭受着不确定的事件,不确定性暴露在读者面前。叙述者是作者为讲述故事而编造的一个人,通过他,读者可以看到故事中的人物和事件。叙述者的不确定性被用来改变叙述的角度,叙述的角度有时是叙述者的想法,有时是人物的内心世界。因此,很难区分哪些是人物的意图,哪些是叙述者的意图。

三、互文性

互文性指的是文本间的局部性再现、吸收和转换。根据互文批评，没有任何话语或文本是独立或不朽的。

一个文本呈现出一个世界，在这个世界里，没有任何单独的话语可以客观地站在任何其他话语之上，所有话语都是对世界的解释，对其他话语的回应和呼唤。文本是由以前的文本元素拼凑而成的，它可以是主题、情节、人物甚至写作惯例。

当一个文本确认了它从其他文本的借用行为时，作家的原创能力就会受到质疑。写作被渗透到文本的过去，而不是作家的唯一原创作品。因此，一个自主的文本的完整性被开放性和流动性的文本所取代。

实验小说的文本不是一个完成的、可消费的产品，而是一部开放给读者生产意义的小说。互文中，本体文本忠于原文本，是对源文本的再现或者强化。

《法国中尉的女人》的互文范围包括维多利亚时代历史的真实文件和维多利亚时代文学的其他作品，这些文本的互动就是互文性。这部小说重构了维多利亚时代的各种写作素材，并将其纳入自己的结构中。

约翰·福尔斯采用了两种叙事模式——小说和历史，来构建他的故事。小说和历史之间的互动，也就是虚构和历史之间的互动复合在一起，使这部小说充满了互文性。

四、戏仿

戏仿文本是对源文本的派生和外化，而且是戏谑性的派生和外化，仿文是对原文的对反、异化和戏谑，所表现的都是与原文之间的直接关系。戏仿文本与原文本（戏仿对象）是紧密相连的，自然具有互文性，互文性使得戏仿的创作主体变得复杂多样，读者只有在具备相应的阅读视野和思想经验时，才能进一步了解戏仿文本的深刻多义。

很多研究者都会将戏仿和互文等同起来，甚至把戏仿当作互文性的从属概念进行论述。在热奈特眼中，戏仿可以是轻松的甚至是严肃的，但绝不是滑稽的或讽刺的，戏仿是对原作的延伸甚至升华，但绝非一种低俗的降格。

戏仿本身便是一种破而后立的创作手法，具有质疑权威和建构新价值观的社会功能，而对原文本的反讽与戏谑也使其深具广受消费者欢迎的幽默与游戏性。因此，这种原本不太受重视的文学形式与这个特殊的时代一拍即合，成为实验小说以及后现代小说的主流形式之一。

石黑一雄的《被掩埋的巨人》作为一部以骑士文学为戏仿对象的小说,书中时刻可见骑士传奇中的经典写作惯例,石黑一雄巧妙地运用这些惯例,又在表达严肃的主题时将其打破,使这古老世俗的文类焕发出了崭新的面貌,其中,最明显的是在典雅爱情、环形结构和追寻"圣杯"主题这三个方面。

五、元小说

元小说一词可以追溯到20世纪60年代至70年代,最初源于一篇题为《哲学与小说形式》的文章,该文章是由一位名叫威廉·加斯的美国学者写的。在文章中,他对"元小说"的看法是:小说本身是虚构的。

加拿大的文学理论家琳达·哈琴在她题为《后现代主义的诗学》的文章中,给元小说下了一个特殊的定义,即元小说是关于小说的小说。这意味着小说包含有补充其自身的语言和叙事特征。对元小说的研究实际上就是研究小说的本身。

帕特里夏·沃夫提出了元小说是一种虚构的写作方法,它不仅引起了人们对叙事技巧的基本结构的关注,而且还挖掘了文学虚构的文本。她研究了127部小说,将元小说的写作策略分为大约20个类别,主要包括:捏造和真实、全知或多角度的人物、人物之间的关系、人物的视角、文本间性、错综复杂的故事、非真实文本叙述的自我揭发、不真实的文本叙述、对传统情节线的颠覆、拼贴、模仿等。

几乎所有的当代小说写作策略都可以被归类为元小说。在巴恩斯的《福楼拜的鹦鹉》中,不同于19世纪有意将作者的声音隐藏的叙事策略,叙述者具有高度的自我意识,整部小说充满了对福楼拜的评价,对创作远离的评断,以及对评论家的批评,是一部关于评论的评论,关于小说的小说,将高度的自我意识置身于后现代关于文本和历史的探索之中。

六、黑色幽默

黑色幽默(来自法语的黑色幽默)这一术语是由超现实主义理论家安德烈·布勒东在1935年创造的,用来指代喜剧和讽刺的一个类型,其中笑声来自愤世嫉俗和怀疑主义,通常以死亡等话题为基础。在《黑色幽默文集》一书中,他认为乔纳森·斯威夫特是黑色幽默或绞刑架幽默的鼻祖(一种在面对和回应死亡的情况下仍能保持搞笑的幽默类型)。

根据《百科全书》的说法,黑色幽默是将病态或可怕的元素与滑稽的元素并列,以强调生命的无意义或生命的无用性。黑色幽默的特点从字面上看是隐含在其本身中的,即黑暗的内容和幽默。

黑色幽默与传统幽默的区别在于:传统幽默通过笑话、夸张的语言和挑逗性的语气使人发笑,营造欢乐愉悦的气氛,表达乐观向上的精神;而黑色幽默则是一种扭曲的喜剧,传达的是悲剧性或黑暗的内容,诸如破坏、死亡和绝望等内容,通过喜剧形式传达出来。

20世纪初,第一次世界大战的残酷性唤醒了那些被淹没在乐观主义中的人。各种致命武器的发明对人类的生存构成了巨大的威胁,这导致了对所有传统价值观的广泛传播。世界的扭曲发展加上生活条件的日益恶化,让年轻一代向道德和传统发动了一场战争,在超越现实主义的基础上,黑色幽默正式成为一种文学方式,并很快经历了一个蓬勃发展的时期。

黑色幽默在美国和英国的后现代文学中被广泛应用,其目的是揭示严肃和黑暗的主题。黑色幽默的流行主题包括谋杀、自杀、抑郁症、虐待、战争、药物滥用、绝症等。黑色幽默文学的美学特征是经常使用反讽、讽刺和模仿,对情节的轻描淡写,创造反英雄作为主角,采用后现代的叙述技巧,包括片段式叙述、不可靠的叙述者,以及无序的时间和空间。

七、迷宫

"迷宫"本是指错综复杂的通道和思想构成的体系,是对结构复杂的建筑物的统称。但是这一词语不仅仅可以从建筑学上解释,更可以从文化层面来审视,"迷宫"是现代社会人类的一种体验,整个世界犹如一座迷宫,我们生活在迷宫之中。

卡尔维诺在1960年发表的论文《向迷宫挑战》中写道:"外在世界是那么的紊乱、错综复杂、不可触摸,不啻是一座座迷宫。然而,作家不可沉浸于客观地记述外在世界,从而淹没在迷宫之中。"

迷宫叙事的流行是实验小说不确定性存在的结果,作家借助迷宫手法、迷宫意象以及迷宫主题构筑了一种特殊叙事方式,例如网状结构的建筑、城市、书等。

阿莉·史密斯的每一部作品都隐藏了一个史密斯式的"永远无法解读的迷宫"。她的小说《迷》的文本中,充满了一种扑朔迷离、错综荒芜的感觉,让读者陷入多重解码的层层迷雾之中。文本的脉络就如同迷宫中的一条条岔路,充斥着各种可能性。并且史密斯在文本中还进行了一系列空间形式的有趣实验,彻底颠覆了传统文字叙述的线性规律,指导人们认识世界、感知生活、认识自己。

参 考 文 献

[1] 阮炜,徐文博,曹亚军.20 世纪英国文学史[M].青岛:青岛出版社,1998.

[2] 芮渝萍.美国成长小说研究[M].北京:中国社会科学出版社,2004.

[3] 兰瑟.虚构的权威:女性作家与叙述声音[M].黄必康,译.北京:北京大学出版社,2002.

[4] 王守仁,何宁.20 世纪英国文学史[M].北京:北京大学出版社,2006.

[5] 侯维瑞.现代英国小说史[M].上海:上海外语教育出版社,1985.

[6] 洛奇.小说的艺术[M].王峻岩,译.北京:作家出版社,1997.

[7] 胡全生.英美后现代主义小说叙述结构研究[M].上海:复旦大学出版社,2002.

[8] 刘象愚,杨恒达,曾艳兵.从现代主义到后现代主义[M].北京:高等教育出版社,2002.

[9] 陆建德.现代主义之后:写实与实验[M].北京:中国社会科学出版社,1997.

[10] 申丹,韩佳明,王丽亚.英美小说叙事理论研究[M].北京:北京大学出版社,2005.

[11] 王佐良,周钰良.英国 20 世纪文学史[M].北京:外语教学与研究出版社,1994.

[12] 瞿世镜.当代英国小说[M].北京:外语教学与研究出版社,1998.

[13] 张京媛.当代女性主义文学批评[M].北京:北京大学出版社,1992.

[14] 马一波,钟华.叙事心理学[M].上海:上海教育出版社,2006.

[15] 王桃花.英国后现代主义小说论[M].北京:中国人民大学出版社,2019.

[16] 张文红.伦理叙事与叙事伦理:90 年代小说的文本实践[M].北京:社会科学文献出版社,2006.

[17] 斯帕克斯.新开端:18 世纪英国小说实验[M].苏勇,译.上海:华东师范大学出版社,2018.

[18] 张中载.二十世纪英国文学:小说研究[M].开封:河南大学出版社,2001.

[19] 杜隽.勇于创新的小说家:论左拉小说的现代性[J].浙江社会科学,2000(6):148-151.

[20] 胡铁生,宁乐.美国后现代主义小说文本价值论[J].厦门大学学报(哲学社会科学版),2019(11):138-147.

[21] 汪莜玲.后现代主义小说的不确定性在语言游戏中的解构探析[J].南昌师范学院学报,2018(12):123-127.

[22] 孙建军.英国后现代主义小说发展述略[J].文化创新比较研究,2017(4):110-111.

[23] 吴洁.巴塞尔姆与后现代主义小说[J].学术论坛,2011(9):100-103.

[24] 任红红.后现代主义小说的研究现状述评[J].兰州交通大学学报,2010(10):31-33.

[25] 欧荣.戴维·洛奇的"后现代主义小说观"[J].淮阴师范学院学报,2008(7):538-541.

[26] 李维屏.英美后现代主义小说概述[J].外国语,1998(2):59-66.

[27] 赵靖辉.洛奇实验小说中的追寻母体研究[D].武汉:华中师范大学,2014.

[28] 关羽含.纳博科夫后现代主义小说的不可靠叙述者研究[D].沈阳:辽宁大学,2019.

[29] 赵屹芳.后现代主义小说中的碎片艺术研究:以三部小说为例[D].南京:南京航空航天大学,2010.

[30] 张一卉.《法国中尉的女人》的后现代主义元小说特征[D].哈尔滨:东北农业大学,2014.

[31] PERCY L. The craft of fiction[M]. London:The Garden City Press Limited,1935.

[32] PATRICK O. Fictions of discourse:reading narrative theory[M]. Toronto:University of Toronto Press,1994.

[33] SELDEN R,WIDDOWSON P,BROOKER P P. A reader's guide to contemporary literary theory[M]. London:Longman,2005.

[34] ALLEN G. Intertextuality[M]. London:Routledge,2000.

[35] BALDICK,CHRIS. The modern movement[M]. London:Oxford Univ Press,2004.

[36] STANZEL, FRANZ K. Narrative situationsin the novel[M]. Indiana:Indiana University Press,1971.

[37] BRADBURY, MALCOLM. The modern British novel 1878—2001[M]. London:Penguin Books,1993.

[38] ROMINE,SCOTT. The narrative forms of southern community[M]. Louisianan:Louisianan State University Press,1999.

[39] BALAKIAN N. The flight from innocence:england's newest literary generation[J]. Books Abroad,1959,33(3):261-270.

[40] ROY S. Beyond narratology:new approaches to narrative theory[J]. European Journal of English Studies,2004(8):3-11.

第三章　安妮塔·布鲁克纳
小说中的女性叙事

第一节　安妮塔·布鲁克纳与实验小说

　　安妮塔·布鲁克纳(1928—2016)是 20 世纪 60 年代以来英国文坛最活跃的女作家之一,与 A. S. 拜厄特、玛格丽特·德拉布尔齐名,迄今已发表近二十部小说,她以在小说中塑造女性知识分子形象而闻名,这也是她写作当中的一个突出特点。布鲁克纳毕业于伦敦国王学院,后又在考陶尔德艺术学院获得艺术史博士学位,之后一直从事艺术史研究和教学工作,对 18 至 19 世纪绘画史有着长期的深入研究。她是剑桥大学斯莱德艺术学院第一位女教授,后来又任教于著名的考陶尔德艺术学院,并且是伦敦国王学院和剑桥大学默里·爱德华兹学院的会员。

　　布鲁克纳出生在伦敦的一个波兰犹太家庭,是父亲纽森·布鲁克纳的独生女。她的父亲第一次世界大战前从波兰移民到英国,母亲莫德·希斯卡婚前是一名音乐会歌手,外祖父也是在 19 世纪末从波兰移民来到英国的。婚后,因为放弃了自己的事业,布鲁克纳的母亲患上了重度抑郁症,虽然她尝试在家里唱歌,但是却遭到丈夫的强烈反对,他们之间争吵不断。

　　在这种情况下,布鲁克纳的童年并不快乐,她评论父母是"相当暴躁和不可靠的人",从小她所接受的教育就是要快快成长去照顾父母,以至于在还没有长大的时候她的内心已经成为一个成年人。而另一方面对她有深刻影响的是犹太人的身份,她的父亲为了避免英国人的反德情绪,将他们的姓氏改为布鲁克纳。

　　布鲁克纳在 7 岁的时候就开始阅读狄更斯的作品,她的父亲非常喜欢狄更斯,因为狄更斯在小说中展现了真实的英国形象。作为波兰犹太人后裔,她从小接受的是犹太教育,但是因为没有学习过希伯来语,所以不能完全融入犹太文化中,这也是让她感到十分遗憾的事情。作为一个土生土长的伦敦人,当记者问她为何笔下的人物都是流离失所时,她解释说这是和她自身经历有关系,虽然她在伦敦出生和长大,但是她的犹太背景,让她总感觉自己不属于这里,因此边缘化也成为她作品的主题。

安妮塔·布鲁克纳以艺术史学者的身份开始其职业生涯。在获得伦敦国王学院的法国文学学士学位后,她又获得了考陶尔德艺术学院的艺术史硕士学位和博士学位。更令人瞩目的是,从1967年到1968年,她是剑桥大学斯莱德艺术学院第一位女教授。后来,她被任命为剑桥大学New Hall(新学堂)的研究员。

作为艺术评论家,她以出版四部关于18世纪和19世纪法国绘画的专著而闻名,这确实花费了她大量的时间和精力。对布鲁克纳来说,艺术和文学之间的联系一直存在,而且一直在不断地被讨论。

安妮塔·布鲁克纳在艺术史领域已经建立了良好的声誉,她在五十多岁时将重点转向小说创作。

1981年,在她53岁的时候,布鲁克纳以自传体小说《生活的开端》开启了作家之旅,之后她保持了旺盛的创作力。布鲁克纳不仅是英国,而且是英语世界中最多产的小说家之一。她的作品不仅在各种阅读排行榜上名列前茅,而且还成为畅销书和获奖作品。1984年,她凭借第四部长篇小说《杜兰葛山庄》获得布克奖。1990年,布鲁克纳获得CBE勋章。

作为当代女性作家的重要代表人物,她以高雅出众的文采、诙谐的文风著称,并且擅长用微妙而精致的语言描绘中年单身知识女性的情感经验与困境——她们不甘于平淡生活且充满浪漫气息和艺术情趣。她是一名出色且具有挑战性的作家,她的作品在英国文学界占有独特的地位。尽管她的小说常常传达着人类所固有的孤独,并掺入丰富的文学经典与艺术史细节,学院风浓厚,具有智性色彩,但是其尖锐而勇敢的表达方式,使孤独如其他危机一样呈现出一种惊世骇俗的状态。布鲁克纳终身未婚,2016年3月在伦敦去世。

随着她作为小说家的声誉不断提高,布鲁克纳逐渐吸引了国内外评论家的注意,与她同时代的多丽丝·莱辛、艾丽丝·默多克和德拉布尔姐妹相比,布鲁克纳在写作和个人生活方面的独特的"精神"逐渐受到国内外评论家的关注。正如斯金纳总结的,"对布鲁克纳的反应,不论是积极的或消极的,往往是直言不讳的"。

国外对安妮塔·布鲁克纳的研究已经相当成熟,批评家从不同角度对她的作品进行分析。1984年她凭借《杜兰葛山庄》获得布克奖时,评论家对她的研究达到了一个高峰,随后几年出现了下滑。

Williams Wanquet 认为其原因是"评论家对小说的数量和重复性感到沮丧"。一般来说,布鲁克纳的写作技巧获得了广泛的好评,John Mellors 评论说,"布鲁克纳是在以流畅的笔触和冷峻的气质写作"。

Frances Taliaferro 对其小说的评价是"优雅的散文,讽刺的幽默,人们对人物的精明和对细节的关注"。人们对《杜兰葛山庄》这部小说的评价也是喜厌参半,有利的评价是"朴素、微妙、有节制"。另一方面,人们对布鲁克纳作品的敌意批评也数不胜数,原因是"缺乏行动""重复的模式""范围狭窄""完全无视女权主义的期望"以及"难以抑制的悲伤"。例如,在评论《杜兰葛山庄》时,Hermione Lee 认为它是"一个严格限定的主题"。

鉴于报纸和杂志对于布鲁克纳作品的热烈评论,所以人们自然会看到很多关于她的访问。在这些采访中,最常被引用的是 John Haffenden、Shusha Guppy 和 Olga Kenyon 所发表的采访。

在 John Haffenden 的《采访中的小说家》(1985 年),Shusha Guppy 的《巴黎评论》(1987 年)和 Olga Kenyon 的《女作家谈话》(1987 年)中,安妮塔·布鲁克纳坦率地谈到了她的家庭背景、生活和事业,写作动机和写作风格,她的小说中的主角们,作品中的道德价值和主题,对她产生影响的前辈,以及她对存在主义、浪漫主义、女权主义等的看法。布鲁克纳透露的信息成为评论家们评论她的小说时的宝贵和方便的证据。接下来自然是评论家们将布鲁克纳与她的小说主人公联系起来,正如布鲁克纳所认为的那样,"这是一种半人化的批评而不是真正的评论"。这可能部分解释了为什么布鲁克纳从那时起便不再接受这样的采访的原因。

除此以外,布鲁克纳还引起了学术界更频繁的批评与关注。例如,Lynn Veach Sadler 的专著《安妮塔·布鲁克纳》(1990 年)、John Skinner 的《安妮塔·布鲁克纳的小说:浪漫的幻想》(1992 年),Cheryl Alexander Malcolm 的《理解安妮塔·布鲁克纳》(2002 年)以及 Eileen Williams Wanquet 的《安妮塔·布鲁克纳小说中的艺术与生活》(2004 年)。

还有一些介绍安妮塔·布鲁克纳及其作品的书籍,如 John Richetti 在《哥伦比亚英国小说史》(2004 年)中用一个章节解析玛格丽特·德拉布尔、芭芭拉·皮姆、A. S. 拜厄特、费·韦尔登、佩内洛普·莱夫利、安妮塔·布鲁克纳和安吉拉·卡特的共同特征。另几本有影响的书是奥尔加·凯尼恩的《今日女小说家》《今天的女小说家:70 年代和 80 年代英国写作调查》,以及乔治·索尔的《四位英国女小说家:安妮塔·布鲁克纳,玛格丽特·德拉布尔,艾丽丝·默多克,芭芭拉·皮姆》。

此外,Manini Samarth 的博士论文通过分析布鲁克纳最先发表的五本小说指出了她的现代主义是"不连贯的、讽刺的",并表明"自我与社会的融合仍然是一个无法实现的梦想"。Patricia Waugh 将安妮塔·布鲁克纳与战后的一群女作家相提并论,试图从另一个角度来分析布鲁克纳的小说,并且声称"这些作家不一定是女权主义者,但她们确实挑战了身份及性别的主流社会和美学构造"。此外,Margaret D. Stet 通过联系布鲁克纳作为艺术史学家的职业,暗示布鲁克纳对虚构世界的创造是一个视觉世界。

　　可能是受国外对安妮塔·布鲁克纳热情下降的影响,在中国,人们对安妮塔·布鲁克纳的研究并不像对她那个时代的其他女作家那样多。只有她的代表作《杜兰葛山庄》1989 年在台湾被翻译成了中文。而安妮塔·布鲁克纳被更多的中国读者知晓,是因为 1990 年的一篇介绍英国文学中几位新星的翻译文章。类似的介绍作者与作品的文章在 1990 年零星地发表在包括《外国文学》在内的杂志上。直到 2003 年,中国终于出现了第一篇正式的和有影响力的介绍作者与作品的学术文章,即王守仁和何宁在第 4 期《当代外国文学》上发表的《建立单身知识女性的世界》。这篇文章研究了布鲁克纳的四部小说,包括《杜兰葛山庄》。

　　根据中国知网的搜索结果,目前关于安妮塔·布鲁克纳的学术论文已有二十多篇,研究者的研究重点主要集中在对布鲁克纳作品的叙事特点和作品的主题上。在叙事特征方面,滕学明的研究最为系统,他在 2008 年发表的博士论文《论将安妮塔·布鲁克纳的小说归类为后现代现实主义的合理性》对布鲁克纳的作品进行了详细的阐述,并且认为"无论是现实主义、现代主义和后现代主义在安妮塔·布鲁克纳的小说中都有突出的表现……后现代现实主义形成了一种内部张力,有助于整合这两种或三种主义"。之后,他陆续发表了 4 篇相关的学术论文,其中一篇专门讨论了《杜兰葛山庄》中的现代性和后现代性。

　　在主题关注方面,平雪梅在她的论文中阐述了《杜兰葛山庄》和《妻妾成群》中埃迪丝·霍普和宋濂作为女性知识分子的边缘化处境。在《跨文化的焦虑:安妮塔·布鲁克纳笔下单身知识女性的生存解读》中,滕学明将女性的焦虑生活状态归结为单身知识女性对其跨文化身份的认同。

　　冷雅的论文研究了布鲁克纳的 5 部作品,包括《杜兰葛山庄》,她主要研究了布鲁克纳小说中的孤独主题。晓静指出了布鲁克纳《杜兰葛山庄》中女性角色的身体和精神放逐。胡晓琳在她的论文中指出,《杜兰葛山庄》是关于女性的启蒙教育。蒋雪的研究重点是女人的独立意识,她认为在埃迪丝·霍普生活中出现的男人在她的童年时期确实对她产生了巨大的影响。而另一项相关研究是由徐来勇进行的,他从内部和外部探讨了女性知识分子的生活状况。此外,还有学者对布鲁克纳的《欺诈》进行了存在主义的解读,以及在 Enneagram(九型人格)的术语下对《杜兰葛山庄》中的人物进行了心理分析。还有赵捷对布鲁克纳作品的叙事伦理学研究。

正如上文所评论的，安妮塔·布鲁克纳是一位有争议的作家。由于安妮塔·布鲁克纳本人是那种反对对她的作品和她本人进行任何分类的作家，尤其是对将其归类为女权主义者，因此研究者对其在这些方面的评价与研究结论是谨慎的。但是安妮塔·布鲁克纳作品中的女性形象鲜明且具有特色，所以依托女性主义理论和叙事学理论，解读她的小说能够更好地体会小说中的女性意识，以及布鲁克纳对女性生存的深切关注。

第二节　《杜兰葛山庄》中的女性意识

安妮塔·布鲁克纳1928年出生在伦敦，除了作为研究生在巴黎生活了三年之外，她一生中大部分时间都在伦敦度过。从20世纪80年代初开始，布鲁克纳发表了一系列从知识女性视角写的小说，塑造了一系列聪慧、孤寂、富于自我牺牲精神的单身职业知识妇女形象，很快引起了评论界的关注，越来越多的人开始关注她的作品。许多学者开始从不同角度对她做进一步研究，并且对她的评论褒贬不一。

布鲁克纳的第四部小说《杜兰葛山庄》不仅帮助她摘取了1984年的布克奖，还为她赢得了良好的声誉，并使她的作品获得了巨大的成功。这部小说完全是安妮塔·布鲁克纳的写作风格，她倾向于将小说中的情节演绎成现实生活中的情节，特别是在她的爱情和婚姻方面。主人公埃迪丝·霍普是一位单身的中年女性知识分子，也是一位浪漫的作家。埃迪丝爱上了有妻子的大卫，他们保持了很长时间的关系；后来她遇到了杰弗里，一个在她的朋友和亲戚眼中值得结婚的好男人，并最终同意了他的求婚，因为他是她39岁时抓住的最后一根"救命稻草"，但她在婚礼当天的最后一刻改变了主意，没有到婚礼现场，她的突然毁约弄得双方亲戚、朋友十分难堪。为了躲避这场尴尬，等待这次事件的平息，埃迪丝来到了杜兰葛山庄也就是湖滨饭店，在那里住了一个多月，这期间又发生了一个比毁弃婚约更离奇的故事。

和布鲁克纳其他小说中的女主角一样，埃迪丝对爱情和婚姻是充满了憧憬和向往的，之所以逃婚，也是因为在最后一刻她意识到，和杰弗里将就着但"安全"地过一辈子的未来十分可怕。住在湖滨饭店的时候，埃迪丝一直在写一部浪漫传奇的小说，同时又不断通过信件和大卫联系，与他分享自己身边发生的事情。

同住饭店的人当中有一个中年丧偶的奈维尔先生，他对埃迪丝特别青睐，总是约她出去散步和登山。在一次湖畔散步中，奈维尔终于向埃迪丝求婚了。作为一个年近五十的男人,奈维尔先生的婚姻观与埃迪丝的浪漫主义恰恰相反,他自称不再是一个"浪漫的青年",因此要求与埃迪丝的关系是一种"互利"的"伙伴"关系。在回答埃迪丝他"是否爱她"这一个重要问题时,他直言不讳地说"我不爱你",虽然同时也宣称要"保护"她。

埃迪丝要求用一周的时间来考虑,但是这之后的一个早晨,她偶然发现奈维尔从隔壁詹妮弗的房间悄悄地出来。于是自我放逐的埃迪丝再一次经历了醒悟,彻底明白了与奈维尔的那种"互利伙伴"关系的实质。她决定宁可继续当大卫的情人,也不想同奈维尔建立关系。虽然埃迪丝的勇气可嘉,但是终究给人们留下了失败的印象。同年轻漂亮但是俗气浅薄的詹妮弗相比,埃迪丝所代表的是布鲁克纳小说中典型的知识女性形象。埃迪丝的职业女性气质导致了她的思想和情感的清高,从而导致了她去湖畔休假这种"流放"。或者说,是她在精神上的自我流放导致了那种外在的自我流放,而在湖滨饭店的外在自我流放的结果,又进一步加深了她内在的自我流放。

国外对于《杜兰葛山庄》的专门研究很少,奥尔加·凯尼恩提到过,"《杜兰葛山庄》的意象象征着异化"。受女权主义批评家的质疑和修改"异化"定义的启发,米歇尔·赛姆斯在她的硕士论文《安妮塔·布鲁克纳小说中的女性英雄的成长故事》中说,"布鲁克纳所说明的是,每个女人的社会的各种话语是如何影响她的主体性的"。赛姆斯认为,布鲁克纳在《杜兰葛山庄》中描绘了浪漫小说家埃迪丝·霍普的成长。

Mary Rutledge 在她的博士论文《安妮塔·布鲁克纳小说中女性人物的个人神话之旅》中,以布鲁克纳的 14 部小说为例,展示了布鲁克纳是如何将她的女性主人公的经历变为神话之旅的,同时《杜兰葛山庄》被作为一个例子,说明其女主人公如何通过创作文学作品来帮助自己踏上个人神话般的旅程。

尽管布鲁克纳从来不称自己是女权主义者,甚至对把她看作女权主义者的评论强烈斥责,然而,有一点必须指出的是,《杜兰葛山庄》是安妮塔·布鲁克纳献给英国女作家罗蒙·莱曼的作品。

在布鲁克纳眼中,莱曼是"女性的朋友,仁慈、温柔",是"第一个通过女性的感受和感知来写作的作家"。她成功地提供了一个通过女性的眼睛看到的世界的独特描述。当悼念莱曼时,布鲁克纳说:"我希望这可能是她喜欢的那种小说。考虑到这一点,探索《杜兰葛山庄》中反映的女性意识就变得更有意义。"

在《杜兰葛山庄》中,安妮塔·布鲁克纳的女性意识不仅体现在情节和代表性的女性角色上,而且还体现在她对叙述视角和叙述声音的管理上。这部小说所采用的叙事策略很好地显示了作者作为女性作家的女性意识,集中体现在女性经验和构建女性权威上。

一、叙事视角

在各种叙事技巧中,叙事视角起着至关重要的作用。某种视角的运用通常显示出作家的某种生活经验和他隐含的思想。也就是说,文学作品中采用的叙事视角在意识和形式之间起着桥梁作用。

安妮塔·布鲁克纳将小说中的女主人公埃迪丝·霍普作为她的焦点人物。读者可以通过埃迪丝·霍普的眼睛看到安妮塔·布鲁克纳在《杜兰葛山庄》中创造的世界。她具有专业作家的敏感品质,这也被称为"小说家的著名能力",埃迪丝·霍普自然而然地参与了对其他人物和故事的积极观察。

她颠覆性地采取了"凝视"的写作方式,作为焦点人物,埃迪丝·霍普尖锐地刺入了人物的深层本质。同时,由于这个人物的视角有限,读者在焦点人物的引导下被带入虚构的世界,通过埃迪丝·霍普过滤后的眼睛,读者看到的是她所看到的,感受到的是她所感受到的。安妮塔·布鲁克纳安排的埃迪丝·霍普对其他女性角色的观察完全显示了她对女性的地位的同情,但她又拒绝成为她们那样的女人。

湖滨饭店短暂的"流放"本是埃迪丝·霍普的朋友佩内洛普希望她能够反思自己故意逃避婚礼的错误行为。虽然埃迪丝·霍普被动地接受了这一安排,但她还是在飞机上,在观察坐在旁边的一位男士的同时,调整了自己的情绪和状态。

从此埃迪丝·霍普被赋予了凝视的权力。她走上了观察这家饭店和它的员工的道路。这里除了埃迪丝·霍普,还有四个女人:普西夫人、詹妮弗、莫妮卡和博诺伊尔夫人。通过观察她们在湖滨饭店的生活,埃迪丝·霍普看到了父权制度下妇女状况的暗淡现实。

用亚历山大·马尔科姆的话说,"《杜兰葛山庄》是由一个被雾所覆盖的湖而命名的,同时也是一部以揭开神秘面纱为动力的小说"。作为一个刚来饭店的新客人和一个沉默的观察者,埃迪丝·霍普用自己作为焦点人物的权威揭开了这些女性的神秘面纱。她的视角成为一种替代性的声音表达。第一个进入她视线的女人是莫妮卡。对于她,埃迪丝·霍普首先着迷于她纤细的身材和她对小狗琪琪的亲切关怀。透过埃迪丝的眼睛看到的莫妮卡的举止是"戏剧性"的,她的身份是一个在饭店养老的外国舞者。

埃迪丝倾向于把莫妮卡想象成一个职业女性,并提出了一个问题:"她为什么在这里?"随着细心的观察,埃迪丝注意到莫妮卡美丽的外表背后的苦涩:她不断给宠物狗琪琪喂食,实际上是因为她有一个严重的饮食问题。莫妮卡的丈夫是一位在布鲁塞尔有点地位的重要人物,但他们的关系一直很紧张。作为一个妻子却不能在一个贵族家庭中为丈夫生下继承人,莫妮卡因此被送到这里来。从埃迪丝的角度来看,莫妮卡这个妻子完全被当成生产后代的机器。虽然莫妮卡有令人着迷的美貌,使得埃迪丝把她描述为一个美丽和优雅的舞者,但是与生产的功能相比,这些毫无意义。

作为一个女性焦点人物,埃迪丝看穿了莫妮卡的现状,甚至表现出同情。然而,让埃迪丝感到不安的是莫妮卡本人的态度。莫妮卡不认为男人为女人买单,女人靠男人生活的婚姻模式有何不妥,她认为这是理所当然的,因为每一方都得到了他们想要的东西。埃迪丝察觉到了像莫妮卡这样的女人的更深层次的悲伤。作为一个"财富猎手",莫妮卡并没有试图弄清楚身为一个独立个体的意义,相反,她把希望寄托在男人会把她从沼泽地里抬出来。

埃迪丝是这样看待莫妮卡的生活的:"我看到她,几年后,她成了一个靠汇款度日的女人,拿着钱在国外生活,在这样的饭店里,在各种湖滨饭店里。她美丽的脸庞变得憔悴而轻蔑,她的狗永远在她腋下。她最后的武器将是一种不屈不挠的势利眼,这一点已经在证明。"

正如奥尔加·凯尼恩在她的分析中所总结的那样,"埃迪丝遇到的每一个人,她都会在开始时弄错。这部小说的创作是一个发现的过程,即了解这些女人是什么样的,最重要的是她是什么样的"。

尽管埃迪丝自己还处于自我定位的困惑中,但她在湖滨饭店看到的女性形象使她下定决心不成为她们中的一员。那里的女人,要么是具有女性魅力的普西夫人或最隐蔽、最沉默的博诺伊尔夫人,她们都是由于缺乏经济独立,只能依靠男人生活。埃迪丝在她们身上看到的消极一面,其实是父权制对女性的扭曲。生活在这种环境中的女性,她们被动地屈服于父权制的规范。埃迪丝被安妮塔·布鲁克纳安排为女作家和观察者的焦点人物,她深入了解了妇女生活困境的真相。

不同于传统的男性话语,埃迪丝被赋予了强烈的颠覆性力量,她聚焦于女性的生活经历,表达了她对她们的同情和关切,但她拒绝成为她们中的一员。安妮塔·布鲁克纳通过一个女知识分子的女性视角展开她的小说,成功地传达了她对女性生存状况的关注。

二、叙事声音

安妮塔·布鲁克纳在《杜兰葛山庄》中采用了双重的声音。一个声音是作者的声音,在大部分时间里,作者只参与了陈述的行为。通过这种方式,安妮塔·布鲁克纳试图削弱其作为女性作家的权威。然而事实上,正是通过作者的声音,她的女性意识在作品中得到了明显的体现。另一个声音是女主人公埃迪丝·霍普的声音,她通过叙述自己的故事来行使她作为作家的权利,并在《杜兰葛山庄》中直接表达了她的观点和想法。

女性主义叙事学注重的是作品的叙事结构和叙述技巧的性别政治。对于女性主义者来说,没有比"声音"这个术语更令人熟悉了。在叙事学里,"声音"指的是叙事中的讲述者,并不是叙事的作者。女性主义者所谓的"声音"指以女性为中心的观点、见解甚至行为,或者聚焦故事中人物的声音、行为,研究声音的社会性质和政治含义。女性主义叙事学的代表人物苏珊·兰瑟在《虚构的权威——女性作家与叙述声音》一书中将叙述声音划分为三类:作者型、个人型和集体型。

长期以来,妇女参与公共讨论的机会一直受到限制。对她们来说,仅仅讲述故事是可以接受的,而把自己当作权威则是另一回事。事实上,作者的声音是如此传统的男性化,以至于女性作者不一定能确立女性的声音。

然而几代女作家在构建女性声音方面做出了各种尝试。就作者的声音而言,不需要以性别来识别,通过将叙述者"我"与女性身体分离,作者声音为女性作家获得"男性"权威提供了便利。因此有这种可能性的女作家使用男性叙述者和假名,这可能有利于个别作家或文本,但从总体上看,这也加强了叙事权威的男性化。另外,如果一个作者的声音表现为一名女性,那么这位作者便可能会被认为是一名女性,其作品就有可能被定性或被取消资格(评选等)。

《杜兰葛山庄》的故事基本上是由一个作者的声音来叙述的,其力量部分显示在对叙事顺序的移位操纵上。小说以主人公到达饭店开始,在文本中被解释为对她的惩罚,而主人公埃迪丝认为这极不公平。

作者的叙述并没有进一步说明埃迪丝·霍普被流放的具体原因,但是却问了读者这样的问题:"为什么这位严肃而勤奋的浪漫主义小说家会像主人公一样在那里?"同时,从一开始,读者只看到了一半的画面,并自动跟随主人公的思想和行动:她显然很不情愿地被迫为一些未知的错误而修复自己。经过八个章节的观察、自我反省和徘徊,叙述者终于在第九章披露了将埃迪丝·霍普带到这里的事件,这是一个闪回情节——埃迪丝·霍普的婚礼。直到这一章,埃迪丝的选择以及她被流放的原因才被披露。埃迪丝·霍普意识到她已不再年轻,是时候忘记她"出生时的希望"了,让自己面对现实,接受杰弗里的求婚。然而,在关键时刻,她放弃了杰弗里,最终顺应了她所渴望的理想爱情。

倒叙的方式在叙述者的操纵下,作为一个过渡,将埃迪丝极度困惑的状态与之后的决定联系起来,这种并列使前者的平淡情节更具戏剧性。此外,埃迪丝选择的一致性因此得到了强调。无论是杰弗里能提供给她完整的生活,还是奈维尔能够确保她的社会地位,埃迪丝都无法说服自己向现实屈服。鉴于自己所面临的机会,她无法安置自己的悲剧被进一步传达出来。

对于这部小说所采用的作者模式,安妮塔·布鲁克纳故意使作者的声音表现得超脱、沉默,显然是为了避免作者的叙述所产生的"权威性",以及叙述中产生的"作者性"。作者的叙述主要是表述行为,即描述虚构人物的行为和语言,而"非再现性"行为的应用,如反思、判断。对叙述过程的评论,对被叙述者的直接称呼,这些都很容易让明显的权威性被减到最小。

布鲁克纳让她的主人公反思自己的过去,她所采用的直接引语不加逗号,表明埃迪丝对自己的思想的控制力,或者说她控制自己的思想倾向,是一种合理的表现她积极追求成为一个独立和自由的女人的方式。

然而,这种作者的叙述所操纵的表述是一种故意的自我保留,虽然在公开的权威性方面做出了让步,但是可能会引起叙述者和主人公之间的认同感,在叙述者和布鲁克纳本人之间的认同感方面做出让步,布鲁克纳通过这种旁敲侧击的方式确立了女性权威。

在《杜兰葛山庄》中,安妮塔·布鲁克纳勇敢地采用了女性主人公的声音来解构男性权威。根据苏珊·兰瑟的说法,个人声音是指那些自觉讲述自己故事的叙述者。也就是说,在个人声音中,叙述者"我"也是小说的主角。安妮塔·布鲁克纳不仅使用了作者的声音来施加女性权威,而且还使用了女主人公埃迪丝的个人声音来解构男性权威。

整部小说由12个章节组成,从"我最亲爱的大卫"开始,断断续续地出现了埃迪丝写的信。如上所述,这些信是女主人公有意写给她的已婚情人大卫的,总共有七封信,而只有最后一封电报形式的信被成功发送。

从这个意义上说,另外六封未发出的信件具有特殊的意义。如上所述,小说家埃迪丝同意在这里休息,部分原因是她确实需要一个安静的地方来完成她的手稿,以便赶上最后截稿期限。但是从表面上看,读者几乎找不到任何关于她在写作的证据。

整部小说中唯一可称为写作的东西就是那些信,不管是发出去的还是没有发出去的。此外,值得注意的是,这些信的内容涉及她自己和那些住在饭店里的人的日常事件,这与正文中叙述的内容是一样的。因此,埃迪丝在她的"信"中从作者叙述者那里夺取了叙述的权利,讲述她自己的故事。通过这样的安排,安妮塔·布鲁克纳赋予了女性知识分子颠覆性的话语权。

从埃迪丝的话语中,读者可以清楚地看到,虽然她接受了这种安排,但她绝对不愿意同意人们对她的定义。因此她拒绝了与守旧的杰弗里结婚,拒绝成为一个传统的家庭主妇。传统的家庭主妇并不意味着她完全不是自己,相反,是"做自己"的这个想法导致了这样一个决定。在埃迪丝的叙述中,她是有自我意识的,并且将自己与男性主导的价值观区分开来。

此外,她还公开地、深情地表白了她对大卫的爱。对于她的爱的表达,埃迪丝叙述说:"当我对佩内洛普说这些话的时候,她显得很吃惊、很生气,好像我把自己搞得很不正常。仿佛我这么一表白,就把自己从正常的社会中处理掉了。"

在父权制下,像佩内洛普和普西夫人这样的女性已经接受了这种观念:女性在爱情方面应该有所保留,在封闭的门后等待被她的英雄发现。虽然埃迪丝在爱情的道路上走得很艰难,但她绝不是一个胆小和被动的女人。布鲁克纳在小说中采用双重叙事语气,成功地表达了女性的需求。

通过在《杜兰葛山庄》中采用双重叙事,安妮塔·布鲁克纳成功地表达了女性对独立和自由的需求,并构建了女性的权威,显示了她的作品中的女性意识。

正如安妮塔·布鲁克纳的大多数作品一样,她在《杜兰葛山庄》中采用了女性知识分子作为一个切入点,有意识地把女主人公描绘成一个具有觉醒的女性意识的女性知识分子。通过描述埃迪丝·霍普的颠沛流离,她作为一个中年未婚女知识分子,在社会上的可怕的处境被逐渐披露。

埃迪丝一直在为自己寻找一个合适的位置,却遭遇了失败。然而,正是通过徒劳的尝试,她的女性意识得到了清晰的反映。布鲁克纳在表现女性意识方面的独创性在于她对女性的整体关注。她的女性意识不仅表现在女主人公身上,而且还表现在独特的环境和女性角色上。与女主人公相反,她们是缺乏女性意识的传统女性。外国饭店的环境,被疏远、封闭和冰冷,象征着父权制的监狱,这意味着被限制的生活。

小说中住在封闭的饭店里的四个小人物,代表了妇女在父权制下的不同阶段扮演着不同的角色。因此,顺从地遵守父权制的女性是被传统性别角色所限制的。通过描写那些女性,布鲁克纳间接地体现了她的女性意识。

除了故事之外,女性意识还可以从安妮塔·布鲁克纳采用的叙述策略中得到考察。首先,小说以女主人公为聚焦对象,从女性角色的女性视角出发,让读者感知故事中发生的事情,而安妮塔·布鲁克纳通过这种方式实现了她对独特的女性经验的书写。其次,布鲁克纳利用作者的叙述和女主人公的双重声音来表达女性对独立和自由的需求,并宣称自己作为"女性"对独立和自由的需要,并宣扬女性的权威。在《杜兰葛山庄》中使用的叙述视角和叙述声音都证明了布鲁克纳的女性意识。最后,尽管安妮塔·布鲁克纳否认自己是一名女权主义者,但在她具有鲜明女性意识的作品中,对女性问题表现出极大的关注。

从女性主义叙事学入手,研究布鲁克纳小说的叙事特点,不仅有助于对其小说的内容、背景进行理解,拓宽研究领域,还可以结合实验小说文本更好地理解女性主义叙事学的理论及其社会影响。将小说放到女性主义叙事学的维度来分析,揭示小说与其时代背景之间的内在联系,丰富对女性主义叙事学的理解和研究。

对布鲁克纳的小说进行女性叙事学研究,不仅说明实验小说是对传统文学和叙述方式的颠覆,实质上也是对父权社会结构的反抗,突破了蕴含在传统小说中的以父权意识为基础的逻辑体系。从女性主义叙事理论解读布鲁克纳的小说,既改变了叙事学脱离社会语境的形式主义倾向,又弥补了女性主义的片面化、印象化缺陷,为布鲁克纳小说的女性意识解读提供一个新的视角。

探究作品中的表层叙事文本下的深层结构、性别差异对文本形式的选择、女性边缘化的形象和地位,以及作品中的女性声音,可以更好地阐释女性通过叙事话语争夺女性话语权,树立女性权威的重要意义,对男权造成一定的冲击。

安妮塔·布鲁克纳在《杜兰葛山庄》中塑造的女性角色具有代表性和典型性,反映了父权社会中女性被束缚的真实处境的缩影。正如王守仁所言:"安妮塔·布鲁克纳通过将女性知识分子、艺术和文化结合起来,构建了一个虚构的世界。"

布鲁克纳的思考方式不拘一格。虽然是在现代,但她通过对现代女性知识分子和传统女性的整体关注,将旧的陈词滥调带入了公众的视野:妇女作为一个整体,在不同的时代处于不同的困境。然而,从布鲁克纳在《杜兰葛山庄》中为女性设计的开放式结局中可以看出,她没有给女性提供任何可能的出路,妇女的问题仍然没有得到解决,这促使所有的读者对这种情况进行反思。

第三节　《天意》中女性的边缘化分析

安妮塔·布鲁克纳1982年出版了第二部小说《天意》,阮炜称赞它是作者最好的小说。小说构思精巧,人物心理描写细腻,主题深度挖掘。小说的女主人公基蒂·莫尔是一位29岁的单身女性,父母双亡,外祖父和外祖母还健在,但是因为缺乏共同语言,基蒂将周末看望两位老人当成一种负担。

基蒂在一所大学的罗曼语系做研究工作,并且开设了关于浪漫主义传统的课程,但是尚未获得正式教师资格。她错误地认为同事中一位教授中世纪史的教授莫里斯·比肖普对她怀有不同一般的感情。通过不时邀请莫里斯来家里共用晚餐,基蒂主动但又十分含蓄地向他表达自己的爱意。莫里斯的暧昧让她产生了错觉,一厢情愿地认为他对自己也怀有爱意。

直到小说的结尾,基蒂去参加莫里斯举办的聚会,得知她获得了正式的教职,但是莫里斯却要调到牛津大学,而且基蒂的判断是错误的,莫里斯喜欢的人不是她,而是她的一个成绩很差但是家庭富有、长得漂亮的学生。基蒂这时才恍然大悟:"我对情况缺乏了解。"天意弄人,她虽然在事业上获得了成功,但在感情上却是一个受伤害的不幸的女人。

安妮塔·布鲁克纳是以描写单身知识女性的生活而著称。在她的作品中,这些女性由于家庭、社会和自身的原因,不能很好地融入社会,她们想要拥有婚姻和幸福,但是现实却没有给予她们获得这一切的条件。

社会的发展出现了很多经济独立的职业女性,但是这种"独立"带给她们的似乎不是幸福,而是麻烦。她们恪守一定的道德标准,但是却发现这些标准已经不能够适应现实社会,她们成为倾听者和旁观者,而不是社会的参与者。她们游离在社会的边缘,过着孤独的生活。

《天意》中,基蒂的父亲是英国人,而母亲是法国和俄罗斯人的后裔,从小基蒂就有着强烈的无根感,在两种文化、两种语言中茫然地徘徊,而这一点完全是布鲁克纳自身的写照。布鲁克纳笔下的单身知识女性不仅生活在"跨文化"的孤独中,对许多有犹太血统的女性来说,她们还生活在历史的阴影中,这也是影响她们生活,导致她们独身的根源。

基蒂在父母双亡之后,就过上了孤独的生活,虽然在自己的专业浪漫主义研究上取得了一些成绩,为自己获得了学校的正式教师职位,得到学校和同事的认可,但是在她内心深处始终存在边缘感和孤独感。即使在自己的家中,她也感受到了孤独。每次外祖母问她关于情感的问题,都会让她产生自己不应该出生的想法。为了改变自己,改变自己的生活,她主动追求莫里斯,但是莫里斯若即若离的态度也让她十分压抑。

在这段感情中,基蒂一直表现的是十分卑微的姿态,任由莫里斯左右自己的情绪。但是,她对融入主流社会的强烈渴望使她在心里默许了这种不平等的存在,心甘情愿地迎合和取悦对方。在了解到事情的真相之后,她又重新回到了孤独和苦涩之中。而当时的社会对基蒂这种女学者是带有偏见的,觉得她们只擅长学习,不懂爱情。

职业女性为了事业而牺牲了"女人性",或者说牺牲的是大众眼中的"女人性",基蒂的烦恼似乎就是这么产生的,这也导致她们被边缘化,成为危机四伏的社会的牺牲品的原因。

安妮塔·布鲁克纳的小说并没有批判那些造成知识女性边缘化的行为或者是社会的价值观,只是从一个叙事的视角,让人们去感受这些边缘人物的人生,使边缘化的女性得到更多的重视。布鲁克纳没有直接去阐明自己的观点,只是通过人物之间的对比,让读者进行自我判断,在判断中更加深刻地感受单身知识女性的处境,以及她们在面对人生抉择的时候所做的选择。

布鲁克纳的小说没有脱离对处于"边缘"的知识女性的关注,她的作品透露出对人性的思考,对人性真善美的挖掘,从而引发整个社会对女性地位的反思。她的作品创作构思缜密,倾向情感和心理的描写,将自身的女性意识投注于小说的创作中,既展现了女性的柔弱,也深层次地刻画了"边缘女性"见长、不甘的一面。

布鲁克纳在小说中以边缘女性的角度,探寻世界上容易被人忽视的一隅,也正是这样一种与众不同的观察视角,才让读者看到不一样的世界。

第四节　安妮塔·布鲁克纳
对 20 世纪实验小说的影响

布鲁克纳小说中的女主人公一开始就被迫陷入孤独,在她们成长的过程中缺少必要的教育,而这些教育在现实生活中是非常重要的。她们的朋友和亲戚很少,而且自卑,这些都是她们走向社会的巨大障碍。在走向成功的道路上,她们逐渐陷入孤独,鉴于家庭的影响和亲友的稀少,这似乎是不可避免的。后来她们可以通过换工作和结婚来摆脱孤独,但她们忽略了这些机会。她们保留的道德准则使她们很难加入"有趣"的社交圈,但她们拒绝放弃自己的道德,甚至拒绝做出妥协。此外,她们放弃了结婚的机会,因为不想要没有爱情的婚姻,她们更喜欢浪漫的爱情而不是务实的婚姻。在这个意义上,她们选择孤独,孤独使她们能够保持自主性和尊严。她们也希望有美好的事业和幸福的婚姻,但是当她们不能同时拥有二者的时候,她们选择了前者,也就是等于选择了孤独,因为她们知道自己在接下来的日子里将会遭受什么。

女性知识分子在生活中享有越来越多的自由,因为她们在教育、科学、医学和其他以智力为基础的领域担任职务,并且可以赚取体面的薪水来养活自己。

然而,这种自由是需要付出相应的代价的。她们的教育和智慧拓宽了她们的生活视野,加深了她们对世界意义的理解。因此,她们不再像前几代人那样天真无邪,依赖性强,也不会像前几代人那样容易感到满足、容易被取悦。她们有独立的经济地位,独立的思想,对爱情和婚姻的尊严有更多的需求,她们有获得个人幸福的意愿和决心,但却没有足够的智慧来应对生活中的所有问题和不满意,她们仍然需要成长。

安妮塔·布鲁克纳小说中的单身知识女性用写作表达新时代女性的内心诉求,积极争取话语权。她们通过自身的拼搏和努力,虽然事业有成,但是在情感方面却有所缺失。家庭、婚姻和伦理秩序是男权社会对妇女压抑和禁锢的主要途径,所以,知识女性不能再沉默,不想再成为依靠男人的女人。理想中的爱情看似触手可及,但事实上却是遥不可及,她们无论做了多大的努力,最终仍然和它失之交臂。但是她们敢于追寻,不到最后一刻决不放弃,并且她们更懂得回归自我,将命运掌握在自己手中。

布鲁克纳是实验派小说家,但是她的小说有几个不同于一般"严肃"小说的地方。20 世纪 80 年代到 90 年代的英国文坛,实验派小说家纷纷登场,但是在布鲁克纳的小说中却找不到任何语言和形式上的实验,她用一种传统的,可以说是现实主义的手法,细腻地描写了人物的心理以及当代单身知识女性的生活。

因此与同时代的其他女作家的小说相比,布鲁克纳的小说具有强烈的女性色彩。她以独特的视角描述了知识女性的特质,探究了现代社会生活中知识女性的社会地位和命运。布鲁克纳发表了二十多部小说,这些小说中的主人公多是单身知识女性,小说所描写的是她们的个人生活和情感纠葛,尤其是爱情、婚姻、家庭、事业和个人所向往的自由之间的艰难选择,这也是布鲁克纳小说创作的最大特点。

布鲁克纳的小说说长不长,说短不短,比一般中篇小说要长一点,但又比一般的长篇小说短一点,因此,有的时候她的作品被称为"短小说",有的时候被称为"中篇小说"。另外,尽管她从来不称自己是女权主义者,甚至对把她定义为女权主义者的评论强烈斥责,但是她作品中的"女性化"十分明显,从女性主义叙事学去分析作品,可以更好地进行理解。

更重要的是,布鲁克纳和 20 世纪 60 年代以来的形式实验,以及"小说之死""作者之死"和"元小说"等口号和理念似乎是完全没有关系的,但是这并不意味着她没有"实验",只不过她的叙事手法和技巧更为新颖和含蓄,不同于其他作家显而易见的语言和技巧上的实验。布鲁克纳创作的成功也说明,不是只有追赶潮流才能表达当代社会和意识的存在,沿袭传统也可以抒发当代人的思想和情愫。

布鲁克纳在她的作品中大都细致描写了大龄单身女性的感情与婚姻,展现了她们对爱情的渴望,以及得不到爱情的心态。布鲁克纳对女性生存状态的关注不仅在于这几方面,更在于她对女性心理成长状况的关注。布鲁克纳以单身女性、艺术和异国风情建构的小说世界,是与后女权主义的时代脉搏相吻合的。布鲁克纳并不只是在创作的过程中体现女权主义,更是在复杂的社会伦理道德的框架中探寻女性的自我和地位。

布鲁克纳在小说艺术方面的贡献同样值得关注。从创作手法上看,她多采用传统的写作方法,对人物的心理描写生动形象,语言流畅,具有很强的可读性。作为后现代的小说家,布鲁克纳深谙后现代的写作手法,她选择满足读者的口味,在充分了解读者传统阅读习惯后,她采用了具有后现代特点的互文和重复作为小说的写作技巧。

参 考 文 献

[1] 布鲁克纳.杜兰葛山庄[M].叶肖,译.北京:北京燕山出版社,2016.

[2] 布鲁克纳.天意[M].锡兵,译.北京:作家出版社,2016.

[3] 林业艳.探寻单身知识女性本真的自我:评安妮塔·布鲁克纳的《欺骗》[J].
当代外国文学,2012(4):121 – 128.

[4] 李明.解读《杜兰葛山庄》中的爱情观[J].济宁师范专科学院学报,2005(3):
107 – 109.

[5] 滕学明.论《湖滨饭店》的现代性与后现代性[J].上海大学学报(社会科学
版),2010(10):125 – 133.

[6] 滕学明.安妮塔·布鲁克纳小说的后现代图片技巧[J].长城,2010(4):45 – 46.

[7] 滕学明.跨文化的焦虑:安妮塔·布鲁克纳笔下单身知识女性的生存解读[J].
现代语文(学术综合版),2013(11):65 – 66.

[8] 滕学明.安妮塔·布鲁克纳作品的历史元小说性[J].名作欣赏,2013(30):4 – 10.

[9] 王守仁,何宁.构建单身知识女性的世界[J].当代外国文学,2003(4):33 – 39.

[10] 孙冠华.安妮塔·布鲁克纳《杜兰葛山庄》小说中女性主义特色研究[J].名
作欣赏,2019(26):131 – 132.

[11] 吴群.从《家庭罗曼史》解读安妮塔·布鲁克纳的女性观[J].安徽工业大学
学报(社会科学版),2018(6):43 – 46.

[12] 林武凯,黄美琪."我在任何地方都感到不自在":《天意》中精神异化的空间表
征与社会根源[J].广东外语外贸大学学报,2020(11):102 – 114,155 – 156.

[13] 王秀银,吕艳.最熟悉的陌生人:关于布鲁克纳《陌生人》的伦理解读[J].名
作欣赏,2013(11):95 – 96,121.

[14] 滕学明.论安妮塔·布鲁克纳小说的后现代现实主义风格[D].上海:上海外
国语大学,2008.

[15] 陈睿琦.论安妮塔·布鲁克纳的心理现实主义写作[D].南京:南京大
学,2021.

[16] 蒋雪.安妮塔·布鲁克纳《湖滨旅社》中的物化女性[D].湘潭:湖南科技大
学,2016.

[17] 贺世珍.论安妮塔·布鲁克纳《湖滨旅店》中的女性意识[D].广州:暨南大
学,2016.

［18］PETIT L. Text and imagein the fiction of Anita Brookner and A. S. Byatt［M］. Ann Arbor：UMIU of Colorado，2004.

［19］SKINNER，JOHN. The fictions of Anita Brookner：illusions of romance［M］. New York：St. Martin's Press，1992.

［20］SADLER，LYNN V. Anita Brookner［M］. Boston：Twayne Publishers，1990.

［21］RUTLEDGE M E. The monomythic journey of the feminine heroin the novels of Anita Brookner［D］. Denton：University of North Texas，1996.

［22］SYMES M L. The bildungsroman and the female heroin the novels of Anita Brookner［D］. Saskachewan：University of Regina，1995.

［23］CYNTHI A E，EGGERT. I prefer the stately dance of reason：Anita Brookner's explorations of literature artand life［D］. Madison：Drew University，1998.

［24］SAMARTH M N. The internalized narrative：a study of lyricism and ironyin the novels of Anita Desai and Anita Brookner［D］. West Lafayette：Purdue University，1987.

第四章　玛格丽特·德拉布尔小说中的元小说叙事

第一节　玛格丽特·德拉布尔和实验小说

玛格丽特·德拉布尔(1939—)是英国当代声誉卓著、拥有强烈的社会意识、高度关注英国社会特别是知识女性问题的传记作家、文学评论家和小说家,是继艾丽丝·默多克、多丽丝·莱辛等女作家的后起之秀,被评论界认为是"当代英国的历史记录者""当代简·奥斯丁""当代盖斯凯尔夫人"。

从1963年出版第一部小说《夏日鸟笼》以来,德拉布尔已经进行了五十多年的写作,到目前为止,她已经出版了18部小说、2部传记、4个剧本、11个短篇小说,发表了多篇论文,并且主编了5部著作,包括《牛津英国文学词典》。

1980—1982年德拉布尔担任英国国家图书联盟主席。她的多部作品都得了奖:1965年《磨砺》获得了罗斯纪念奖,1967年《金色的耶路撒冷》获得了布莱克纪念奖,1972年《针眼》获得《约克郡邮报》最佳小说奖。1980年,德拉布尔由于卓越的文学成就获得了英国女王授予的 CBE(大英帝国司令勋章),2008年又被授予"大英帝国女爵士"的荣誉称号。

在西方评论界,学者们给予德拉布尔"道德小说家""现实主义小说家""妇女作家"等称号。她的创作融合了现实主义、现代主义,早期的四部小说均可归为传统主义,而后期的作品中包含如作家闯入、开放的结尾、互文等后现代主义各种实验创作手法,带有实验叙事技巧,属于实验小说。

《夏日鸟笼》的情节受了乔治·艾略特的名作《米德尔马契》的影响。小说的标题源于英国17世纪剧作家约翰·韦伯斯特的一句话:"像夏日花园里的一只鸟笼。鸟笼外的鸟儿渴望飞进鸟笼,而鸟笼内的鸟儿却因唯恐不能逃出鸟笼而日夜不安。"

小说的女主人公莎拉·本涅特的梦想是成为一个像金斯利·艾米斯那样的小说家,但是大学毕业之后,她发现社会现实对她的梦想设置了重重障碍,她无法摆脱传统女性为人妻、为人母的必然生活道路,所以她只能尽量延长自己进入婚姻的时间,尽可能晚一些成"笼中之鸟"。小说运用白描的写法,通过细节描写体现了女性面对梦想和现实的两难困境,以及女性那种矛盾的心理。《夏日鸟笼》使德拉布尔一举成名,让她步入了小说家的行列。

《加里克年》是德拉布尔继《夏日鸟笼》之后发表的第二部小说。小说的女主人公爱玛·伊万斯原本是英国广播电台的播音员,为了随当演员的丈夫去外省演出辞掉了工作。但是后来她却发现丈夫极其自私并且对婚姻不忠,于是她自暴自弃也想用婚外情来发泄自己郁闷的心情。可是当她的女儿掉入河里的时候,她毫不犹豫地跳下去救女儿,这种母爱的本能让她幡然醒悟,从婚姻带给她的那种困境中解脱出来,她决定要做一个自由的女性和母亲,为了女儿她决定向婚姻妥协,给女儿一个完整的家。但是这部小说所折射出来的作为母亲的女性的伟大却给人留下了深刻的印象,在社会上有无数个爱玛为了孩子、为了身为母亲的责任而放弃了自我,放弃了自己的梦想。

1965年德拉布尔发表了第三部小说《磨砺》,小说女主人公罗莎蒙德是一位特立独行的知识女性,她正在攻读博士学位并且热衷于妇女解放运动,她崇尚自由、热爱自己的事业。在唯一一次的一夜情后,她发现自己怀孕了,于是决定把孩子生下来独自抚养。罗莎蒙德成为单身母亲,她承受了独自养育孩子的种种艰辛,历尽痛苦异常的心理磨砺,在抚养女儿长大的同时她完成了博士论文,发表了学术文章,并且在大学找到了一份很好的工作。

与传统女性不同的是,罗莎蒙德将幸福寄托在自己身上,她拥有一份令人羡慕的工作和一个好孩子,她声称自己并不需要丈夫。小说的题目借用了《圣经》中的一个典故,暗示罗莎蒙德想要逃避婚姻的想法,违背了自然界的规律,因此受到了惩罚,她所经历的磨难就如同是挂在她脖子上的磨石。小说以第一人称进行表述,可以说是德拉布尔小说风格的显著特征。罗莎蒙德对于女儿的爱感动了所有的读者,也因此有评论家将德拉布尔称为"写母爱的小说家",这部小说也获得了罗斯纪念奖。

《金色的耶路撒冷》是德拉布尔的第四部小说,在1967年出版后,得到了巨大的反响。这部小说的每一章都给人以光明,让读者了解到20世纪60年代英国知识女青年的内心世界,是一部堪称"完美"的作品。

《金色的耶路撒冷》的女主人公克拉拉·毛姆竭力想摆脱贫寒的家庭和母亲对她的冷漠无情、清规戒律,希望去追求属于自己的自由和天地。她结识了一位女朋友,并且和朋友的哥哥相恋,融入了他们的家庭,那是与克拉拉沉闷单调的原生家庭完全不同的一种带有温馨关怀的生活氛围。而当克拉拉和恋人因为一点小事产生了误会,她独自回到家中时,看到母亲已经奄奄一息了。之后,她看到了母亲在少女时期的日记,这才发现母亲在年轻的时候对生活也是充满了美好的向往和追求,只不过残酷的现实击碎了她所有的梦想,而母亲也总想用清教徒的道德规范来束缚自己的女儿。

克拉拉不肯向命运低头,她要挑战所谓的"女性共同的命运",并不断追求自我身份的认同。克拉拉·毛姆是当时英国年轻一代的代表,他们对情感、爱情和生活有自己的看法,热衷于追求美好的事物,追求自由。无论做出怎样的努力和牺牲,他们都希望实现自己的梦想,释放自己压抑的情绪,对多姿多彩的生活、浪漫和真爱充满了向往与激情。

德拉布尔于 1972 年出版的小说《针眼》的标题仍然取自《圣经》中的一个典故,获得了《约克郡邮报》最佳小说奖,并且被认为是"德拉布尔 20 世纪 70 年代成熟的社会小说中的第一部"。这本小说是德拉布尔写作生涯的转折点,也是她自己最喜爱的一部小说。

故事围绕罗丝·瓦西里欧的生活展开,她是一位离异的母亲和独立的女性。她出生在一个富有的家庭,但父亲只关心钱,母亲则是一个悲伤的人。罗丝爱上了货车司机克里斯托弗,并不顾父母的反对嫁给了他。然而结婚后她发现,生活是没有意义的,也是虚妄的。于是她把所有的钱都捐给了一所非洲的学校,希望将自己从精神空虚中拯救出来,这件事导致了她和丈夫之间的冲突。最后,罗丝与克里斯托弗离婚,和三个孩子一起居住在一个偏远的地方。然而,克里斯托弗不时发出的威胁给她带来了很大的压力和烦恼,所以她决定采取一些措施。罗丝在制定离婚协议时遇到了西蒙,并且向他寻求了法律援助。西蒙后来发现克里斯托弗很爱自己的孩子,并不完全是一个坏人,于是他觉得两人不应该离婚。

小说的结尾,罗丝做出了一个决定,邀请克里斯托弗再次回到她身边。这样做主要是她觉得自己无权阻止克里斯托弗在道德层面上继续做孩子们的父亲,但是同时她有一种"出卖了自己灵魂"的感觉。最终,出于宽容、责任感以及为他人考虑的善良的心,罗丝告诉自己这个决定是正确的。德拉布尔在小说中一方面揭露了存在于现代人身上的精神荒漠以及他们徒劳的挣扎;另一方面,她写出了女性对自我成就的寻找、追求和对理想生活的自觉。

1977 年发表的《冰封岁月》是德拉布尔的创作从早期转入中期的标志,她从早期作品中的女性视角摆脱出来,创造出了更多具有特色的人物。故事的主人公是一位叫安东尼·基汀的男人,他原本是英国部昂博公司的编辑,后来辞职经商,与别人一起开了一家房地产公司。由于经济衰退的浪潮席卷欧洲,安东尼生意失败,借酒消愁。女友艾丽珊恳求他去东欧某国家保释她的女儿,他却被那个国家的当局视为英国间谍而被关进了集中营,判处劳役6年。他在监狱中看着窗外自由飞翔的鸟儿,不禁盼望着冰封的岁月早日退去。这篇小说体现了德拉布尔对社会问题和国家状况的关注,通过描述一个人的经历,进而反映社会现实,她在表达人物内心的思想及情绪方面更加细腻。

1987年,德拉布尔又推出了《光辉大道》,与随后出版的《天生好奇》和《象牙门》构成了三部曲,其中最为显著的是其幽默的叙述。三部曲是以三个女性从青年到中年的生活经历为线索,讲述这些人不同的经历以及她们之间的友谊。

故事开始于1979年12月31日,三个人都是25年前从剑桥大学毕业的,利兹·赫德兰德是一位心理治疗师,她以一种不自然的悠闲面对事业、婚姻、孩子和社交生活;艾丽克斯·鲍温是一位教师,善解人意,忠于家庭和工作;伊斯特·布罗尔是研究艺术史的一位学者,着迷于精美的中国刺绣,脑海中充满了奇思妙想。小说通过描写三位职业女性,剖析了西方女性的公开的和隐私的生活,展示了个人经历和社会经历的各种模式,为读者描绘了一幅错综复杂的英国社会生活的画面,色调阴暗而悲观。

《七姐妹》是德拉布尔在21世纪出版的第一部小说,讲述了一位被抛弃的中年家庭主妇如何找到自己的道路。小说分为四个部分:"她的日记""意大利之旅""艾伦的版本"和"垂死的秋天"。女主人公康蒂姐与她的丈夫离婚后,离开三个成年的女儿,独自一人去了伦敦。对于离婚,康蒂姐并不觉得是被丈夫抛弃了,反而觉得是一种解脱。后来她意外得到养老金基金会的一张12万英镑的支票,于是就开始了和几个朋友一起去意大利旅游,加上导游一共七人。"意大利之旅"这一部分,作者改为第三人称进行叙述,讲述了这一次迷人的旅行,第三部分是由她的女儿爱伦进行讲述的,最后一部分,读者被告知康蒂姐没有死,只是为了重新审视母女关系而虚构了自己的死亡。全书的最后,康蒂姐改变了她的生活方式,开始接受女儿们的邀请并与家人保持联系。

这部小说与德拉布尔早期的作品没有明显区别,都体现了女性依靠自己便可以获得幸福。

自从《夏日鸟笼》出版后,德拉布尔就引起了国外文学批评界的关注,出版了很多关于她及其作品的研究专著和研究论文,主要研究方向有四个:作品介绍性综述;女性主义分析;作品的伦理分析;作品主题分析。

美国学者艾伦·克莱娜·罗丝在《玛格丽特·德拉布尔小说:模糊身份》中将德拉布尔的三部小说中的女主人公放在一起进行对比分析,对她的小说中的女性形象进行了清晰的展示;斯塔芙在《玛格丽特·德拉布尔:象征主义道德家》中分析了其作品中的道德关怀和象征意义。中国对于德拉布尔的研究起步比较晚,目前有五部其作品的中译本,在王佐良、周钰良主编的《英国 20 世纪文学史》、吴元迈主编的《20 世纪外国文学史》等文学选集中对德拉布尔的主要作品及其对文学创作的影响都做了简要性的介绍。还有一些从女性主义的角度分析德拉布尔及其小说的论文刊发,这些论文还从叙事伦理和弗洛伊德的心理分析、原型批评等角度对小说进行研究。

德拉布尔的小说大多都是关注女性的命运的,她运用现实主义的表现手法,描绘了女性在当今社会的生存状态,并且对女性的心理世界进行了描写,着重刻画了她们努力摆脱对男性的依赖,追求自己的幸福和独立。

德拉布尔曾经说过:"我宁可置身于一个我所钦佩的传统的末尾,而不愿意处于一个我所痛惜、悔恨的传统的开端。"这表明她更愿意处于现实主义传统之中,而不愿意开辟后现代主义的先河。但是她的小说确有其独特的现实主义风格,从奥斯丁、勃朗特姐妹和艾略特等前辈那里她学到不少东西,她的小说再现了社会现实。

但是在后期作品中,她又扩展了现实主义的叙事技巧,运用各种现代派的新奇技巧,在创作中既不恪守陈旧的传统手法,又不追求极端的新潮流派,而是努力发扬现实主义之优长,同时吸取现代主义之精华,融写实与实验为一体,以自然平实的叙事为主,融进复杂奇巧的构思、开放性结局及象征性语言,可见她的后期作品具有鲜明的实验性,因而被戴维·洛奇称为"后现实主义"。

德拉布尔的整个创作过程中作品的风格、叙事技巧不是一成不变的,而是不断变化和发展的。作家没有脱离他们所处的时代而进行创作的,20 世纪是各种理论、各种主义盛行的世纪,并且在 20 世纪末期作家更重视元小说、碎片化叙事、开放性结尾、作者闯入等后现代小说创作手法的实验。

德拉布尔是一位紧跟时代发展的学者型作家,她的作品《红王妃》就是最好的证明。作品的内在要求使得她不得不尝试新的创作方式,正如她自己所说的那样:"我用第三人称写《瀑布》的第一部分,发现没有办法继续进行下去,于是我逐渐转变写作手法。我并非有意转换叙述方式,但是这种手法很有效果,于是我就采用了。这并不是说我有意要写一部实验性的小说。"德拉布尔的《瀑布》是实验性很强的小说,运用第一人称和第三人称交替叙述更加突出了主题。分析《瀑布》和《红王妃》中的实验叙事技巧,研究者可以更好地体会作品的实验性,以及德拉布尔独特的创作手法和小说的后现代主义主题。

第二节　《瀑布》中的元小说叙事

1969 年,《瀑布》一经出版就产生了巨大的影响,《纽约时报》称德拉布尔为"最杰出的、最有才华的新一代小说家之一",并将她与布朗宁等文学巨匠相比。《华尔街日报》说她是一个了不起的女人,他们对《瀑布》给予了高度评价,认为这部小说是玛格丽特·德拉布尔最具进取心和最好的小说。在中国,《瀑布》还被列入全国高校外语专业教学大纲书目。

德拉布尔的第五部小说《瀑布》终于打破了她之前坚持的"宁可尾随一个伟大的传统"的宣言,开始投入"一个新潮流"。《瀑布》是一部在内容和形式上都反传统的实验小说,作者在形式和叙事手法上进行了新的实验,第一人称和第三人称交替叙述,没有章,只有用页码分开的部分。小说用一种歌颂式的笔调描写婚外恋情,没有如传统小说那样,用死或分离或其他悲剧式的结尾来惩罚一对婚外情的男女,作者自己也称此书是"一部很神经质的书""一部很调皮捣乱的书"。

《瀑布》是一部实验小说,讲述了女主人公简·格雷的故事。简是一个"与世隔绝的绝望的"诗人及作家,一个有两个孩子的已婚妇女。她喜欢写诗,与丈夫马尔科姆的相识是因为他的音乐。为了出人头地,马尔科姆整天在外面旅行,把简和孩子们留在家里。简很理性,很温柔,但对性非常害怕。因为她的性冷淡,丈夫对她失去了兴趣,在她第二次怀孕的第七个月的时候丈夫就离开了她。

故事的一开始,简独自在她的维多利亚式的房子里生下了第二个孩子。她把第一个孩子放在她父母的家里,并没有告诉家人她的丈夫已经离开了。简向她的表妹露西寻求帮助,于是露西和她的丈夫詹姆斯轮流来照顾简和她的孩子。由于露西也有孩子要照顾,更多的时间都是詹姆斯来照顾,于是他和简有了很多时间相处。虽然这两个人都有各自的家庭,但是他们仍然彼此相爱了。恋情虽然是不道德的,但简和詹姆斯满足了爱和被爱的需要。在和詹姆斯的感情中,简释放了自己,在性生活和独立之间取得了平衡。

《瀑布》的女主人公简和其他作品中的女主角不同,她不仅承认了与情人詹姆斯的恋情,而且还享受了性生活。最后,简在情感和精神独立中日渐成熟,这段爱情也让她意识到自我独立的价值。简和詹姆斯开车带着孩子去旅行,在旅行途中,他们遇到了意外。他们的婚外情被曝光,詹姆斯回归了自己的家庭。但小说的结尾却让读者大吃一惊,他们的婚外情不但没有结束,反而一直持续,而且简对自己的理解与过去完全不同。

美国学者艾伦·克罗南·罗斯认为,德拉布尔不仅是一位写小说的女作家,而且是一位写女性的教授。评论界都认为德拉布尔的作品反映了 20 世纪 60 年代女性意识的整个发展和变化过程,并且充分肯定了她对母爱的强调。

但是激进的女权主义批评家却对玛格丽特·德拉布尔非常不满。他们认为,德拉布尔将母爱作为女性生活的中心,是孩子们的女主角,是父权社会中的妥协者,这是一种保守的妇女观,是对女权运动的否定。他们甚至把《瀑布》作为一本邪恶的书,因为它让人们相信,只要爱上一个男人就能把女人从心理危机中拯救出来。但是《瀑布》是一部实验性的小说,这是一个不争的事实,在这部小说中,叙事角度不断转换,元小说元素、互文性、戏仿和故事嵌入、后现代的叙事技巧等解构了传统的叙事技巧和经典爱情故事,作者还对以男性为中心的社会进行了解构。所有这些都体现了德拉布尔的小说创作有别于传统的现实主义风格,显示了她的后现代主义倾向。《瀑布》的实验性特点极大地反映了作者在保守主义方面的变化和对后现代主义的捕捉。她既不放弃传统,也不追求突破和创新,这类品质和人物是小说创作中不可或缺的。

元小说是一种关注小说的虚构身份及其创作过程的小说,指的是"关于怎样写小说的小说",最初由语言学家赫尔姆斯提出来,盛行于 20 世纪下半叶。元小说最大的特点就是小说的作者既是故事的叙述者也是作品中的主人公,他们可以随意切换观察视角并且对作品进行评论,元小说的叙述形式是后现代主义文学的主要形式之一,使用文字展现虚构的无限可能。在《瀑布》中,德拉布尔巧妙地运用了元小说的叙述,通过人称转换、开放式的结尾、自反性、互文性和不确定性等元小说叙事策略,揭示了小说虚构的本质,进而体现了德拉布尔的叙事实验性。在这些叙事策略中,最显著的就是文本中的自反性,也是第一人称和第三人称叙述视角的灵活转换。

自我反思性也被称为自我意识,是元小说的基本特征之一。罗伯·格里尔曾经说过:"从现在开始,小说要思考、质疑和反思自己。"元小说的叙述者对一系列的小说技巧、惯例、程序和规则有着清醒的认识,并偶尔将它们暴露出来,而元小说作家则强调了小说创作的虚构性。帕特里夏·沃在《元小说:自我意识的理论与实践》一书的开头,给元小说的定义是:"元小说是小说写作的一个术语,它有意识地、系统地让我们密切关注其作为人工产品的地位,以怀疑小说的虚构和现实之间的关系。"元小说是用小说来讨论小说,它在创作过程中使用各种叙事技巧,以形成旋涡式的表演,它毫不掩饰地暴露了叙事的痕迹,并揭示了小说虚构的本质,这些都从根本上体现了元小说强烈的自觉性。

在《瀑布》中,女主人公简是一位作家,她正在写一个关于她自己的故事,她不仅是故事的叙述者,也是小说的作者——她是一个有自我意识的叙述者。《瀑布》最明显的结构特征是,它是以第一人称和第三人称交叉进行叙述的。

小说的第一句话是以第一人称进行描述的:"如果溺水,我无法伸手来拯救自己。"这是一个直接引语,从一开始是叫她,然后称呼简,最后是称呼格雷夫人。在小说的前四十五页,除了第一句话之外,所有描述简的精神状态、生孩子的状态,以及她对詹姆斯的热情都是使用的第三人称。从第二部分开始,读者会感到困惑,因为第二部分转到了第一人称。"当然,我的意思是,这还不够。"在小说的另一个部分中,采用了两种不同的视角。在这篇小说中,以第一人称叙事的形式是主人公自省的主要表达方式,它是一种公共的声音,反映了主人公的理想和未来。传统意义上来说,第三人称视角在这部小说中是一种有限的观察者的视角。

评论家说双重视角是用来反映"真实"和"虚构"之间关系的。有限的第三人称讲述的是客观现实的故事,它呈现了现实中的"我"和"我的生活"。第一人称叙述给出了"我"在过去、未来对自己的现实、理想、选择进行了理性的思考,具有细腻的触感。两种叙述方式的不断交替似乎产生了第三人称全知全能的叙述效果。

德拉布尔在这部小说中有意使用了第一人称和第三人称交替的叙述方式,有时让读者闭目养神,甚至与叙述者的脉搏一起跳动,有时又把读者推开,回到客观现实。通过这些,读者可以感受和理解女主人公的整个人生故事:她的过去、现在和未来,知道女主人公的道德自我。虽然第一章第一段使用了"我",而且只有一个句子,但可以肯定的是,它是一个"自由的直接引语"。

小说的第一、二、三、四章是以第三人称进行叙述的。小说的女主人公简马上就要生产了,但来帮助她的人却只有她的表妹露西和妹夫詹姆斯以及助产士。在20世纪中期,读者不得不对这种分娩方式感到疑惑。这似乎在告诉读者这是在故事里,不是真实的。第二十五章是简和詹姆斯车祸后的第十五天,在这一章中,第三人称叙述给了我们这样的提示:车祸可能是简和詹姆斯之间浪漫爱情的结束,是不可避免的。简可能永远不会醒悟,但是第三人称叙述者回答了简爱詹姆斯的原因,因为他给了简真正的爱和经济支持以及让她体会到丈夫的责任。虽然第三人称叙述人大多是基于正在发生的现实,但在这一章中,全知全能的叙述者对人物的言行进行了全面的观察和权威的评述,最后抓住了属于人们的原本声音。

小说的其他二十二章均是以第一人称进行叙述的,主要有两方面的作用:一是对过去的补充,二是对现实中发生的事件的补充。以此,让读者了解简的父母,以及简和她丈夫的家庭与情感生活。第一人称叙述者把第一、二、三、四章中写的事情都归结为"不是全部的事实",并解释了其中的原因,"我"说出了"被遗漏的爱"。第一人称和第三人称的叙述成为一个跷跷板游戏,第三人称讲述的故事有时会被第一人称否定和推翻,而简就用这种方式将现实与现实生活联系起来。

元小说的作者们声称他们的作品与现实毫无关系,甚至在文本中揭露了虚构。在写作过程中,元小说家不断提醒读者这是一个虚构的文本,以使读者自然而然地注意到小说的性质,并区分出虚构的世界和现实的世界。

《瀑布》的反思性主要体现在简的自我意识上。在故事中,她是小说的作家,并对小说及其创作过程进行反思和批判。具有反思性的元小说有四个主要的背景:作者、读者、文学史和现实世界。这些背景原本属于小说外部的创作来源,但是在元小说中,它们作为人物或角色被纳入小说中。这就使作者、读者和现实世界之间形成了一种特殊的关系。换句话说,小说家简是作家简的产物,就像作家简是玛格丽特·德拉布尔小说的产物一样。它使小说、小说家、被虚构的人物和虚构物之间构成一种复杂的关系。这使人们想到"盒子的效应",那就是作品中的作品,文本中的文本。

现实与想象的对立,想象有时候比现实更有说服力。《瀑布》就像"盒子效应"一样,混淆了身份的神秘。虚构世界的虚构行为本身已经是一个故事,而故事本身具有内在的独立性,不依赖于人类和现实的世界。

《瀑布》的叙事采用了第一人称和第三人称交替的分裂叙事结构,作者强调了女主人公简的主观的碎片化。简被她的丈夫抛弃了,并且即将生下第二个孩子,这时候的她正处在极端的孤独、痛苦和压抑之中。她的疏离感是时代的表现,她的绝望和忧郁是西方世界精神危机的表征。

德拉布尔第一人称的描述似乎显示了传统的全知型视角,然而她又参与到第一人称的叙述中,抓住时机,揭示真相,向读者表达自己的真实想法。通过叙事视角的交替,现实变成了一个遥远的、模糊的景象,德拉布尔在小说创作中进行了新的探索和尝试,以后现代主义的元叙事方式叙述故事。这种碎片化的叙事结构也显示了当代女性艺术家的自我分裂:作为一个作家,面对父权制的社会习俗和传统文化,被要求以男性为中心进行话语建构,但作为一个女性知识分子,她的视角也反映了女性自身的诉求。在西方社会中,女性角色的性别期待导致了女性的分裂。

简在《瀑布》中说:"我觉得自己处于一个分裂的角色,既是一个焦虑的女人,又是一个健康的、有能力的母亲……我觉得我同时生活在两个层面上,它们之间彼此无关。"

德拉布尔的反传统小说《瀑布》体现了作者的创新,反映了当代女作家试图改革现有的基于父权制社会的社会价值观,以及文学创作的有益尝试和努力。书中这种元小说的特点不断提醒着读者,在故事的叙述中,作者有一种不可避免的偏见和个人解释。前后的陈述使读者在感到困惑的同时增加了他们探究真相的兴趣,使他们思考生活和艺术之间的关系。此外,简的否定总是第一人称否定第三人称,这似乎表明,作为一个作家,简对传统的现实主义进行了揭露。

传统现实主义的真实性和可靠性试图让读者相信故事的真实性,而简则试图指出其虚假性,通过破坏传统方式的可信度,使读者感受到另一种现实,一种真正的、从生活中提取的艺术创作和艺术所反映的生活的真实性。德拉布尔主张妇女追求自我认同,在寻求新的艺术表达方式的同时,女性应始终需要认真对待传统,在他者身上寻找自我,在建立自我中认识他人。在传统中创新,在创新中创造新的传统是她写作的目的。

《瀑布》的元小说叙事除了人称转换的特点之外,互文性和开放式结尾也是它的主要特点。《瀑布》的结尾没有简的死亡,也没有她和詹姆斯最终走到一起的俗套结局,结尾是开放性的、多元形式的。这种形式暗示了作品的中心是"以作者为中心"向"以读者为中心"的转移,并且反映了世界正从对单一的、绝对的、权威的崇拜走向衰落,一个多元化的世界和思想体系正在兴起。

这也是作者揭开了全知全能视角的伪装,公开向读者坦承:小说是虚构的,故事的结局、人物的生死存亡和悲欢离合,本来就不是真实的,是作者根据自己的想象和意愿操作而成的,读者应该认清这一事实。《瀑布》的最后十几页都是在讨论小说的结尾,目的是向读者解释这是一个自由的结尾。在号称"文学枯竭"的时期,德拉布尔用《瀑布》证明了"小说并没有死亡",独特的叙事特点及为女性呐喊的声音更让读者体会到文学的生机勃勃,丰富的生活给文学提供了源源不断的生机和活力。

第三节　《红王妃》中的不确定叙事

2004 年出版的《红王妃》见证了德拉布尔试图将她的小说写作对象从英国妇女扩展到 18 世纪的韩国宫廷。两个相隔两个世纪的女人的生活是相互联系、相互交织的。《红王妃》的前半部分是一个抒情故事,讲述了一位韩国王妃从 10 岁嫁给佐渡王子后悲惨的宫廷生活。小说的后半部分快进到英国学者芭芭拉·霍利韦尔博士的生活,她到首尔参加会议,并在途中阅读了韩国王妃的回忆录。

《芝加哥论坛报》说:"德拉布尔的故事是一首献给文学的情歌,展现了读者和主题是如何交织在一起的。"德拉布尔巧妙地将时间、空间和文化联系在一起,对人性和命运提出质疑。

《红王妃》将一个 18 世纪的韩国王妃(惠琼,又名洪夫人,生于 1735 年)与一位在首尔参加学术会议的英国女学者的生活联系起来。这部小说是一个含有两个叙事线索的故事,分为"古代"和"现代"两部分,后者以"后现代时代"结束。

"古代"部分介绍并改写了王妃的回忆录。洪夫人在 10 岁时被选为佐渡王子的妃子,15 岁时完婚。她的第一个儿子在襁褓中夭折,她见证了丈夫的疯狂,丈夫杀死了他的小妾,被他的父亲判处死刑。她又活了 50 年,看着她的第二个儿子继承王位,并在死时希望她的故事能够重现。"现代"部分讲述了一位英国女学者芭芭拉·霍利韦尔博士的旅行。在去首尔参加一个学术会议的路上,芭芭拉读到了一份匿名寄来的王妃的回忆录。她发现自己被回忆录的内容深深吸引了。

事实上,她成了王妃的鬼魂使者,因为两人有许多共同点。两人都渴望红色,都失去了第一个孩子,都和丈夫生活在一起,她们的丈夫都是精神病患者。芭芭拉博士受到鬼魂的纠缠,参观了王妃的花园和其他历史遗迹。德拉布尔在"后现代时代"中写到了自己:她在午餐时遇到了芭芭拉博士。似乎王妃的鬼魂在作家德拉布尔的笔下找到了另一位代理人来继续她的故事,最终芭芭拉博士摆脱了王妃的鬼魂。

这部小说在出版后受到了评论家和媒体的大加赞赏。《文学评论》称赞它是"复杂的、令人深感满意的……一场穿越诱人的异域风光的异国历史之旅"。《先驱报》说,德拉布尔确实是"文字的工匠",呈现了她"巧妙、精致、微妙"的描述。

诺拉·福斯特·斯托弗在她的文章中指出了小说中存在的元小说的虚构性。阿弗里达·阿贝在《玛格丽特·德拉布尔的方式》一文中分析了红色的意象含义,并认为红色是小说的核心,象征着几个世纪以来女性的心理状况。

中国对这部小说的研究主要受到国外研究的影响。程倩是国内德拉布尔研究的主讲人之一,她注意到了《红王妃》叙事中的历史书写,以及其跨越时空的独特叙事方式,分析了德拉布尔在揭示人类特征和丰富小说的历史意义。

杨建梅选择从新历史主义的角度来分析《红王妃》,认为德拉布尔通过复活过去红王妃来重写历史,叙述了一个无权无势的人挑战官方历史话语权威的故事。

王桃花从全球理解的角度来探讨小说的主题问题,认为德拉布尔展示了她的全球视野,在不同文化之间建立了一座桥梁。

除此之外,还有很多学者从心理批评、女性主义等角度对《红王妃》进行分析。这部作品中所运用的后现代元小说要素是其非常显著的叙事特点,作品中的自反性、戏仿和不确定性更加体现了这是一部风格别样的作品。

刘敬修认为,"人物形象的不确定、小说中人物年龄的交织,以及片段式的叙述,都揭示了主题的不确定"。在《红王妃》中,女主人公在过去和现在之间自由跳跃,并体验韩国文化和英语,叙述者经常在第一人称和第三人称之间切换,情节在事实和虚构之间游走。

德拉布尔在一次采访中承认了《红王妃》的不确定性:"《红王妃》涉及了一些主流的文学主题,如精神错乱、父子关系、妇女权利和权力等。"不仅如此,它的副标题"跨文化的悲喜剧"似乎无视任何对小说进行定义的企图,仿佛在说它是超越了一种特定的文化和一种特定的体裁。换句话说,这部小说对读者来说可能是"有问题的"。

这部王妃回忆录大概是两个世纪前写于韩国,由金滋炫教授翻译成英文,德拉布尔阅读的是其中的一卷。"红色"吸引了她的注意,所以她创作了《红王妃》。"红色"被作者多次提到,并在《红王妃》中发挥了非常重要的作用。德拉布尔将她的作品命名为"红色"的王妃,并且在作品中,女主人公们都为一件红色的丝绸衣服而疯狂。

此外,在小说中,根据当时的习俗,红色作为一种民族色彩也是韩国李氏王朝最受欢迎的颜色。因为"红"字在中文和韩文中都有相同的发音,也许这就是为什么德拉布尔将这部小说的标题命名为《红王妃》。但《红王妃》中的"红"字不止有一层不确定的符号含义。

一方面,红色与血液是同样的颜色。当王妃出生时,她肩负着父亲的希望,10岁时她被选为王妃,这意味着她可以永远享受奢华的生活,她的家族也能从中受益,她在幼年时对红裙子的梦想很快就会实现。然而,在政治斗争、血腥和恐怖充斥的宫廷内,红王妃一直被阴谋所包围,过着一种悲惨的生活。一方面,她的公公武断而残忍。另一方面,她的丈夫行为怪异,经常失去对自己思想的控制,甚至经常频繁把自己当作王上,最后被自己的父亲处决。对红色的偏爱导致了灾难和红王妃的悲惨生活。

另一方面,红色被看作一个积极的词,象征着幸福和希望。不同的文化对"红色"赋予了不同的含义。在东方文化中,"红色"有丰富的含义:它是吉利和幸福的象征,所以经常被用于婚礼或其他庆祝仪式中。王妃和她的现代特使芭芭拉·霍利韦尔无时无刻不在渴望着一件红色的丝绸衣服。确切地说,红色代表着对幸福的追求。王妃嫁给了王子,实现她穿上红裙子的愿望,过上幸福的生活。然而,不幸的是,她的愿望没能实现。因此,在她死,她一直在寻找一个特使来实现她的梦想。经过两百年,她找到了芭芭拉,与她有着相似的生活经历,并且对红色情有独钟、为红色而疯狂的人。王妃和芭芭拉都有一个疯狂的丈夫,她们都经历了儿子的死亡,但从未放弃过希望。王妃和芭芭拉都曾经享受过幸福,但幸福总是太短暂了,生命的状态是不确定和不稳定的。因此,毫无疑问"红色"这个词的含义也是不确定的。

　　还有一个重要的意象被多次提到,那就是"喜鹊"。在《红王妃》的序言中,德拉布尔承认:"我不知道喜鹊(经常出现在这个文本中)在当时的韩国被认为是幸运的还是不幸运的。我花了一些时间研究喜鹊的文化意义,这是个令人困惑的问题,但没有得出令人满意的结论。"事实上,在东方世界,喜鹊被认为是好消息的预言家;而在西方的传统中,它们会带来厄运。在《红王妃》中,为什么王妃似乎认为喜鹊是一种坏兆头?答案是不确定的。读者需要参与到小说中来,以便从后现代小说的不确定性中找出确定的答案。

　　毫无疑问,小说的主题是不确定的。传统上,一部小说总是有一些主题,作家围绕这些主题设计情节。然而,在后现代主义作家的小说中,小说的主题是多样化的、荒谬的,甚至是不存在的。也就是说,小说中没有明确的思想要表达。《红王妃》中,德拉布尔提到了许多作家,比如鲁迅和夏洛特·布罗特以及他们的作品,这恰好使《红王妃》成为一部跨文化的后现代小说。

　　在这部小说中,德拉布尔实验性地利用不确定性创造了两个非凡的人物形象,两个相互交织的时代,以及小说中不同的主题和象征意义。由于现实世界中没有绝对性,所以一切都是相对的,一个事件的发展有多种可能性。还有就是在故事的最后,德拉布尔"出现了",她成为主人公的朋友,还告诫主人公不要相信那些作家,并与他们进行讨论。为了忘记已经发生的一切,追求自己的新生活,主人公还把自己的所有经历都告诉了德拉布尔。

　　读者可以看到,德拉布尔想通过红王妃和芭芭拉对生活方式的追求来说明自己对自由的追求和渴望。因此,可以得出主题中是具有不确定因素的。在后现代语境中,意象和主题的不确定性凸显了德拉布尔对元小说中小说和现实之间关系的新解释。德拉布尔通过这种主题不确定为代表的元小说叙事实验的创作手法,强调了人类共同的价值观:无论时空多么遥远,无论文化多么悬殊,无论通过什么样的声音或者写作方式,人类都有着相似的生存困境而且都在积极地寻求着突围。这也显示了德拉布尔对时代所具有的强烈责任感,以及对人类生存状况的高度关怀。

第四节　玛格丽特·德拉布尔
对 20 世纪实验小说的影响

作为一名现实主义小说家,玛格丽特·德拉布尔与其他人不同,她的小说在复杂性方面越来越成熟,女主人公的观点也从单一的女性角色的心理内部转变为对男性和女性的全知全能,即男人和女人在英国当代生活的模糊状态中挣扎。

她的作品中的女主人公都有自我意识、有事业心、有智慧,她们都是受过大学教育的年轻知识女性,刚从校园毕业进入社会,她们在面对爱情、婚姻、事业时感到困惑和迷茫,同时渴望情感、道德和经济上的自主权。她们与作者本人的背景、年龄相似,面临着同样的人生思考,因此这一时期的作品都能够引起读者的共鸣,尤其是女性读者的认同感。

在 17 世纪到 18 世纪,有一大批杰出的英国女性小说家,如简·奥斯丁、勃朗特姐妹、加斯凯尔夫人、乔治·艾略特,这些维多利亚时代的女性小说家开创了女性小说家的时代。她们遵循的是现实主义文学的原则,以人性为主题,表现特定的时代、特定的社会、特定的环境,从女性的角度来考察女性的命运,以女性的自我意识和社会批判意识为内核,开创了英国女性现实主义小说的传统。

玛格丽特·德拉布尔深深地扎根于现实主义传统小说的创造之中,结合自己的创作,她的作品被称为"现实主义"创作。同时,她的作品又被归类为情境小说,探讨了女性地位的变化,反映了英国社会生活的变化。因此,她被誉为"当代英国的记录者",反映了近半个世纪以来西方社会生活的变化,强烈的人文思想使她的作品具有丰富的文化底蕴。

一些评论家喜欢用女性现实主义来概括玛格丽特·德拉布尔的小说特点,但她始终不同意。她认为她关注的是普通人的权利和正义,她不是女权主义运动的代表。她的作品中塑造的许多令人难忘的男女主人公形象显示了在变化的社会中探索人类关系的意义,丰富了英国小说的内容。

玛格丽特·德拉布尔的小说关注当代女性的生存状况和女性生活的本质,反映了当代知识女性意识的觉醒。在创作中,她使用了一些元小说的叙事策略,显示了她的后现代主义倾向。即使读者意识到小说世界的语言结构,也对小说所反映的现实有深刻的感受。作为一个生活在后现代社会的传统作家。德拉布尔努力跟上时代的步伐和社会的发展。她实验性地在《瀑布》《红王妃》中加入了很多元小说的元素,也许这正是这些小说成功的原因。

德拉布尔确实有她自己独特的现实主义风格,她再现了社会的真实状况,描写了社会生活的细节,同时插入了作家自己的评论和批判。但是在后期的作品中,她以人称转换、开放式结尾、互文、碎片化叙事、闪回等手法丰富了其叙事手法,因此人们将她的带有实验性的后期作品称为"后现代主义"是有一定依据的。作为女性作家,她深刻地体会了女性的生活和感受,洞察女性内心情感和心理变化,作品既具有感染力也具有说服力,后期的作品更是具有开阔的视野和宏伟的气势,在英国文坛占有举足轻重的地位。

参 考 文 献

[1] 德拉布尔.红王妃[M].杨荣鑫,译.昆明:云南教育出版社,2007.

[2] 杨跃华.知识女性的愿景:玛格丽特·德拉布尔小说研究[M].成都:四川大学出版社,2011.

[3] 张中载.当代英国文学论文集[M].北京:外语教学与研究出版社,1996.

[4] 程倩.无望的突围:评德拉布尔的女性小说[J].湖南师范大学社会科学学报,2000(1):119-123.

[5] 王丽亚."元小说"与"元叙述"之差异及其对阐释的影响[J].外国文学评论,2008(2):35-44.

[6] 韦华.戴维·洛奇的元小说研究与创作实践[J].名作欣赏,2011(33):43-45.

[7] 杨跃华.论玛格丽特·德拉布尔三部作品的阶梯式叙事视角[J].重庆工商大学学报(社会科学版),2010(2):123-128.

[8] 瞿世镜.英国女作家德拉布尔的小说创作[J].外国文学评论,1995(2):27-33.

[9] 李一.论玛格丽特·德莱布尔小说《瀑布》的后现代主义倾向[J].长春理工大学学报(社会科学版),2012(4):95-96.

[10] 张小平.德拉布尔的《瀑布》:对浪漫爱情故事叙事传统的颠覆[J].河南师范大学学报(哲学社会科学版),2010(11):220-225.

[11] 刘竞秀,吴碧芬.探析德拉布尔小说《红王妃》的实验性[J].三明学院学报,2013(1):60-64.

[12] 苏金珠.直面惨淡的人生:从存在主义的视角解读《红王妃》[J].牡丹江大学学报,2011(8):75-76,79.

[13] 曹琴琴.德拉布尔创作概述及研究现状[J].英语广场(学术研究),2013(9):44-45.

[14] 王桃花.国内外玛格丽特·德拉布尔研究述评[J].湖南科技大学学报(社会科学版),2013(7):139-142.

[15] 郭娟.玛格丽特·德拉布尔《红王妃》中的抑制与颠覆[D].湘潭:湖南科技大学,2015.

[16] 屈璟峰.寻找一种声音:玛格丽特·德拉布尔主要作品中的身份建构[D].开封:河南大学,2014.

[17] 罗玲.论玛格丽特·德拉布尔《红王妃》中的元小说要素[D].南京:南京理工

大学,2014.

[18] 侯润.对玛格丽特·德拉布尔三部小说《磨盘》《瀑布》和《针眼》的存在主义女性主义解读[D].大连:大连外国语学院,2010.

[19] 李文良.玛格丽特·德拉布尔小说叙事艺术研究[D].上海:上海外国语大学,2012.

[20] MARGARET D. The waterfall[M]. New York:Penguin Books,1971.

[21] Singh A. Margaret Drabble's novels:the narrative of identity. [M]. Delhi : Academic Excellence,2007.

第五章　安吉拉·卡特小说中的拼贴叙事

第一节　安吉拉·卡特与实验小说

安吉拉·卡特(1940—1992),英国当代著名的女作家,是一位既有才华又奇特、20世纪后半叶最具创造力和富有争议性的女作家。她的作品具有独树一帜的风格,将魔幻现实主义、女性主义、黑暗系和哥特式童话相混合,作品中包含丰富的想象力、华丽的语言和充满戏仿的狂欢,让她获得切特南文学节奖、詹姆斯·泰特·布莱克纪念奖等奖项。1983年她担任了布克奖的评委,被《时代》周刊称赞为20世纪最杰出的作家之一。

英国评论家迈克尔·伍德曾经将安吉拉·卡特与纳博科夫、马尔克斯等世界级作家比肩,并称呼她为"女作家中的拉什迪、英国的卡尔维诺"。

卡特是一位多产的作家,1965年第一部长篇小说《影舞》出版,1967年的《魔幻玩具铺》获得了约翰·卢埃林·里斯奖,1969年她的作品《数种知觉》获得了毛姆奖。她陆续发表了九部长篇小说、五部短篇小说集、两部非小说类作品以及大量的报刊文章、剧本、儿童文学作品和诗歌,其中有四部小说和四部短篇小说集已被翻译成中文。

卡特用现代意识和女性主义观念进行了哥特式小说、童话改写等的创作,彻底改变了传统文学作品中的妇女形象。但可惜的是,她52岁就去世了,那正是她创作的旺盛期,对英国文坛来说,她的去世是一个重大的损失。

《卫报》在她的讣告中赞扬她说:"她反对狭隘。没有任何东西处于她的范围之外。她想知道世上发生的每一件事,了解世上的每一个人,她关注世间的每一个角落、每一句话。她沉溺于多样性的狂欢,她为生活和语言增光添彩。"

在她逝世六年后,美国圣马丁出版社出版了关于现代小说家的研究专著,其中就包含安吉拉·卡特,这表明她进入了 20 世纪重要作家的行列。2006 年,在女性读者的推动下,英国掀起了卡特作品的回顾热潮,《时代》周刊称她为:"第二次世界大战后,英国最伟大的 50 位作家之一。"

安吉拉·卡特 1940 年出生于伊斯特本,1992 年死于肺癌。她本姓斯达克,童年时期,为了躲避第二次世界大战的战火,卡特在南约克郡乡村的外祖母身边度过童年,擅长讲述民间故事的外祖母对她的影响在她的作品中不断显现。

在伦敦上中学期间,卡特已经显示出了文学天赋,她发表在校刊上的诗歌提到"牛头怪""死亡的黑帆""阿蒙法老"和"太阳神祭司",将古埃及和古希腊的典故有趣地放在一起,这表明她具备了改写经典的意识。20 岁那年,她嫁给了化学教师保罗·卡特,但是她并没有放弃去布里斯托大学进修英国文学,她的研究方向为中世纪文学,并且对哥特传统具有浓厚的兴趣。她说:"尽管花了很长时间才了解为什么,但是我一直都很喜欢爱伦·坡,还有霍夫曼的故事,残忍的故事、奇异的故事、恐怖的故事,奇幻的叙事可以直接处理'潜意识的意向'——镜子、外化的自己、废弃的城堡、闹鬼的森林。"

20 世纪 60 年代,反主流文化的自由和实验氛围极大地影响了年轻的卡特,疯狂和死亡、破坏和罪过,成为她的早期作品的主题。在布里斯托大学学习中世纪英语后不久,卡特就发表了三部小说:《影舞》(1965 年)、《魔幻玩具铺》(1967 年)和《数种知觉》(1968 年)。她总是对表演着迷,将魔幻、超自然和想象力融合到日常的现实生活中,仿佛是在证明艺术没有界限。

根据著名评论家、卡特的密友 Lorna Sage 的说法,卡特总是对象征主义和达达主义艺术家的作品感到好奇。正如卡特所说:"生活中一定有更多的东西……它使我对日常生活环境深感不满意。"卡特的早期小说渗透着前卫美学的影响,看起来支离破碎,没有实质。正如 Sage 告诉我们的,从卡特的写作生涯开始,超现实主义艺术就是她的灵感来源。

法国思想家,如克劳德·列维·斯特劳斯、罗兰·巴特、迈克尔·福柯、雅克·德里达对卡特的影响很大。《魔幻玩具铺》为她赢得了约翰·卢埃林·里斯奖,表面上看与她的《影舞》和《数种知觉》不同,因为这本书更多的是借鉴了童话和民间传说,而不是超现实主义。

1969 年,《数种知觉》获得毛姆奖,这使卡特得以逃离失败的婚姻,前往日本旅行。在日本,她有了完整的异己体验,也为她的写作注入了新的见解。她在《日本的纪念品》中写道:"日本是一个男人的国家……。在一个男人占主导地位的社会里,他们只把女人当作男人激情的对象来看待。我从未如此绝对地成为神秘的他人。我已经成为一种凤凰,一种神奇的野兽;我是一颗离奇的宝石。"

卡特不满足于停留在表面,她试图进一步探索符号系统和虐恋背后的社会意义。正如甘博所观察到的,卡特所经历的日本文化体现了她对两种对立的"幻想"和"事实"模式之间的张力的持续迷恋。这种强烈的他者意识和启蒙意识在卡特的部分自传性和部分隐喻性文章中表现得最为明显。

几年的东京旅居生活使她成为一名激进分子,并且也让她重新审视女性问题,她与保罗·卡特的故事反映在 1971 年的第五部小说《爱》里。卡特是在 20 世纪 60 年代末加入女权组织的,当时出现了第二拨女权主义。1969 年至 1972 年在日本逗留期间,卡特继续出版小说《英雄与恶徒》(1969 年)、《爱》(1971 年)和《霍夫曼博士的魔鬼欲望机器》(1972 年)。

1972 年,卡特和丈夫离婚,但是因为"安吉拉·卡特"的名字已经印在多部作品上,因此她保留了卡特这个姓氏。也正是在 1972 年,卡特出版了第六部长篇小说《霍夫曼博士的魔鬼欲望机器》,这是一部科幻小说,据说初稿只用了三个月。这部小说是空前的大胆创作,在体裁上糅合了科幻、流浪、哥特、侦探、奇幻等文学样式,在 20 世纪的实验文学背景下,也是独树一帜的。这部科幻小说试图解决理性与激情之间的冲突。

艾莉森·李称它是"也许是最具有智力挑战和最密集的作品",这部小说以寓言的方式将读者从一个陌生的世界带到另一个陌生的世界,每个世界都充满了过渡性。卡特自己也感慨地说:"我意识到,小说可以让人发挥出无限的潜能。那以后怎么样了呢?就我的亲身经验而言,那就意味着……我再也养不活自己了。那是我蒙尘之始。之前,我是颇为人们所看好的年轻女作家;之后,再也没有谁愿意搭理我了。"

1965 年的《影舞》、1968 年的《数种知觉》和 1971 年的《爱》被称为"布里斯托三部曲",虽然《爱》重申了前两本书中熟悉的主题和人物,但它明显更加黑暗。塞奇认为这是一本苦涩的完美的书,"是对你在生活中遇到的空虚的凄凉的庆祝。如果你把真实的东西扔得太彻底,你就会感到空虚"。卡特称这部小说是"一个近乎险恶的男性模仿的壮举";至于《英雄与恶徒》,试图摆脱她以前一直在写的那种小说,并冒险进入科幻小说。

然而,最让卡特感兴趣的是在她的小说中阐述知识分子的想法。她在 1969 年阅读了博尔赫斯的小说,博尔赫斯教会了她一种全新的小说写作方式。

卡特于 1972 年回到英国,经历了一段艰难的岁月,她不得不重新建立自己的事业。到了 1976 年,她的个人和职业生活都开始有所改善。她住在巴斯时,遇到了马克·皮尔斯,皮尔斯后来成为她的第二任丈夫。虽然卡特比皮尔斯大了 18 岁,但是这段关系变成了"她一生中最成功、最稳定的关系"。到 1977 年,这对夫妇安定下来后,卡特获得了谢菲尔德大学的教职,这让她终于享受到了稳定收入的好处。

20 世纪 70 年代,她开始创作《新夏娃的激情》(1977 年) 和《萨迪安的女人》(1979 年)。卡特花了五年时间完成了《新夏娃的激情》的写作,这本书对评论界来说并不成功,但仍然是她最喜欢的作品之一。1979 年,《血腥房间和其他故事》出版。她热情地对查尔斯·佩罗的童话进行了女权主义的修订,并获得了巨大的成功,她的名声也随之高涨。同年早些时候出版的《萨迪安女人》是"理解卡特 20 世纪 70 年代小说的关键文本"。

20 世纪 80 年代,卡特在英国和美国广泛教授文学和妇女写作课程。随着她的名气越来越大,她的作品被改编为广播和电影。例如,1982 年,《狼群》的电影剧本就是以卡特的短篇小说改编的。在写倒数第二部小说时,卡特怀孕了,她的儿子亚历山大于 1983 年出生。

1984 年,她的第八部小说《马戏团之夜》出版,这部小说比她以前的作品厚重得多。卡特告诉伊恩·麦克尤恩,她几乎在十年前就有创作这样一本书的想法,但"我必须等到我足够大、足够强壮的时候,才能写一个有翅膀的女人"。毋庸置疑,《马戏团之夜》这部作品为她赢得了 1985 年的詹姆斯·泰特·布莱克纪念奖,是卡特最著名和最受欢迎的小说之一。

在她的最后一部小说《明智的孩子》中,卡特将重点放在了家族关系上。实际上,她把她的丈夫和儿子分别写进了她的最后两部小说《马戏团之夜》和《明智的孩子》。《明智的孩子》从小女孩朵拉的角度讲述了哈兹家族的故事。她和她的双胞胎妹妹诺拉发现她们的亲生父亲是一位著名的莎士比亚演员,他不承认她们的身份。朵拉和诺拉的角色是鲜明的,她们从未出现在以往的任何一部文学作品中。

不幸的是,《明智的孩子》成为卡特最后一部小说,1991 年卡特被诊断出患有癌症,不到一年就永远地离开了我们。回顾卡特的一生,好友萨尔曼·拉什迪在《纽约时报》上发表悼文《安吉拉·卡特:一位善良的女巫,一个亲爱的朋友》:"很多作家都清楚她是真正罕有的人物,她是真正的'独一',这个行星上再也不会有任何能与她相像的人了。"

卡特逝世后,三天内她出版的所有书籍便被抢购一空,随后她的声名扶摇直上。1996 年,伦敦一条新的街道被命名为"安吉拉·卡特巷"。此后不到十年,卡特已经成为英国大学校园里拥有读者最多的当代作家,百分之八十的新型大学讲授她的作品,使得文学系的小讲师们多了一个"卡特研究"的新饭碗。

国外对安吉拉·卡特作品的研究起步较早,20世纪80年代就有专门针对卡特作品的研究,但是直到她去世后,对她的研究才不断地涌现。对她的作品的批评也跨越了许多学科,例如文学理论、性别研究、电影理论、文化理论和哲学。同时她的作品也是由多种文学理论和策略探讨的,如女权主义、哥特式、魔幻现实主义和后现代主义。

1994年对"卡特研究"来说是至关重要的一年,因为它已经成为一门成熟的学科。同年,在约克大学举行了第一次关于卡特作品的大型学术会议。其中在对她的作品的一些重要的整体看法中,Lorna Sage、Sarah Gamble、Alison Lee、Linden Peach、Nicola Pitchford,以及Lorna Sage、Bristowand Broughton、Lindsey Tucker、Afison Easton和Rebecca从女权主义、偶像剧、幻想、激进政治、文学实验等方面分析了她的作品。

在对卡特的众多研究中,我们发现有两种主要的批评意见占主导地位。一是关注她的女性主义的各种主题,如性、性别、主体和非神话化;二是关注她的后现代形式创新,追踪她与其他作品的相互关系。在《安吉拉·卡特:当代批判》一书的导言中,艾莉森·伊斯顿指出:"卡特的著作与女权主义的不断变化的关系存在于矛盾之中,她从未简单地代表过任何一种立场,也从未与任何人保持一致。"

尽管卡特是一个坚定的女权主义者,但她与主流的女权运动却保持着某种程度的距离。在《安吉拉·卡特的地狱欲望小说》一书的导言中,约瑟夫·布里斯托和特雷夫·林恩·布劳顿称:"她的欲望小说不仅是颠覆性的,而且是前卫的,其方式我们才开始了解。"事实上,她的作品在几年前就已经预见最紧迫的女性主义辩论,卡特对性和女性的探索是在各种女性主义关于情感的辩论和巴特勒的后现代理论的背景下进行的。

遗憾的是,这些批评都没有察觉到卡特所设想的另一种叙事可能性。加尔加诺强调说,卡特的作品今天仍然吸引人的原因,正是因为"它经常放弃理论上的一致性,而支持实验性的理论参与"。

从20世纪90年代开始,主流批评已经从卡特的女权主义焦点转移到她作为后现代主义风格者的地位。许多批评家都注意到卡特采用了各种明确的后现代策略,例如在她的作品中广泛使用戏仿。伊莱恩·乔丹说:"卡特的小说在实验特定的预设背景方面有很大的结构。"

在《安吉拉·卡特批评文集》的导言中,林赛·塔克宣称:"我认为,正是卡特对戏仿的喜爱,最终将她置于后现代主义者之列。"塔克接着补充道,卡特的后现代戏仿是"严肃的政治和批评"。

虽然MarcO Day将卡特早期的三部小说——《影舞》《数种知觉》和《爱》命名

为"布里斯托三部曲",但他认为"早期的几部小说实际上是在邀请人们从相当传统的文学现实主义角度进行阅读"可能不是很准确。卡特的后现代模仿策略的关键是自觉的,有时是俏皮的,有时是深刻批判的互文性。

林登·皮奇认为,互文性是"她作品中大胆的主题化部分"。在《安吉拉·卡特和互文性的政治》一文中,丽贝卡·芒福德澄重新考虑了卡特的互文性,重新审视她作品的风格和内容之间的对应关系。

卡特在 20 世纪 70 年代到 80 年代的小说中更加注重文本性,这"很容易让人联想到博尔赫斯经常使用的一种叙事策略:叙事中的叙事"。

对女权主义作家来说,元虚构是一种有吸引力的策略,可以颠覆文学话语的惯例。《马戏团之夜》是一部复杂的元小说式的女权主义小说,卡特专注于"文本和读者之间的关系"是基于一些批评家的误读,因为"元隐性的双重编码使得女性主义作家的这种做法很有风险,她希望显示出文学建构和社会建构之间的联系"。

与以往的研究方法不同,艾莉森·李从女性主义叙事学的角度探讨了《新夏娃的激情》中叙事的不确定性。她认为:"焦点的不断变化、相互之间的多种'声音',以及时间的不确定性、视觉的持久性不仅指出了叙事的多重性,而且还增加了性别的可能性,超越了男性和女性的绝对性。"事实上,小说中充满了焦点化的多重建构。

与西方对安吉拉·卡特的研究相比,中国对卡特的研究起步晚,研究相对落后。1995 年团结出版社将卡特的小说《血窟》收录在《世界当代中短篇小说精选》中。

1996 年,《小红斗篷》和《与狼为伴》被张中载翻译并且刊登在《当代英国文学论文集》。2009 年,南京大学出版社出版了《明智的孩子》和《新夏娃的激情》,这是国内最早的卡特小说译本。之后《魔幻玩具铺》《马戏团之夜》《安吉拉·卡特的精怪故事集》《爱》《焚舟纪》以及《霍夫曼博士的魔鬼欲望机器》陆续在国内翻译出版。

中国学者开始关注卡特是在 1997 年,刘凯芳在《外国文学评论》中首次将安吉拉·卡特作为一个有争议但重要的英国女作家来介绍,并分析了她的作品,同时通过卡特的一些主要小说对她的女权主义思想进行了总体分析。

杨春芳是目前国内对卡特进行分析研究进而发表文章最多的人,她从多个视角对卡特的作品进行研究。她在文章《女性意识的张扬与迷惘——解读安吉拉·卡特之<老虎的新娘>》中分析了男权社会对女性的压迫与异化,挖掘出女性在男权社会被压迫被奴役的根源,歌颂了女主人公的主体意识,肯定了卡特对女性意识的张扬,同时指出了卡特女性意识的局限。

国内学者的研究方向主要是四个方面:女性主义研究;魔幻现实主义研究;性别理论研究;后现代主义研究。穆杨在《当代童话改写与后现代女性主义》中,从后结构主义的角度解读了卡特的《狼群》,他认为,卡特的修正主义故事明确了隐藏的女性欲望,将小红帽从一个被动的受害者变成了主动的受害者。卡特设计的结局改写了"不守规矩的身体的惩罚性情节,以打破父权制话语的桎梏"。

随着人们对她的童话故事最初的兴趣逐渐消退,卡特的小说在中国受到最多评论关注的是《新夏娃的激情》和《马戏团之夜》。欧阳美和徐崇亮在《对〈新夏娃的激情〉的女性主义解读》一文中认为,卡特在小说中阐述了理想的男女关系并不是对立,而是在消除各自的霸权话语的基础上,男性和女性的完美结合。

李维屏和程汇娟在《〈新夏娃的激情〉中对荣格神话和原型批评的戏仿》中,通过对卡特的戏仿性分析,阐述了卡特对荣格理论的戏仿性颠覆,从情节、主题和特征描述,丰富了我们对小说的文化理解。

卡特的另一部广受好评的小说《马戏团之夜》也对中国学者有很大的吸引力。曾雪梅探讨了"凝视"在女性主体和客体边界转移中的作用。唐炯探讨了卡特对女性的男性形象——《马戏团之夜》的解构,卡特通过使用互文性对女性的男性代表——特洛伊的海伦、睡美人和歌德的角色米尼翁的解构。

近年来,中国文学批评界的注意力慢慢转向了卡特的叙事学研究,人们试图在卡特的小说中探索她的叙事技巧。然而,这些努力仅仅是试图探索卡特小说的叙事特点的开始,卡特的作品还没有得到充分的评价,她的作品混合了魔幻写实、哥特风和女性主义,充满了诡异的气息,是值得研究者进行综合研究的。

第二节　"布里斯托三部曲"中的模仿拼贴

自 20 世纪 60 年代以来,文学和艺术界出现了一种趋势,即把"存在"看成是支离破碎的和不连续的。克雷格·欧文在评论 20 世纪 60 年代及以后的新社会文化时说:"处于危险之中的不仅是叙事的地位而是表述本身。"他进一步指出,"在那些被禁止的合法性中,从西方的表征中,他们的表征被否定了。叙事拼贴是一个从绘画和现代主义诗歌中借来的术语,表示完全或部分由其他文本的碎片构建的文本,或戏谑地重新使用其他时代或文化的语言或文学用法。"

安吉拉·卡特部署了这种策略,特别是在她早期的小说中。卡特在 20 世纪 60 年代开始写小说,由于反文化运动,英国社会形成了新的批判意识。她将自己的女权主义激进化描述为发生在 20 世纪 60 年代末,伴随着更大范围内的"反文化运动"。卡特还提到了超现实主义作家,他们"是我个人成熟于女权主义的过程的一部分,就像实验一样"。

"拼贴"这个名词来自英语 collage,字面意思是"拼贴艺术"或者"拼贴画"。根据 Peter Burger 的说法,拼贴是对现实的碎片化和建构的预设,它挑战了早期西方艺术的基本原则。从文艺复兴早期到 19 世纪末,西方艺术的基本原则是艺术代表现实。用格雷戈里·乌尔默的话说,拼贴是"我们的艺术表现形式中唯一最具革命性的形式创新"。

第一个真正的现代主义拼贴是由巴勃罗·毕加索和乔治·布拉克在 1906 年或 1907 年展现的,他们当时面临着一个独特的困境:他们必须在幻觉或表现之间做出选择。正如 Patricia Waugh 所观察到的,"呈现物体的技术源于超现实主义"。

超现实主义诗学的雏形在安德烈·布勒东和路易·阿拉贡 1924 年和 1919 年的文本中被描述。布勒东就像"超现实主义的教皇",他的《超现实主义宣言》是一个独特的宣言,在后现代的叙述中回响着。

在后现代叙事中,超现实主义的主题一再出现:恢复语言的震撼力,打破句子流畅的逻辑机制,并将其转化为对社会的贡献,走到理性的另一面。拼贴是超现实主义最喜欢使用的方法,因为它把物质对象从它们的传统语境中抽离出来,以一种新的排列方式将它们聚集在一起,并把它们带入一个新的世界。

Lucy Lippard 认为,拼贴是女性主义艺术中的一种主要审美,"这种审美故意把现在的或真实的东西拆开,重新排列,并以暗示它可能是什么的方式重新排列"。她认为传统妇女的工作是典型的拼贴活动,收集和排列碎片以提供新的整体。

尽管许多评论家提到了拼贴的中断功能,Raaberg 察觉到它也可能试图建立新的秩序和形式。在她看来,拼贴的核心是解构和重构的动力,后者能使人看到新的可能性。这也是过去 20 年女性主义拼贴的特点。Raaberg 强调说,这种冲动"不是基于一种整体化的观点,而是基于一种拼贴的策略,利用碎片化、不连续性和辩证的对立来展示多重的、流动的关系"。

拼贴,作为一种核心的艺术发明和前卫的新一派的批评手段,对卡特来说当然不陌生。在接受约翰·哈芬登的采访时,她说自己"总是使用非常广泛的参考资料",因为她的作品都是以"新一派"为主题。她倾向于将整个西欧视为一个"巨大的废料场",人们可以从那里组装各种新的"交通工具"。萨拉说:"卡特对拼贴感兴趣,这是一种非线性的构建方式的虚构。"

Peonia Viana Guedes 指出,卡特小说的主要特点之一是她的文本是"碎片化的、马赛克式的质量"。在她的小说中,卡特"打破并颠覆了风格统一、主题连贯和情节逻辑发展的预设,旨在展示文学文本的构建和任意的虚构性"。事实上,继超现实主义者之后，卡特使用拼贴技术来颠覆既定的女性特征的表述。卡特承认她欠超现实主义者的债，她希望创造出"物体、人或想法的并置，任意地扩展我们对可能建立的联系的概念"。然而，她使用这种形式的意图与超现实主义者的使用非常不同。

吉娜·威斯克指出，"卡特最喜欢的修辞手法是矛盾论"，它涉及对立面的矛盾配对。在将对立面串联起来的过程中，她的作品拒绝将一种身份版本和其独有的价值置于另一种身份版本之上。因此，将卡特的作品和她的叙述策略视为女性主义与超现实主义的对话是非常重要的。

卡特在"布里斯托三部曲"中对女性主义拼贴的部署，特别是对拼贴的叙事策略，如碎片化的情节、拼贴的人物、拼贴的焦点，事实和虚拟的情节，过去和现在的时态，都标榜了性别的建构性，打破了固定的性别表述和刻板印象。

"布里斯托三部曲"这一术语是由马克·奥戴提出的，他认为这三部小说——《影舞》《数种知觉》和《爱》，显然属于卡特的作品，因为它们有许多共同的形式和主题元素。

三部曲提供了20世纪60年代的"外省波希米亚"的现实主义的表现，但现实主义常常成为模仿的对象而被嘲弄。"布里斯托尔三部曲"部署了类似的各种主题、人物和情节结构，可以被解读为类似的叙事形式。小说的排序装置符合迪娜·谢尔泽讨论的"拼贴"构成，在这种情况下，几个关键元素在一些不同的安排和背景下重新组合，并构成连接不同单元的纽带。

在卡特的《影舞》中，男主人公莫里斯和哈尼巴扎德拥有一家廉价的古董店，里面杂乱无章地摆放着废物和垃圾的图像。他们对收集旧货的物质和象征性兴趣反映了卡特的叙事方式，即拼贴的叙事手段。莫里斯是一个失败的画家，他想从自己和生病的妻子的沉闷的生活中逃脱出来，而哈尼巴扎德则是一个阴险的权力上瘾者，他喜欢扮演不同的角色，并操纵其他人。

《影舞》的情节围绕着一个字面的回归，卡特在小说的开篇就插入了她的叙述性评论，"这间酒吧是一座模型，一个赝品，一例假货"，揭示了小说的结构性。卡特借鉴西方父权文化，在她的女权主义叙事的新背景下，将相似但不同的情节粘贴在一起。在酒吧里，莫里斯遇到了曾经美丽的吉斯莲。一个月前，她是一个美丽的女孩，一个白色和金色的女孩，就像月光下的雏菊，但现在她是"弗兰肯斯坦的新娘"，带着破碎的美。这道疤痕是莫里斯内心深深的焦虑的来源，它"一直延伸到她的脸上，从她的左眉角开始，向下，向下，向下，经过鼻子、嘴和下巴，直到它消失在她的衣领下面"。吉斯莲在医院里度过了一个月的时间，她在医院接受了治疗。莫里斯感到内疚和厌恶，他知道自己对吉斯莲负有部分责任。在莫里斯的恐惧的幻想中,吉斯莲变成了"一个吸血鬼女人"。后来,吉斯莲又回到了医院,她在自己的伤疤上擦了几把土后,出现了血液中毒。出院后,她找到霍尼,求他对她做任何事。

在整部小说中,对幻影回归的描写反复出现。这种被压抑的回归让作为男性主体的莫里斯感到不安,所以他想把吉斯莲降为一个被动的对象,这也间接导致了她最后被霍尼谋杀。

类似的情节也被拼贴到《数种知觉》中。约瑟夫,这个在第一章中想要自杀的男主人公,将这种无名的性恐怖投射到他的前女友夏洛特身上。在他的想象中,她的脸"在他的脑海中变成了一个哥特式的面具,巨大的眼球用石头的盖子罩着,颧骨像石头一样锋利,嘴唇是奸诈的吸血鬼的红色,一张湿润的红色的嘴,嘴里是象牙的獠牙"。同样,这样的情节也出现在《爱》中。在被李背叛之后,安娜贝尔想与巴兹一起为她的丈夫报仇。然而,巴兹似乎也为同样的事情而焦虑,他仔细观察安娜贝尔,想知道她的内心是否有隐藏的獠牙或断头台的铡刀"来毁掉他"。

通过对"布里斯托三部曲"中被压抑的人不可思议地回归这一情节的戏剧化处理,卡特打算揭示这样一个事实:男性主人公的恐惧和焦虑与他们的堕落有关。

在小说中,忧郁的莫里斯经常对现实和虚构的区别感到困惑。而施虐者霍尼完全拒绝艺术和生活之间的界限,认为"小刀模仿的是腐烂的艺术"。卡特利用拼贴将带来的矛盾并置,在小说中寻求挑衅性的戏仿,以揭露这种情节在男性主导的社会中的虚假性。卡特以女性主义的方式采用了大部分男性的超现实主义情节,旨在通过指出超现实主义艺术的虚假普遍性和性别性质,来揭露它的局限性。

三部曲中还存在着暴力情节的重复,暴露了男性主体的恐惧和攻击性,并暗示了超现实主义将不同的形象串联起来,吉斯莲成为这种拼贴的模糊性的中心。她曾经完美的美貌被哈尼巴扎德的刀打碎了,她的脸被残酷地毁掉了,"颗粒状的化妆品碎片停留在破碎的脸上的缝隙和裂缝中,就像涂抹在破碎的墙壁上的粉笔"。但另一半脸是新鲜的、年轻的、光滑的,"在阳光下像水果一样温暖"。在超现实主义艺术家的作品中,吉斯莲的女性身体被拆散或被迫进行毁容式的改造。

令人震惊的是,在《爱》中,卡特还阐释了李的暴力的随机性,"在李的各种状态之间似乎没有任何联系的逻辑,就好像每一种状态都不是通过有机的增长,而是通过一种从条件到条件的痉挛性跳跃来达到的条件"。安娜贝尔是一切的根源,也是受害者。

叙事背后的暴力力量服务于一个破碎的拼贴逻辑,这也吸引了卡特,因为它是打碎性别陈规定型观念的一个中断工具。卡特的作品中反复出现的女人的刻板形象,在这样一个拼贴的世界中继续存在。从通常的文化、地理和时间背景中抽离出来,放在这个新的空间和时间序列中,这些表现形式在小说中继续存在并且挑战了读者的假设。

卡特夸大了受苦的女人和诱人的妓女的刻板印象,作为对隐忍的女人形象的嘲弄,被动的、与自己的痛苦同流合污的是超现实主义艺术家描绘的另一种典型的女性形象。莫里斯的病妻埃德娜是"一个维多利亚时代的女孩",对她来说"婚姻是为了服从和生育"。卡特嘲笑维多利亚时代的妻子:"要爱上一个丈夫,需要无意识的坚持,需要灰暗的潮汐的低能。"

《影舞》中最令人不安和震惊的一幕是,伤痕累累的吉斯莲最后告诉霍尼:"我已经得到了教训,我不能没有你,你是我的主人,你想对我做什么就做什么。"

这句话被夸张地描绘出来,以批评妇女在允许男人非人道地对待她们方面的同谋行为。霍尼和卡特都是偶像派,霍尼的兴趣是字面的和肤浅的,但是愿望却使人震惊,而卡特的关注点是质疑为什么这些性别化的情节和定型观念会持续存在并变得不可侵犯。通过戏仿和戏剧化,卡特向读者揭露了深深埋藏在男性和女性心中的厌恶女性的模式,因此,她的模仿性拼贴策略有助于提供一种新的可能性,即男性超现实主义的意识形态应该受到挑战和重写。

第三节　《新夏娃的激情》中的焦点化拼贴

1977 年出版的《新夏娃的激情》是卡特的小说中被评论最多的作品之一。正如 Sarah Gamble 所指出的,这部小说已经在卡特的作品中占据了一个迟来的突出位置。可能是因为其主题与 20 世纪 90 年代出现的女权主义理论产生了共鸣,卡特对女权主义、对性别的理解做出了重要贡献。

引用布里斯托和布洛顿的话说:"她的作品的胜利在于展示了西方文化如何塑造了限制性的性别和性行为的概念,而这正是女权主义所要改变的。"布里斯托和布洛顿进一步观察到,"卡特的作品如何不经意地预示了当前女权主义理论的某些方面"。

显然,卡特的女权主义思想是领先于她的时代的,这就是为什么布里斯托和布洛顿用"不确定性"这个词来指称卡特的"巴特勒化"与她的时代有惊人的重合。在《性别问题》中,朱迪思·巴特勒认为,性别"是身体的重复风格化,是一套在高度僵化的监管下重复行为,随着时间的推移而凝结,以产生与呈现出物质的外观,一种自然的存在"。

苏珊·鲁宾·苏莱曼用了将近四页的篇幅来阐述她所谓的对《新夏娃的激

情》的"部分解读",她认为这部小说成功地"将前卫主义与女权主义结合起来",因为它"为后现代主义提出了一个方向,基于模仿和叙事可能性的增加,而不是对它们的彻底拒绝,并且拓展了我们在性爱领域可能过于狭窄的梦想"。安娜·瓦茨指出,卡特"仔细检查、改写和模仿许多超现实主义的文本、图像或思想"。热奈特区分了"零聚焦""内聚焦"和"外聚焦",其中内聚焦可以是以下任何一种模式:固定焦点;可变焦点;多重焦点。

根据中国叙事学家胡亚敏的说法,这种多重聚焦非常类似于立体派的绘画技巧,它能从不同的角度同时展示一个物体。因此,读者从多重叙述中了解到故事的丰富性和矛盾性,就像他们凝视着毕加索的绘画,他们的眼睛不是集中在一个单调的画面上。胡亚敏进一步解释说:"在当代实验小说中,多重聚焦已经成为一个革新传统表现形式的主要叙事工具,因为它挑战了传统的叙事逻辑,有助于扩大叙事的艺术空间。"

更重要的是,焦点化往往与意识形态紧密相连。叙事焦点的流动性,代表了性别和身份的流动性,在《新夏娃的激情》的前五章中表现得最为明显,也最为暧昧。热内特还对叙述者进行了区分,这在决定焦点问题上起到了至关重要的作用。

根据热内特的说法,故事世界中的叙述者也是故事世界中的人物,被称为"同体",而第一人称的主角叙述者则被称为自体叙述者。叙述者不是故事的参与者是异质的。故事是由一个异质性和自体性的叙述者讲述的,他用"我"的形式来谈论他在若干年前经历的事情,更复杂的是,我们不知道叙述者是男性还是女性。

这部小说的开场白包含了伊夫林生理性别的第一个信号:"我带着一个女孩去看电影,通过她的调解,我向你支付了一个小礼物。"伊夫林的能力表明了他的男性地位和他对女性的情欲,如特里斯特萨(最初被认为是女性)和莱拉都标志着他是异性恋。

因此,当读者第一次阅读小说时,其最初可能会将伊夫林与叙述者的声音联系起来,认为他是男性。然而,在第一章的几页中,伊夫林提到"那位黑人女士在给我安装子宫的时候,从来没有告诉我那些技术"。这使读者对伊夫林作为男性的地位产生了极大的困惑,一旦读者对伊夫林未来的性别变化有所警觉,自述者与伊夫林之间就出现了裂痕,我们当时将其解释为女性,而伊夫林这个人物仍然被标示为男性。

小说前半部分的叙述声音包含了一个双重的方面,即"我"同时代表了女性和男性,代表男性角色的伊夫林和年长的女性伊芙琳——夏娃。这种通过双重叙事语气而产生的性别模糊性具有重要意义,因为它打破了人们对男性角色的认识,颠覆了性别身份的规范,并导致了叙述的惊喜。同时,叙事声音的变化也可能影响到读者在一开始采用默认的叙述者为男性的解释时,也可能会影响他们的性别假设。

伊夫林既是叙述者又是聚焦者。叙述者作为聚焦者和人物作为聚焦者的这种融合充分表明了人物叙述者的自我意识以及对叙述者、人物和读者的重要影响。当伊夫林以伊芙琳的身份开始生活时,问题仍然是:她的叙述的焦点是否一直是来自男性意识?

一直以来,这是卡特最巧妙的技巧,让读者考虑什么是男性或女性意识的迹象。读者将不得不判断是否存在语言的性别化使用,以及这种变化是否是对男性或女性意识的体现。体貌的变化是否会导致他的举止发生相应的变化? 但是,叙述者夏娃的焦点化仍在徘徊,叙述者的聚焦包含了人物的聚焦。尽管它是叙述者的推断,"我想我一定是从她那里获得了一种矛盾的对女人的态度",但叙述者和体验者都看到了"明显的虐待狂倾向"。

在伊夫林的心目中,理想的女人是一个女人的杀手,是美丽和痛苦的结合。小说中的双重聚焦在伊夫林改变性别后体现得淋漓尽致,特别是她误认自己形象的那一刻。作为一个新出生的女人,她在镜子里寻找自己,却看到了夏娃。"虽然她是我,但我无法承认她是我自己。"这就是伊夫林第一次体验到性别的表演性——一个具有影响的概念,为叙事。

在一个层面上,伊夫林是叙述者,而夏娃是他欲望的对象。当伊夫林第一次看到夏娃的时候,他评论夏娃是一个"花花公子"。这里的叙述者是男性,但也是年长的夏娃在凝视着变性人"伊芙琳"。谁是谁的变体,谁在看谁,都让人眼花缭乱。这种令人愉快的混乱指向了固定的性差异二元系统的崩溃,安全的性别化叙事的想法因此被破坏。此外,只有通过我们才能面对新的存在方式,因为我们学会了将身份看作流动的和可改变的。那么,夏娃既是一个女人,也是一个打扮成女人的男人。

在小说的许多地方,叙述者的焦点也是人物的焦点。因此,他们观看的对象也是他/她自己,谁看谁的问题是完全无法解决的。但在这种情况下,男性的目光被窃取了,因为夏娃回头看了一眼。作为叙述者和人物,她主动将目光投向了"夏娃"。因此,作为叙述者的夏娃对这一场景的重新思考,使她达到了重新审视的程度。

夏娃不是天生的女人,而是被造就的,因为她认识到了"女性气质"是由父权制创造的,而女性在一生中都不得不遵从父权制。卡特的叙述,通过巧妙的双重手法焦点,有目的地偏离了明确划定的叙事惯例,将男性和女性定义为相互对立的独立概念,见证了性和性别的建构性质。

《新夏娃的激情》是一个精心设计的性别认同的寓言,正如甘布尔所解释的:

"它对女性气质和男性气质的激进描写,它所唤起的超现实的景观,以及它对性别认同的精心设计,对叙事视角和因果关系的持续破坏,都使它与当前的很多作品相联系。"

卡特的小说强调的性别行为是由反复的表演行为组成的,这是对传统的性别身份的基本或固定概念的嘲弄。小说的第二章充斥着观察和被观察的构造,卡特将她对性别定型观念的批判建立在这对核心的男性和女性上。几个世纪以来,女性一直是男性目光、男性欲望、男性恐惧和男性表现的对象,她们必须发现并重新适应自己作为主体。在卡特的小说中,这种模式是可以利用的。

在小说中,卡特特别采用了碎片化的叙事视角来颠覆刻板印象。小说中的性别和身份被视为任意虚构的,与拼贴作为颠覆性女权主义的审美策略产生了有效性联系。

第四节　安吉拉·卡特对20世纪实验小说的影响

20世纪六七十年代,是女性文学的新高峰,也是现代主义向后现代主义逐步过渡的时代。安吉拉·卡特的经典魔幻现实主义风格的作品,成为这一过渡时期最为突出的典范。

安吉拉·卡特独树一帜地以神话故事为背景,推动了实验小说的新发展,以怪诞的哥特式手法描绘了受嬉皮士精神影响的一辈人。《魔幻玩具店》《新夏娃的激情》等作品抨击了父权文化对女性的压制,颠覆了传统的观念,通过艺术和思想上的借鉴与创新,基于女权主义理论,成为英国实验小说的又一个光环。

卡特是一位处于创作高峰期的艺术家,一位对塑造英国当代文学有巨大影响的艺术家。萨尔曼·拉什迪认为,"她的小说与其他任何人的小说都不同"。阿莉·史密斯说,卡特的作品"彻底改变了文学和知识界的格局,使不可想象的高度成为可能"。

卡特的影响在许多当代作家身上仍然可以看出来。例如,石黑一雄曾在东安格利亚大学接受过卡特的短暂指导,他说:"作为一个作家,她改变了风景。"萨拉·沃特也认识到卡特对作品的影响:"卡特的写作不同于我以前遇到的任何风格:生动、戏剧化,充满了令人眼花缭乱的洛可可式的叙述。"在卡特的作品中,她不断地与她所处的文化环境互动,并始终对主流文化的信仰和惯例保持一种质疑的态度。

阿特伍德评论说:"她是一个天生的颠覆者。"卡特是以一种新的视野打破文学规范的天才,这来自她对个人生活环境和她所处的转型社会的反应。卡特在她的半自传性散文作品中分享了她的童年和生活经历,讲述她在英国出生和童年的故事。

卡特的传记作家萨拉·甘布尔写道:"奶奶的坚强性格对小卡特产生了很大影响。"甘布尔在另一篇文章提及"我父亲的房子",探讨了卡特父亲在苏格兰的遗产。在卡特的母亲去世后,她的父亲回到了在苏格兰的家。由于她父亲那边的苏格兰血统,卡特总是为自己不是简单的英国人而感到非常自豪。她在接受采访时告诉阿莉·史密斯,她在19岁时就匆忙结婚了,目的是对付那些不听话的人,因为她从来都不是一个听话的孩子。

卡特是一个完美的故事制造者,她通过多种叙事策略来增强女性的力量对抗父权制。她的小说中的叙事策略,如拼贴、改写和元虚构,作为强有力的叙事武器,将我们文化中自然和普遍的东西非自然化,揭露男性对女性的虚构性。

拼贴是卡特从超现实主义者那里借用的一种主要叙事策略,以颠覆既定的表现形式。她的实验小说包括拼贴的情节、拼贴的人物、拼贴的焦点和拼贴的时态,修改后的情节、修改后的人物形象、修改后的焦点和修改后的叙述者。她用自我反思的语言表述和焦点替代时间和空间,并通过颠覆传统表述中的父权来实现她的女权主义目标。为了嘲弄和挑战小说中受害妇女的超现实主义表现的过渡性,卡特采用了非线性的叙事方式,以此来颠覆传统的情节霸权。她还将相似的人物并列在一起,稍做变化,以模仿传统的性别定型。

"布里斯托三部曲"中卡特使用拼贴焦点,表明在我们生活的任何情况下,总是有几种感知,因此有不止一种表现。此外,《新夏娃的激情》提供了卡特的另一个对超现实主义的性别意识形态不满的例子。

叙事学家胡亚敏将多重聚焦作为叙事学上的拼贴视角,说明拼贴视角的流动性。卡特通过将伊夫林作为叙述者和聚焦者(小说中伊夫林既是男性又是女性),巧妙地预示了传统的性别规范和假设的模糊性。《新夏娃的激情》中的事实和虚拟情节提供了一个典型的例子,说明在一个拼贴的世界里,虚构和现实之间的互动突出了叙事与表现的反模仿性及模糊性效果。

改写是卡特为她的非神学化女权项目所部署的另一个重要的颠覆性策略。体裁作为一个叙事类别,被看作一系列的惯例和期望。通用的惯例是社会惯例,并且是不断演变的。

　　卡特对童话的改写,是为女性主义修改通用惯例的最佳模式。通过情节的改写、人物的改写、焦点的改写,她在《血色房间》中讲述了一个不同于佩罗的《小红帽》的故事。卡特创造了一个女主人公,她既是叙述者,又是聚焦者。

　　最值得注意的是,读者所看到和感受到的是通过女主人公的聚焦,这就打乱了他们以前的假设。卡特改写的优势在于将小红帽重新定性为一个青春期的女孩,她敢于拥抱自己的动物,这就颠覆了佩罗故事中与父权制有关的道德观。

　　卡特的另一个主要策略是元小说,它模糊了小说和现实的区别。女权主义作家开始元小说的创作,是因为妇女对现实主义作为一种表现手法感到不满。卡特通过自传式实践的视角重新审视元小说。卡特的实验性叙事的矛盾复杂性表明她是一个激进的女权主义作家,但也是一个极具实验叙事策略的女作家。

　　卡特所部署的所有这些叙事策略的巧妙操作与她的女权主义政治并不相干,相反,它们是她的武器库中强有力的武器,以解开性别和性的二元结构。随着女权主义对各种解构策略的部署,卡特的小说将历史上自我反思的诗学变成了一种颠覆性的政治,同时也改写了读者的记忆。

　　安吉拉·卡特将实验小说推向了叙事艺术以及主体身份建构的方向,对"他者"的解构和对边缘生存状态有所突破,对父权话语实现瓦解,模糊文学体裁,否认先验的存在,向传统的父权范式提出了挑战。同时,她在小说发展过程中不断建立和完善实验小说创作体系,开启了英国实验小说的新征程。

参 考 文 献

[1] 胡亚敏.叙事学[M].2版.武汉:华中师范大学出版社,2004.

[2] 胡全生.英美后现代主义小说叙述结构研究[M].上海:复旦大学出版社,2002.

[3] 尚必武.当代西方后经典叙事学研究[M].北京:人民文学出版社,2013.

[4] 卡特.新夏娃的激情[M].严韵,译.南京:南京大学出版社,2009.

[5] 卡特.爱[M].柴妞,译.南京:南京大学出版社,2012.

[6] 卡特.霍夫曼博士的魔鬼欲望机器[M].叶肖,译.南京:南京大学出版社,2015.

[7] 卡特.影舞[M].曹雷雨,译.河南:河南大学出版社,2016.

[8] 张中载.当代英国文学论文集[M].北京:外语教学与研究出版社,1996.

[9] 李维屏,程汇娟.论《新夏娃受难记》对荣格神话原型批评的戏仿[J].解放军外国语学院学报,2009(4):87-92.

[10] 刘凯芳.安吉拉·卡特作品论[J].外国文学评论,1997(3):70-75.

[11] 穆杨.当代童话改写与后现代女性主义[J].外语与外语教学,2010(2):93-95.

[12] 欧阳美和,徐崇亮.《新夏娃受难记》的女性主义解读[J].外国文学研究,2003(4):73-77.

[13] 吴颉.与超现实主义的对话[J].当代外语研究,2014(9):69-78.

[14] 李慧明.安吉拉·卡特《新夏娃的激情》后现代手法评析[J].学术论坛,2012(5):162-164.

[15] 杨春芳.女性多声部与多元混融手法生成的绝唱:论安吉拉·卡特《马戏团之夜》的艺术特点[J].名作欣赏,2008(3):104-407.

[16] 陈韵桥,周家文.论安吉拉·卡特对经典童话的改写[J].长江大学学报(社科版),2015(3):44-46.

[17] 郑爽.安吉拉·卡特短篇小说的后现代叙事研究[J].江苏第二师范学院学报,2014(4):105-108.

[18] 唐伟.后现代语境下的人物主体性消解叙事策略:评安吉拉·卡特的小说《爱》[J].哈尔滨师范大学社会科学学报,2015(2):117-119.

[19] 王文秀,郭海平.安吉拉·卡特国内研究综述[J].文学教育,2020(4):38-40.

[20] 吴颉,胡全生.《新夏娃的激情》与女性主义拼贴叙事策略[J].外国语文,

2015(10):1-6.

[21] 吴颉. 卡特小说的女性主义叙事策略研究[D]. 上海:上海交通大学,2016.

[22] 武晓娜. 论《新夏娃受难记》的狂欢化特征[D]. 长春:东北师范大学,2017.

[23] 冯海清. 安吉拉·卡特小说主题特色研究[D]. 济南:山东师范大学,2005.

[24] ADAMOWICZ E. Surrealist collagein text and image[M]. Cambridge:Cambridge University Press,1998.

[25] BEJA M. Filmand literature:an Introduction[M]. New York:Longman,1979.

[26] CAWS M A. The art of interference[M]. Cambridge:Polity Press,1989.

[27] GAMBLE S. Angela Carter[M]. New York:Palgrave Macmillan,2006.

[28] HARVEY D. The condition of postmodernity[M]. Oxford:Blackwell,1990.

[29] SAGE L. Angela Carter[M]. Plymouth:Northcote House,1994.

[30] WATZ A. Angela Carterand surrealism[M]. Uppsala:Uppsala University Press,2012.

[31] CARTER, ANGELA. Shadow Dance[M]. London:Virago Press,1966.

[32] CARTER, ANGELA. Several Perceptions[M]. London:Virago Press,1968.

第六章 朱利安·巴恩斯
小说中的历史叙事

第一节 朱利安·巴恩斯与实验小说

朱利安·巴恩斯(1946—)是英国当代文学界最具影响力和活力的作家之一，与伊恩·麦克尤恩、马丁·艾米斯并称为英国文坛"三巨头"，曾经被评论界誉为最杰出的英国青年小说家之一。他出生在英国莱斯特郡，从小就十分热爱读书，父母都是法语教师，家庭具有十分浓厚的文化氛围。1968年他从牛津大学毕业后，担任《牛津英语词典》的编辑工作，1972年成为自由撰稿人，曾经在《新政治家》《新评论》和《星期日泰晤士报》等多家刊物担任编辑，1982—1986年，担任《观察家》杂志电视评论家。

自从1980年出版第一部小说以来，巴恩斯一直坚持写作，迄今为止已经出版长篇小说十部、短篇小说集两部、文集两部，还以笔名丹·卡瓦纳发表了四部侦探小说，并于1988年被选为法兰西艺术科学院成员，目前定居在伦敦。

巴恩斯获得四次"布克最佳小说奖"提名，并在2011年以《终结的感觉》获得了布克奖。1980年的处女作《伦敦郊区》获得了毛姆奖，1984年《福楼拜的鹦鹉》获得了美第西斯奖，1991年《尚待商榷的爱情》获得了费米娜奖，他是唯一同时获得这些奖项的英国作家。1986年，他还获得了美国艺术学院颁发的爱·摩·福斯特奖。

巴恩斯的小说极具后现代主义创作特色，在内容和形式上既有独树一帜的文本内涵，又有巧妙精湛的后现代小说实验风格。他的作品既有艺术形式的创新，又有多元文化的共鸣，展示了英语文学幽默反讽的精髓，探索了令人困扰的感情，继承了伍尔夫和乔伊斯等现代主义经典作家所开创的实验主义传统。他的小说突破了陈规,不落入前人的模式当中,与同时代的其他作家的作品相比,也是十分具有独特性的,即使是他自己的小说,也是内容上绝不雷同,风格各异。

1980 年,巴恩斯发表了处女作《伦敦郊区》。这本小说一经出版,就引起了文坛的注意,并且为他赢得了毛姆奖。这是一本他以自己在伦敦郊区的成长经历为背景创作的小说,带有浓厚的自传色彩,历时八年完成。该小说刻画了一名激进的少年从叛逆的中学时代到初为人夫的蜕变过程,但是又不只是一部私人的成长史。

小说《伦敦郊区》的时代背景设置在 20 世纪 60 年代。这个时代的青少年与他们的父母成长在完全不同的环境里,他们感受到了科技的发展和时代的变化,但是他们的父母却常常停滞不前,跟不上时代节奏。这些导致了这代青年的叛逆,他们和父母之间产生了极大的代沟。大学生的地位与过去相比一落千丈,年轻人为了宣泄满腔怒火,开始激进地反对父辈认可的一切。

这本小说的主人公克里斯托弗和他的好友托尼就代表了 20 世纪 60 年代的年轻人。这本小说总共由三个篇章组成,分别记述了克里斯托弗人生中重要的三个阶段。

小说的第一部分,时间是 1963 年夏天,地点是在英国国家美术馆,一个特别的星期三下午,十六岁的克里斯托弗带着望远镜和好友托尼一起去了那儿,但他们不是来看画的,而是准备偷偷观察并记录每位参观者看画时的反应。此刻的克里斯托弗就像大多数那个年纪的男孩一样,调皮捣蛋,愤世嫉俗,总盼着得到别人的关注,同时又为正在萌发的性意识焦躁不安。克里斯托弗和托尼是自我意识很强烈的孩子,他们盼着此刻所有的努力,能在未来让自己成为"更纯粹"的大人,热情面对"真正的生活"的降临。但斗转星移,"生活"似乎未能如他们所愿。

小说的第二部分,1968 年,21 岁的克里斯托弗去了他心心念念的法国巴黎留学。他在异邦的土地上,享受着充分的自由,到处晃荡,孜孜不倦地学习法国文化,感受艺术作品,甚至还和一个法国姑娘热恋了。这些实实在在、纷至沓来的生活体验,让他感到身心充实、心花怒放。后来克里斯托弗和托尼这两个曾亲密无间的男孩,开始在诸多问题上产生分歧,渐行渐远。

小说的第三部分,时间是 1977 年,克里斯托弗娶妻生子,又回到了他过去百般厌恶的伦敦郊区定居,日子过得似乎和他一度鄙夷的同学大同小异;而托尼秉持着他们幼年的志向,成了冷冰冰的哲学教授和激进的左翼诗人。小说的结尾,克里斯托弗夜里起来照看女儿,用温馨的笔调刻画了一个平凡的男子成熟、淡定的心。

《伦敦郊区》无论在叙事结构还是叙事语言上都已经达到了相当的高度,受到了评论界的欢迎。尼娜·鲍登在《每日电讯》上评论道:"我想不起何时欣赏过更佳的处女作。"《新政治家》的评语是："如果每个小说家的处女作都是如此深思熟虑、感觉敏锐、结构巧妙、诙谐有趣,那么再也不会有人谈论小说的死亡了。"由此可见,《伦敦郊区》在巴恩斯文学创作之路上的重要性。

巴恩斯曾经在巴黎参观过两个博物馆,这两个博物馆都郑重其事地声明,自己保存着福楼拜在《一颗淳朴的心》这部短篇小说中所描述过的那只鹦鹉的标本。

究竟哪一只鹦鹉是真的? 研究福楼拜的学者们众说纷纭。这个事情触发了巴恩斯创作的冲动。小说《福楼拜的鹦鹉》的主人公杰弗里·布雷思韦特是位退休医生,他的妻子和他离婚后就自杀了,这让他心烦意乱,便去研究法国小说家福楼拜的生平和著作,来求得精神上的解脱。他去法国度假,寻找福楼拜写《一颗淳朴的心》时出于塑造人物的需要而使用的一只鹦鹉标本。在寻找的过程中,他发现了好几只据称是福楼拜使用过的鹦鹉,甚至发现了几十只似乎历史同样悠久而且种类相似的鹦鹉。布雷思韦特最后醒悟了,要找到福楼拜使用过的那只鹦鹉的标本是绝对不可能的。

《福楼拜的鹦鹉》并不是一个单纯的探寻和觉悟的故事,也包含了在这个探究的过程中布雷思韦特对自己与妻子关系的反省,对所谓"福楼拜的鹦鹉"性质的思考,甚至是对所谓"生活真实"以及语言反映现实能力的思索。

在布雷思韦特看来,生活和艺术之间没有明显的界线,艺术可以模仿生活,反过来生活也可以模仿艺术,二者可以相互跨越,但是人永远不可能完全把握它们。这就好像寻找"真正的福楼拜的鹦鹉"的企图,是永远不可能实现的。在文本的结构上,巴恩斯做了相当大胆的实验,给读者提供了一连串探讨艺术和人物关系的格言警句,打破了小说和散文、随笔之间的传统界限。

《福楼拜的鹦鹉》里既有传统的叙述性内容,也有文学批评论式的成分;不仅有反映福楼拜生活的不同侧面的"大事记",也有从福楼拜的角度讲述的动物寓言;不仅有以福楼拜为题的大学生考试试卷,也有站在今人立场对福楼拜时代所做的种种评论。"鹦鹉之谜"和"人生之谜"引发了许多评论。

《泰晤士报》评论道:"《福楼拜的鹦鹉》是无聊傻话和极其严肃思考的非同寻常而又赋了艺术技巧的杂拌。它可以作为文学侦查、文学批评、文学实验。在我们的时代,人们认为,每个问题总可以有经济的、政治的或者技术的解决方案。巴恩斯确实有这份勇气和雅兴来提醒我们:有些问题不会有任何解决方案。"

《福楼拜的鹦鹉》是一本用颠覆式的方式来写的人物传记,内容丰富,充满了人情味,富有洞见和机智,但却没有答案。这本书获得了杰弗里·费伯纪念奖、布克奖提名,以及法国美第西斯散文奖,巴恩斯是获此奖项的第一位英国作家。

1986年,巴恩斯出版的《凝视太阳》采用了传统的叙事方式,同《伦敦郊区》类似,按照时间顺序分三部分讲述了女主人公琼·萨金特的一生经历,着重探讨了死亡这个主题。第一部分比较短,讲述了在第二次世界大战爆发时,刚刚17岁的天真无邪的女孩琼·萨金特的经历,她结婚生子,过着平淡的生活。战争期间,飞行员托马斯·普罗瑟暂时住在她家,对她谈到了飞行中对死亡的渴望,为下文对死亡的讨论做了铺垫。小说的第二部分,琼到了中年,却离开丈夫,独自带着儿子格里高利四处漂泊。退休后,她开始周游世界,思考生活的意义。最后一部分的叙述转移到成年后的格里高利对生命和死亡的思考上来,富有神学思辨,同时也带有科幻色彩。

《凝视太阳》这个标题是带有象征性的,巴恩斯用平凡人物的视觉印象来变戏法——在同一天早晨,太阳在天空中升起了两次,这是这本小说象征的核心,从而告诉读者,人类对事物的判断是相对的,并没有固定的答案。

1992年出版的《豪猪》是以20世纪80年代末的东欧剧变为背景,讲述了某国前总统彼得汉诺夫的受审过程。彼得汉诺夫老谋深算,在法庭上完全掌握主动权,为自己33年的执政生涯做辩护。他当众让索林斯基总检察长出丑,使得这位检察长为了给他定罪,拼凑证据起诉彼得汉诺夫谋杀了自己的女儿。法庭最后不得不宣判彼得汉诺夫有罪,而索林斯基总检察长经过这场审讯,家庭也破裂了。《豪猪》是一部政治题材作品,将彼得汉诺夫的受审写成了一场喜剧,以写实的方式关注了保加利亚的当代历史和社会现实,引起轰动。

1998年出版的《英格兰,英格兰》是融讽刺与诙谐于一体,对历史传统做出解构性阐释的一部小说。巴恩斯将英格兰描述为"半闹剧",指出了这部小说的两种叙述方式:一种是严肃的、反思性的,是关于玛莎的;另一种是轻浮的、滑稽的,是关于"英格兰,英格兰"的项目的。这两种叙述方式相互联系,共同构成了作品的三个部分互相交织。

第一部分,题为"英格兰",描绘了玛莎在乡下的童年,采用了回忆的视角,包括背诵歌谣以及记忆历史事件等。

第二部分占小说内容的百分之八十以上,是全书的主要部分,讲述了另一位主角杰克·皮特曼爵士如何发展"英格兰,英格兰"的项目。玛莎受聘于皮特曼,她的主要职责是为这个项目在建设期间提供不同的意见。该项目旨在让世界震惊,并证明英国和皮特曼本人的伟大。皮特曼把他认为对英格兰的形象很重要的东西都装进了怀特岛,并把它改名为"英格兰"。在这个岛上,来自世界各地的游客可以找到白金汉宫、多佛尔悬崖的复制品,他们可以在几天内完成所有必看的英格兰景点,这在真正的英国是不可能的。这个项目让人眼前一亮,这个岛国终于从英国分离出来,成为一个独立的国家。与此同时,英格兰的经济也在严重衰退。经过短暂的挣扎,真正的英国与世界其他地区隔离开来,并退回到其前工业化状态。

第三部分是小说的结尾"古英格兰",此时的英格兰已经退化到农耕时代,玛莎在这里的一座村庄生活,村民们努力恢复过去的生活方式和风俗习惯。但是复古是否能真的再现过去的传统? 小说在玛莎对这个问题的沉思中结束。

从 2007 年人民文学出版社出版了《亚瑟与乔治》后,国内开始逐渐翻译并出版巴恩斯的多部作品,包括《伦敦郊区》《福楼拜的鹦鹉》《脉搏》《十又二分之一章世界史》《英格兰,英格兰》《柠檬桌子》《唯一的故事》等。而中国学术界是从 20 世纪90 年代末开始关注并研究这位作家的,但是这一阶段的研究成果相对少。

从 2011 年,巴恩斯凭借《终结的感觉》获得了布克奖后,国内对他的研究掀起了高潮,研究方向主要有三个:小说的艺术性研究;作品中的"后现代特征";小说中的历史观。当然也有学者尝试从文化记忆研究等其他研究视角探讨其作品中的记忆书写等特征,此外还有学者运用空间批评、美学、精神分析等文学理论对巴恩斯的多部作品进行分析和研究,这样能够更加全面地对巴恩斯的作品进行解读。

首先,国内对巴恩斯的研究开始于当代英国作家和英国文学的研究,瞿世镜和阮炜等学者的研究都是将巴恩斯本人及其作品一起纳入英国文学研究的范畴,用以探究英国文学的发展特点。随着巴恩斯在英国文坛越来越重要的地位,他的作品才作为单一的研究对象进入国内评论界的视野。巴恩斯形式实验的手法逐渐被国内学者认可,并且国内研究者也开始关注巴恩斯作品中丰富的主题内涵。

其次,国内巴恩斯的研究成果起初都发表在国内外国文学类的核心期刊,对推动巴恩斯的研究起到了引领性作用。

再次,国内对于巴恩斯作品的翻译出版是和文学评论同时发展的。随着巴恩斯获得布克奖,国内出版社对其作品的翻译速度加快,至今,已经翻译出版了 13 部作品,国内的相关论文数量也急剧增多。

巴恩斯被称为"英国文坛的变色龙",是因为他的写作特点是在实验性小说写作方面的大胆创新。正如梅里特·莫斯利评论说:"朱利安·巴恩斯是现在英语写作中最有趣、最具挑战性的人物之一。"

巴恩斯在他的作品中拒绝遵守传统小说的情节安排和人物塑造的规则,他编制语言、讲述笑话、连缀故事,进行着各种各样的实验,因此很难界定巴恩斯的小说究竟属于何种类型和流派。

理查德·洛克对巴恩斯进行了高度的评价,在他看来,巴恩斯与纳博科夫、卡尔维诺和昆德拉一样重要:"巴恩斯的文学能量和胆量在当代英国小说家中几乎是无与伦比的,巴恩斯以其显而易见的机智和鲜明的话语技巧,表现出一种对历史、艺术和形式创新的激情。"在巴恩斯三十多年的文学创作中,他获得了很多的称号,比如"艺术大师""天生的讽刺家""具有哲学头脑的小说家""极富原创性的作家"等,美国作家奥兹称巴恩斯是"完美的人文主义者"。

第二节 《十又二分之一章世界史》中割裂的宏大历史叙事

《十又二分之一章世界史》出版于1989年,巴恩斯的这部作品将小说的叙事实验技术推到了一个更新的高度,小说的概念面临着重新被改写。这部"小说"或者叫作"世界史",从第一张到第十章都有正式的标题,但是第八章和第九章之间却加入了名为"插曲"的一段,因此有了"十又二分之一章"的标题。

所说的"世界史",其实是十一篇幻想故事、历史故事或者报告文学,它们采用多种形式展现:寓言、真实的历史,或者对宗教典故进行改写。这些故事有的或许是还未发生的事件,因此究竟是"世界史"还是"小说",得从巴恩斯从头到尾的讽刺预期上推断。

其实,聪明的读者都会清楚这本书的内容既不是"历史"也不是"小说",而是语言风格和题材内容彼此差异的不长不短的故事。巴恩斯将这些具有差异的叙事材料拼在一起做成了一个叙事拼盘,又给它取了一个特别的名字《十又二分之一章世界史》,其手法具有创新性和启迪性。

第一章名为"偷乘者",借用了一个人们所共知的诺亚方舟的故事。按照《圣经》记载,因为人类行恶,所以上帝决定用洪水惩罚人类,但是他提前通知了好人诺亚,让他制造方舟,在洪水来临之前,挪亚可以带各类物种一起躲进方舟,待洪水退净之后,可以重新繁殖。本不应该搭乘的七只蛀木虫偷偷上了船,目睹了许多事实的真相,它们生存了下来,向后人揭露了人类的恶行,包括被篡改的"历史"。比如最先发现陆地的不是鸽子而是渡鸦,但是诺亚认为鸽子更合适,所以就成为后来的"历史"。这就表明,"谎言重复一百次便成为真理"的真理性在人类历史上再一次得到证实,但是仍然有其"历史"渊源。蛀木虫的后代在之后的章节中仍然有出现,它们与许多"历史"事件都产生关联。

第二章的故事是"造访者",讲述的是"现代史"的事情。一艘载有西方多国人士的游轮被恐怖分子挟持,船上的历史学者弗兰克林·休斯为了保住自己的性命而背叛良心,与恐怖分子合作,遭到了她的女朋友和崇拜者的唾弃。

第三章"宗教故事"讲述了中世纪的蛀木虫与教会当局打官司的事情。教会是原告,之所以起诉蛀木虫,是因为它们把教堂里主教的座位蛀空了,致使年老体弱的主教在讲坛讲道时翻落下来,全身瘫痪。这算是中世纪"史"吧。

第四章"幸存者"讲述的是 21 世纪某段时间的"历史",假设了一场世界性核战争爆发后,主人公卡瑟琳·菲利斯幸运地生存下来,漂流到一个没有淡水的荒岛,神志恍惚,从"我"的角度讲述了故事,其可靠性值得怀疑。

第五章是名为"海滩"的"历史",讲述的是 1816 年 7 月 2 日法国客轮"美杜莎"号因为船长无能在布朗角附近触礁沉船的事件,幸存者在海上漂泊了半个月才得救。按照历史记载,蛀木虫们蛀蚀了席里柯的名画《美杜莎之筏》,巴恩斯用幸存者写的实录证明这幅画本身就是篡改历史的假货。

第六章"山"讲的是一个爱尔兰女士不远万里来到土耳其境内的阿拉特山寻找挪亚方舟的故事。这个故事带有玄幻的色彩,这位女士没有找到方舟,却遇到了地震,但似乎发生地震是在她的意料之中,并且选择了长眠此山。

第七章"世界史"是"三则短故事",分别讲述了"泰坦尼克号"豪华巨轮沉没的故事、《旧约》中约拿被巨鲸吞没又得救的故事和第二次世界大战时的德籍犹太人被多国拒绝登陆的故事。

第八章"逆流而上"讲述的是来自文明世界的摄影师查理逆流而上,同原始部落打交道的经历,故事由他写给女友的一些书信构成,结局是他在抑郁中死去。

第九章"阿拉特山计划"讲述的是曾经登上月球的美国宇航员斯派克某天听到上帝的召唤让他去阿拉特山寻找诺亚方舟。他精心准备后不远万里来到土耳其,但是没有找到,可是他并不气馁,开始准备第二次寻找。

第十章"世界史"其实不可以被称作是"史",巴恩斯给它命名为"梦"。以第一人称的视角描写了梦想中的天堂和幻境,大概是遥远的"未来史"吧。

标题上的"二分之一章",名为"插曲",似乎是巴恩斯或者是这本书的第一人称叙述者或者"作者"的自传,充满了文学典故,包含了巴恩斯对"应该如何面对这幻象重重的世界"这个问题的唯一直接回答是"爱"。

巴恩斯在这一部分发表了对爱的理解,强调了爱的重要性:"宗教和艺术必须让位于爱情。爱情赋予我们以人性和玄想。爱情给予我们许多超出自身的东西。"他说,"如果没有爱情,世界历史就是滑稽可笑的。"如此简单的答案似乎与他一贯复杂的写作特征不吻合,但他就是想通过艺术手段来向读者说明:对于生活而言,我们所能真正理解的实在太少。

《十又二分之一章世界史》是巴恩斯的作品中最能够在主题上体现历史的文本性的一部小说。小说大部分基于历史事件或者历史人物,但是又有明显的虚构性。"二分之一章"是巴恩斯对爱和救赎的思考,他用史海钩沉的手法建构文本,将发生在不同时期的历史事件拼接在一起,看似杂乱无序,但是却都是关于历史真实性的思考和质问。

卡尔与哈钦都曾经对语言和思想对历史事实的建构性进行过论述。根据他们的观点,历史中根本没有"事实",有的只是杂乱无章的"事件"。历史事件都是潜在的历史事实,只有被历史学家按照一定的逻辑挑选出来,按照一个完整的叙事框架进行编写,获得了某种意义时,才会成为事实。

在文学作品中,历史的关联和有序也是语言与思想的建构,小说家面对的是想象的事件,而历史学家面对的是真实的事件。安可施米特认为,历史书写与艺术相似,应该"以美学为中心"。历史书写的读者希望在小说中找到贯穿整部作品的线索,从而建立起有序的历史链接,发掘历史事件或者历史人物的意义。

巴恩斯的小说如果从这一点上说恐怕是令读者失望了,《十又二分之一章世界史》这部小说中的历史事件彼此毫无关联,如果没有不时出现的挪亚方舟和蛀木虫,其是不能够被称为"小说"的,各章之间的"历史"本是没有什么内在联系的,但是靠挪亚方舟和蛀木虫却把它们连在了一起,这显然是巴恩斯叙事技巧的又一个创新,并且在"小说危机"的时代开创了将短篇故事集偷梁换柱成"小说"的先例。巴恩斯突破传统历史书写的框架,将历史事件之间的空间距离打乱重排,提供了一个新的历史文本,给读者增加阅读难度的同时,又留给他们足够的想象空间。

巴恩斯正是利用这种杂乱无序的破碎情节和精心设置的文本,割裂了历史的完整性,将读者带入历史中无法避免的混沌之中,从而达到消解历史宏大叙事的目的。巴恩斯在一次访谈中也提到,他在创作小说时所遵循的历史观是"用自己的思想去演绎我们已经掌握了的史实",而不会去为不知道的史实编造故事。小说的文本碎片化和断裂其实就是体现历史的碎片化和断裂的表现手法。各个章节跳跃的时空背景,看似毫无联系的内容,其实共同的一点就是对历史事实的"颠覆"。

叙事视角的转换是巴恩斯小说颠覆宏大历史叙事的另外一种体现。叙事视角可以分成作者视角和人物视角,这二者之间的转换可以起到相互补充的作用。也正是因为历史书写中多重视角的相互交织和转换,使历史事件本身变得复杂难解,使小说变得富有内涵,读者可以从更多的角度分析文本及其背后的历史,不断向历史的真相靠近。

第四章"幸存者"的叙述一直是在第三人称视角和第一人称视角之间切换,在叙述的空间和时间上都是十分杂乱、没有规律的,很难从中理出一条清晰的故事线,而且直到故事要结束的时候读者才知道她的名字是卡瑟琳·菲利斯。在这一章的前半部分,按照叙事视角区分,第三人称叙述的是具体发生的事情,而第一人称叙述的是卡瑟琳对自己生活的回忆。通过第三人称的叙述视角,读者可以了解到卡瑟琳的成长经历、核爆炸的后果以及由此带来的恐惧,她决定登上小船在海上漂流;通过第一人称的叙述视角,读者可以了解到卡瑟琳的私人生活。两种视角的叙述相互补充,使得对卡瑟琳的描述更加完整。同时,巴恩斯在第三人称的叙述中掺入了卡瑟琳第一人称的间接引语来体现她的心理活动。两种人称的叙述增加了对历史事件描述的可信度,同时通过两种视角看到的事件才可能是完整的。

叙事视角的变换体现了巴恩斯对历史多面性和丰富性的关注。叙事以不同的形式呈现,体现了历史的不同侧面,而个体基于价值判断对这些叙事的理解建构了自我的主观历史。同时,在巴恩斯小说中,叙事视角从权威下移到被边缘化、他者化的个体,让不同的普通人物站出来说话,以多个个体记忆构成集体记忆,让历史更加丰满,展现历史的多个角度和层面。

巴恩斯通过揭示史料和叙述者的不可靠性瓦解了客观历史的存在,史料或者历史文本是通过叙述被构建成历史的,叙述者都会受到意识形态、权力结构和个人情感等的影响,其叙述是不可靠的。并且巴恩斯通过揭示虚构的元小说特点和多变的叙事手法揭示了历史的文本性。他通过对故事的重构、文体的拼接、不可靠的叙事等,显示了其虚构性,说明历史不过是另外一种文本;同时通过时空的交错转换、叙事视角的变换等叙事策略,显示历史的碎片化和多元性,颠覆了权威历史的叙事。

巴恩斯的艺术形式是独一无二的创新,他那种大无畏的投身于重大问题研究的精神也是值得称赞的。他大胆地突破小说的固有框架,颠倒历史,把现代的精彩笑话和《圣经》中的经典相混合,将没有标准答案的命运和责任问题摆放在读者面前。这一本十章半的历史,使读者在快乐中思考着各种问题。巴恩斯或许不是一位了不起的历史学家,但是确是一位成功的讽刺作家和故事的讲述者。

第三节　《终结的感觉》中的历史与文本

《终结的感觉》是 2011 年巴恩斯出版的中篇小说,使他赢得了布克奖,并且获得大卫·科恩英国文学终身成就奖。

该小说分为两部分。第一部分由年届六旬的叙事者托尼追忆四十年前在伦敦的青春物语。当年,他带着女友维罗妮卡向朋友们炫耀,但随后二人分手。维罗妮卡与托尼朋友中最优秀的艾德里安相恋,托尼郁闷无奈之下,写绝交信一封,并祝他们好运。托尼在追忆爱情和友情的叙述中,又戏剧性地提及艾德里安的自杀。

在这一部分,托尼的叙述告诉我们的事实是:他面临友情和爱情的双重伤害,表现出良好的绅士风度;维罗妮卡与其家人以及艾德里安,是无情的施害者。

第二部分跳至四十年后,诸多外部冲击——艾德里安的日记,维罗妮卡的母亲萨拉遗赠的小笔款项——出现,叙事者开始验证和探索过去的记忆,并重构40年前的事实真相:托尼所谓的"得体的回信",其实充满了恶毒的语言,用于辱骂好友的爱情,诅咒他们的孩子,并挑拨维罗妮卡与其母亲萨拉的关系。恶毒的绝交信在看似不相干的自杀事件中也扮演了至关重要的角色——正是托尼在信中提到可向维罗妮卡的母亲萨拉求证,如多米诺骨牌般引发了艾德里安与后者的不伦之恋,继而托尼的诅咒应验,两人生下智障残疾的婴儿,最终导致艾德里安的崩溃与自杀。至此,作者的态度方才明确:他一直躲在角落里,反讽并嘲弄着托尼自以为是的个人记忆。

布克奖的前评委主席泰拉·里明顿对这部小说给予了极大的赞扬,并在盛大的颁奖仪式上发表了精彩的评论。她盛赞:"这部小说可以说是英国古典文学的里程碑。它是为21世纪的人写的,由于情节微妙,所以完成得很好。它代表了新的深度,增加了新的意义。"

布克奖的评委之一斯特拉夫人说:"我们认为它是为21世纪的人类而写的,因为它的情节很微妙,它与现代社会中的人类有很大的对话。"此外,小说在媒介方面也受到了极大的关注。安妮塔·布鲁克纳评论说:"不要被它的简短所误导。它的神秘性就像最古老的记忆一样深入人心。"与其他小说不同的是,虽然《终结的感觉》只有163页的简短篇幅,但这本小说并不像看起来那么简单。

这本书的书名借用了弗兰克·克莫德的一本著作《结局的意义:小说理论研究》。《终结的感觉》是一部记录性小说,记录了叙述者托尼的个人历史。因此,它被认为是一部托尼的历史传记。然而,根据时间结构的特点,《终结的感觉》是由两部分组成的。总而言之,对整部小说来说,探讨"记忆"这一主题是极其重要的。托尼想在个人记忆中塑造自己的身份和评价自己。但他的虚假的记忆被真实的历史事实所解构。托尼所能做的是重建他的真实记忆。在某种程度上,他必须为自己的行为负责,为他的错误向他人道歉。此外,除了记忆的主题外,他还注意到历史、死亡和身份的主题。

《终结的感觉》作为巴恩斯最好的代表作之一,在国内外引起了极大的关注。国外的研究者从不同的角度对这部小说进行了分析。马里切尔在评论文章中展示了小说中记忆的主题,人们不断地在记忆中找到自己的位置,记忆被充分说明,人们不断地接触到真相。《朱利安·巴恩斯的怪异性和结局感》一文主要集中在对巴恩斯的几部小说中的怪异性进行了分析。在迈克尔·格里尼的眼里,巴恩斯是一个非常擅长创造怪人的专家。

自从朱利安·巴恩斯在 2011 年获得布克奖以来,国内对巴恩斯的作品研究主要由两个方面组成:伦理文学批评和不可靠的叙事。目前,有 12 篇硕士论文和许多文章从不同角度讨论了这部小说。研究伦理文学的张连桥副教授对"死亡的主题"给予了更多的关注,并从伦理学的角度阐述了小说中人与人之间的关系。另一位学者毛伟强也从小说范式中探讨了道德和民族的重要性。关于这部小说的研究论文大多集中在小说的主题、历史叙事和文学伦理等方面。

巴恩斯认为,历史是由历史书写者建构而成的,历史书写者对历史版本有着中介的作用,要想了解所读到的历史版本,必须先了解历史书写者的历史。

在《终结的感觉》中,主人公托尼在四十年后回忆往事,坚信的记忆开始动摇,逐渐意识到以往的人生故事有很多下意识的调整、修饰,于是对自己的真实自我进行探查、反思和重新认识。这就形成了小说的文本,并且从这个意义上讲,记忆建构了个人历史。因为《终结的感觉》是一部历史小说,所以可以充分分析文本与历史的关系。

新历史主义诞生于 20 世纪 80 年代,在文艺复兴研究领域已经逐渐形成了一种新的批评方法,而且这种阐释文学文本历史内涵的独特方法日益得到西方文论界的认可,并受到女权主义、解构主义和后现代主义的影响。新历史主义在接下来的二十年里不断成长,并逐渐成为一种更成熟、更适用的文学理论。

新历史主义选择了主体与历史的二元结构,并且使"文本的历史性"与"历史的文本性"得到关注。"历史的文本性"主要包括两个含义。

首先,历史被记录在历史文本中,而历史文本是由历史记录者书写的。新历史学家断言,历史是一个文本,一个叙事或故事。在某种程度上,人们知道的历史并不是真实的历史,因为它是由一些历史学家写的,他们在构建历史的过程中有着不同的文化背景和个人偏好。因此,过去发生的事情并不能被准确地知道。根据新历史学家的观点,历史和文本有着共同的特点。正如多克托罗所说,"历史和小说的叙事形式是不可分割的"。换句话说,历史的叙述可以被看作一种文学写作的模式,历史是一种历史性的叙事,而不是一套客观事实。

其次,当文本被转化为一种文件时,它又成为解释其他文本的媒介。正如新历史学家所说,历史是一种叙事,对历史的叙述可以被视为记录历史的一种形式。

因此,"历史的叙述"在这部小说中扮演了一个重要的角色。在历史小说中使用第一人称叙述,这种方法是历史学家在传统历史书中从未使用过的。

而巴恩斯在历史小说中选择第一人称叙述的原因在于:首先,它可以为读者提供一种真实感;其次,它显示了写作历史的主观性特点;再次,它直接反映了巴恩斯记忆中的真实感受和经历。在《终结的感觉》中,叙述的一个典型特征是第一人称,这也是巴恩斯的叙述重点。

众所周知,这部小说叙述时使用了第一人称代词,包括"我"和"我们"。在整部小说中,朱利安·巴恩斯通过第一人称叙述来构建文本化的历史。叙述者通常为作者表达他的内心想法,因此作者经常使用"我""我知道""我好奇""我想"来叙说历史。

巴恩斯在他的回忆中表示:"我记得在青春期晚期的时候,我的头脑会让自己沉醉于冒险的图像中。"

从引文中,读者可以知道第一人称的叙述是对过去事情的回忆,它显示了记录历史的主观性,并为读者提供了一种可信的感觉。与旧的历史主义相比,《终结的感觉》中的叙述者不仅是主角,而且还充当了作家的角色。

巴恩斯在现在和过去之间对自己进行了对话。第一人称叙事的应用不仅使历史故事更加真实、生动,而且还显示了记录历史的主观性。巴恩斯以独特的方式来叙述历史,他为我们提供了"历史的文本性"的一个很好的例证。

在新历史主义者看来,文本被认为是动态的历史事件,并由当时的历史和文化条件所决定。在蒙特罗斯认为,"文本的历史性"由三个方面组成。

首先,所有的文学文本都是特殊历史时期的具体政治、经济和文化的产物,因此文本具有历史和社会特征。新历史主义认为对作品的解释不应排除其社会和政治环境。其次,对文学文本的任何解释都不是绝对的客观,所以它不可避免地受到社会性和历史性的影响。再次,任何文学文本不仅是对历史的反映,也是由历史组成的历史事件,因为文学文本是历史的重要组成部分。

在《终结的感觉》中,文本是由托尼的个人记忆组成的,他的记忆构成了一个动态的历史事件,主要包括托尼记忆中的历史、罗布森的自杀案和艾德里安之死的悲剧。

在新历史主义者看来,历史不能被改写,但是可以重新被解释。历史学家则认为,历史是在边缘的位置上书写的。因此,新历史主义者更加关注边缘话语和被压抑的声音。当不同的声音相遇,这部小说的历史性就逐渐被揭开了。

在《终结的感觉》中,托尼是一个具有典型的宏大叙事特征的叙述者,而边缘和压抑的声音则是艾德里安、维罗妮卡和萨拉。每种声音都叙述了不同版本的历史,当所有这些历史出现时,这部小说的历史性就被揭示出来了。巴恩斯很清楚地注意到,叙事的功能是揭示"历史"和真相。通过信件和集体记忆所讲述的"历史",真实的历史被发现。通过文件对虚构的记忆进行解构,巴恩斯表达了他对宏大叙事的消极态度,叙事和"历史"揭示了独特的历史性。托尼叙述的文本其实是一个历史事件。在叙述的过程中,作者发现宏大叙事是不可靠的。换句话说,随着不同的人讲述不同的"历史",托尼记忆中的个人历史逐渐被发现。这部小说的历史性也被视为一种非现实性和虚构性。

根据"文本的历史性"的概念,文学文本受到历史和社会的影响。《终结的感觉》是一部典型的个人历史,受到整个社会环境的极大影响。首先是巴恩斯的生活经历对《终结的感觉》的影响。文本是由作者写的,因此受到历史和文化背景极大的影响。所以作者的文学创作也反映了作者的生活经验。

事实上,他的大部分作品都反映了他自己的生活经历和思想。如他在1980年出版的第一部代表作《伦敦郊区》等,生活经历对文学创作有很大影响。在这部小说中,文本被赋予了一些历史和文化特征。《终结的感觉》是朱利安·巴恩斯在其妻子帕特·卡瓦纳2010年去世后创作的。事实上,这部小说是为了纪念他的妻子而写的。在小说的序言中,这一页只有"致帕特"。虽然他只用了两个单词,但却表达了对妻子的爱。

2011年,这部小说出版并获得了布克奖时,巴恩斯已经65岁了。巧合的是,叙述者或主人公托尼是在60岁左右时回忆起他的往事的。文学作品是由作家创作的,所以我们可以从他们的作品中了解他们的生活经历。事实上,自传元素给读者一种文化和历史的准确性。因此,巴恩斯也是一位具有很强历史感的作家。

这部小说正如巴恩斯所说,"在今年的最后一节历史课上,乔·亨特引导他的昏昏欲睡的学生们学习都铎王朝和斯图亚特王朝、维多利亚时代和爱德华时代帝国的崛起和随后的衰落,他邀请我们回顾所有这些世纪,并试图得出结论"。巴恩斯的历史感促成了他的文学创作,他的文学创作有一个美丽的个人历史图景。

值得一提的是《终结的感觉》中的后现代主义时期的文化特征。随着科学和经济的发展,现代西方社会进入了后工业化时期,与此同时,西方文化也经历了一系列的变化。在这个时期,各种文化理论和学派纷纷出现,后现代主义开始在舞台上崛起,反映了西方文化的新特点。

朱利安·巴恩斯是一位后现代主义作家,他的小说受到后现代社会的影响。根据新历史主义者的观点,文学文本带有社会和历史变化的印记,《终结的感觉》也是如此,后现代社会极大地影响了这部小说的写作。

在这部小说中,后现代主义的文化特征主要有两个方面:不确定性和模仿性。正如我们所知,不确定性是后现代主义的一个必要组成部分。英国著名的文学理论家大卫·洛奇断言《终结的感觉》描述了人们在后现代环境下的生活状态。不确定性贯穿于整个小说的历史内容之下。在这部小说中,主人公回忆了他四十年前的记忆,但不可能把所有的事情都记得清清楚楚。记忆是不确定的,所以他不可能清楚地记得所有的事情。这种不确定性揭示了后现代背景下的社会现象。第二个特征模仿性被认为是后现代文学的标签。当代理论家西蒙认为，这是"任何对另一种文化的生产或实践进行相对论证性的模仿的文化实践"。事实上模仿的定义不仅包括文学文本，还包括行动、语言、策略和文化。在这部小说中，一个典型的模仿是罗布森和艾德里安的自杀。

当校长声称罗布森是自杀的，艾德里安说："加缪说，自杀是唯一真正的哲学问题。"但主人公托尼断言，当艾德里安选择自杀时，他的动机就暴露了。加缪曾经说过，哲学的基本问题是生命的生存。因此，自杀是最有效的方式之一，它是完全真实的哲学问题。当一些人开始思考自杀的本质时，他们已经逐渐意识到了这个世界的荒谬性。这是一个典型的例子，是对加缪名句的典型戏仿，是故意将其"变形"的。由分析这种戏仿的特点，可以发现后现代主义时期的文化特点。为了研究后现代主义时期的文化特征，必须对戏仿的特征进行分析，因为它体现了后现代主义的广泛趋势。一旦一些熟悉的表达方式、人物或情节出现在不合理的语境中，后现代主义的荒诞性就暴露无遗。

研究的最后一个方面是《终结的感觉》对历史和社会的影响。谈论"文学"或任何特定文本的生产，不仅意味着它是社会生产的，而且意味着它是社会生产的产物，在写作过程中完成了写作、表演或阅读的工作。

事实上，《终结的感觉》不仅反映了巴恩斯的生活经历和社会的历史环境，而且对历史和社会有很大影响。《终结的感觉》将作为人们研究历史的参考书。之所以被视为一本参考书，是因为以前记录历史的文献对这部小说产生了巨大的影响。新历史主义者认为，历史被记录在文本中，而读者完全可以从各种文本中学习历史。

作为一个历史小说家，巴恩斯做了许多与历史有关的研究。从这些历史材料中，他了解到很多历史事件和故事。很明显，这些文本或历史材料为这部小说的创作做出了贡献，揭示了历史的主观性，展示了许多小"历史"。同样，这部小说也为后面的文本打下了坚实的基础。

《终结的感觉》对公众也是有影响的。正如其他著名小说一样，它也从其历史背景中出发，在某种程度上成为时间的产物，体现了历史的感觉。

这部小说反映了个人记忆的不确定性的特点，这种不确定性使一般人不相信碎片化的记忆。同时，它也是一种对过去历史的怀疑的反思。基于这种情况，一般公众应该考虑"不可靠的记忆"。通过以上分析，我们知道这部小说对社会和历史的发展产生了巨大的影响。

总而言之，文本是由作家创作的，他们必然受到自己的生活、经验和社会环境的影响。换句话说,在文本中可以找到生活经验和社会环境。巴恩斯在《终结的感觉》中完美地体现了"历史中的文本"和"文本中的历史"。

第四节　朱利安·巴恩斯
对 20 世纪实验小说的影响

朱利安·巴恩斯是一位成果丰硕的作家,他的作品中充斥着他对历史记录和历史真相、虚构和现实、种族和政治等问题的洞察与启迪。一位评论家写道,巴恩斯的作品是"文学实验、智力和奉献人类心灵真实的独特的混合"。巴恩斯凭借个人的努力"使每一本书都是一次冒险",而他"敢为人先,对自己的挑战",不仅对他本人的创作具有重大意义,也成为整个英国小说史的里程碑。

巴恩斯对小说的形式建构十分注重,在《福楼拜的鹦鹉》中,他对小说作品形式的重要作用做出了揭示:"形式,并不是一件披在思想之躯上的外套,它本身就是思想的血肉组成。你没有办法想象没有形式的思想,就像是无法想象没有思想的形式。"

巴恩斯的小说体现了强烈的异质性特点,主要体现在对题材内容的选择上:他对历史概念的解构和传统的真实性的质疑,对生存在当下社会的个体生活的本质探究,以及个人身份和民族身份建构的思考。在叙事实验上,巴恩斯也不断进行着各种尝试,比如文本杂糅、蒙太奇叙事、拼贴、互文、破碎性叙事等。

巴恩斯的文学创作深得欧洲古典文化的精髓,并且体现了纯正的欧洲文学风格。他钟爱法国文学,在他的小说中能够体会到他对法国生活、法国文化和法国观念的热爱,并且公开表示自己对福楼拜小说的喜爱,这使得他的写作与众不同,也可以说他继承了福楼拜字斟句酌的写作风格,并且在自己的作品中得到进一步发挥,形成了独特的叙事特点。

他热衷于形式实验的艺术革新,每一部作品都是他对自己提出的不同的人生问题,希望探索一个新的经验领域,并且必须找出一种新的艺术手段来加以刻画和描绘。所以在他看来,小说家的任务就是"去探寻所有可以获得的有效视点"。

巴恩斯的小说在情节和人物设定上很少雷同,力求给读者不同的阅读体验。他不断尝试创新,拒绝重复自我。在一次访谈中,巴恩斯说:"要能够写作,你就必须让自己确信你的创作是个全新的开始,不仅是个人的新起点,也是整个小说史的新起点。"

巴恩斯的小说观是:"我当作家的一个最主要的理由是,我相信好的艺术揭示人生的最高真理。小说为我们提供一些有条有理的美丽谎言,它包含着真实而确切的真理。这就是它自相矛盾、宏伟壮观、富有魅力的地方。许久以来,人们曾经周期性地宣告'上帝死亡'和'小说死亡',这都是危言耸听的。因为上帝是人们虚构故事的冲动所创造出来的最早、最好的艺术形象,我愿意把赌注压在小说上,我相信小说的寿命甚至会超过上帝。"

巴恩斯非常关心 20 世纪末以来文学艺术的发展状况,非常关注米兰·昆德拉提出的这个问题:"我们是否已经来到文明世纪的末尾?"面对这个问题,巴恩斯开始了创作实验,他把小说创作本身的艺术规律放在天平的一端,又把社会学的素材和方法所唤起的期望放在天平的另一端。然后他在某一端添加材料维持平衡,不同的材料创造出不同的作品,从而给读者展示了极具巴恩斯特色的小说。同时巴恩斯非常注重锤炼语言,力求准确精练,并且加入幽默的成分,妙语迭出,他的小说因此具有很强的可读性。

参 考 文 献

[1] 巴恩斯.终结的感觉[M].郭国良,译.南京:译林出版社,2021.

[2] 巴恩斯.十又二分之一章世界史[M].林本椿,宋东升,译.南京:译林出版社,2015.

[3] 怀特.后现代历史叙事学[M].陈永国,张万娟,译.北京:中国社会科学出版社,2003.

[4] 周立秋,黄晖.朱利安·巴恩斯国内研究述评[J].淮阴工学院学报,2018(27):38-43.

[5] 赵胜杰.边缘叙事策略及其表征的历史:朱利安·巴恩斯《十又二分之一章世界史》之新解[J].外国语文,2015(3):57-62.

[6] 杨金才,王育平.诘问历史,探寻真实:从《10 1/2 章人的历史》看后现代主义小说中真实性的隐遁[J].深圳大学学报(人文社会科学版),2006(1):91-96.

[7] 罗小云.震荡的余波:巴恩斯小说《十卷半世界史》中的权利话语[J].外语研究,2007(3):98-102.

[8] 王一平.朱利安·巴恩斯小说的当代"英国性"建构与书写模式[J].国外文学,2015(1):74-80,158.

[9] 罗媛.历史反思与身份追寻:论《英格兰,英格兰》的主题意蕴[J].当代外国文学,2010(1):105-114.

[10] 许文茹,申富英.论朱利安·巴恩斯《终结的感觉》中的记忆、历史与生存焦虑[J].山东社会科学,2016(11):170-174.

[11] 阮炜.巴恩斯和他的《福楼拜的鹦鹉》[J].外国文学评论,1997(2):50-57.

[12] 聂宝玉.不可靠叙述和多主线叙事:朱利安·巴恩斯小说《终结感》叙事策略探析[J].北京第二外国语学院学报,2013(10):54-58.

[13] 刘丽霞.后现代语境中的西方朱利安·巴恩斯研究评述[J].外国文学动态研究,2017(3):16-27.

[14] 李贺.朱利安·巴恩斯的历史意识和历史书写[J].文教资料,2021(9):22-28.

[15] 黄莉莉.历史写作中的真实与虚构:论朱利安·巴恩斯的历史观[J].重庆交通大学学报(社会科学版),2019(4):97-103.

[16] 毛卫强.生存危机中的自我与他者:朱利安·巴恩斯小说研究[D].上海:上海外国语大学,2015.

［17］张玉光. 巴恩斯小说《终结的感觉》中的荒诞和反抗［D］. 深圳：深圳大学，2017.

［18］何朝辉. "对已知的颠覆"：朱利安·巴恩斯小说中的后现代历史书写［D］. 厦门：厦门大学，2013.

［19］HOLMES F. Julian Barnes［M］. London：Palgrave Macmillan，2009.

［20］BRADBURY M. The contemporary British novel［M］. London：Penguin Books，1994.

［21］MISA P. Biographyin fiction by Julian Barnes［D］. Boston：Masaryk University，2016.

［22］BAILYN，BERNARD. On teaching the writing of history［M］. New Hampshire：UP of New Engl and Hanover，1994.

［23］FLEISHMAN，AVROM. The english historical novel：Walter Scottto Virginia Woolf［M］. London：The Johns Hopkins University Press，1971.

［24］GUIGNERY，VANESSA. The fiction of Julian Barnes ［M］. New York：Palgrave Macmillan，2006.

第七章　伊恩·麦克尤恩
小说中的创伤叙事

第一节　伊恩·麦克尤恩与实验小说

伊恩·麦克尤恩(1948—)是当代英国文坛最具影响力的作家之一,被称为英国"国民作家""国宝级作家",与同时代的马丁·艾米斯和朱利安·巴恩斯并称为英国"文坛三巨头"。

伊恩·麦克尤恩1948年出生在伦敦,父亲戴维·麦克尤恩在敦刻尔克战役中负伤,一直以低级职业军官的身份在海军服役直到退休,母亲罗丝·麦克尤恩出生于拥有爱尔兰血统的劳工家庭。因为父母希望掩埋"家庭秘密",所以一家人辗转于一个又一个驻外海军基地,麦克尤恩随父母在新加坡和利比亚度过了童年,在他看来,父母的婚姻很糟糕,带有流亡和无聊的意味。父亲有很大的酒瘾及严重的男权思想、暴力倾向,而母亲永远都是忧心忡忡的。

同母亲一样,小麦克尤恩被父亲的粗鲁吓坏了,他从未想过反抗,是一个脾气好又爱做白日梦而且害羞的孩子。麦克尤恩曾经调侃说,自己的文学基因来自母亲,因为母亲是个"伟大的担忧家",担忧是需要想象力的。麦克尤恩的想象力惊人,曾经父母打算收养一个男孩作为给他的圣诞礼物,但是最终没有成功。麦克尤恩十分失望,于是在白日梦中收养了一个弟弟,并取名"伯纳德"。

父母对他的影响很大并且给他带来了极大的困扰,他曾经说过:"我一直梦想着某一天我的父母没有任何痛苦地融化掉,不是说发生了什么可怕的事,我不是希望他们死,我只是希望打扫干净场地,那样我才可以单独面对这个世界。"在麦克尤恩看来,独处是现代人最伟大的特权。

16 岁之前,麦克尤恩从未意识到自己的天赋,在学校里,他一直是"那个角落里的安静男生"。然而 16 岁到 18 岁这几年里,他突然感知到一种像要爆炸似的黑暗的创作欲望——那些鬼神、怪兽、奇异的声音向他倾泻过来,汇聚到他的纸上。少年麦克尤恩需要先清空脑子,才能安放这些迥异的、曾经离他很遥远的故事。在他头脑中的世界里,他可以肆无忌惮地做一个"坏男孩",而不用去担心在现实里成为坏男孩的糟糕后果。

1967 年,麦克尤恩进入苏塞克斯大学,主修英语和法语,并且在大学的最后一年,他有了两项爱好:读弗洛伊德和写小说。而他出身寒微的母亲对待炸弹一样小心翼翼地对待语言的态度,给了麦克尤恩很大的影响,使他养成了锤炼字句的好习惯。1970 年毕业后,他在东英吉利大学研究生班进修文学创作课程,当时的学生无须提交毕业论文,只要上交一定数量的文学作品,合格者即可毕业。

麦克尤恩拜马尔科姆·布雷德伯里为导师,并用自己的创作成绩证明了名师出高徒。他于 1971 年获得文学创作硕士学位,迄今为止,东英吉利大学文学创作班最成功的毕业生依然是麦克尤恩。

麦克尤恩在大学读书时受到 1968 年之后席卷欧美大学的反文化潮流所吸引,他甚至还和一批"嬉皮士"到阿富汗去体验异国情调的流浪生活。但是,不久之后他就对这些年轻人放浪形骸的反理智主义感到厌倦。1974 年,他在伦敦定居。

自他的第一本短篇小说集《最初的爱情,最后的仪式》获得 1976 年的毛姆奖以来,他四次获得布克奖提名,1998 年以《阿姆斯特丹》终于获得布克奖,作品《赎罪》同样获得 2002 年的布克奖提名,虽然最终未能如愿获奖,但评论界却给予了极高的评价,认为这是麦克尤恩的巅峰之作,并且《赎罪》更被改编成同名电影,在 2007 年获得奥斯卡金像奖七项提名,麦克尤恩还荣登《泰晤士报》"1945 年以来英国最著名的作家排行榜"。

麦克尤恩迄今已经发表十多部小说以及多个剧本,他性格刚毅,思维敏捷,具有孜孜不倦的探求精神,擅长以细腻、犀利而又疏冷的文笔勾绘现代人内在的种种不安和恐惧,积极探讨暴力、死亡、爱欲和善恶的问题。作品多为短篇小说,内容大都离奇古怪、荒诞不经,有"黑色喜剧"之称。他的许多作品反映性对人的主宰力量以及人性在性欲作用下的扭曲,对怪诞、荒谬和幻觉以及某种末世性景观表现出了强烈的兴趣。

麦克尤恩的创作生涯开始于 1975 年,他的"硕士毕业论文"终于在英美两地同时出版了,这就是短篇小说集《最初的爱情,最后的仪式》。这本书只有 8 个短篇故事,一共 175 页,但是它所激起的反响却是空前的,《时代》周刊、《华盛顿邮报》、《芝加哥论坛报》、《新政治家》、《大西洋月刊》、《旁观者》、《泰晤士报》等重要媒体皆有评论，并在 1976 年勇夺"毛姆奖"。

对于这部处女作，欣赏者赞许麦克尤恩那让人眼花缭乱的叙事能力，把他视为贝克特和卡夫卡的文学继承人；好事者关心的是"人性阴暗面""道德禁忌区"和"题材敏感带"；青少年读者着迷于那血腥加荷尔蒙的气息，感受到反社会运动的时代脉动。当然，也有反对者出现，麦克尤恩的罪名是"以文惊世"。

麦克尤恩善于用精确、优美的文字，来表现令人厌恶的、可怕的景象，选择阴暗、丑恶、令人反感和恐怖的普通事物作为小说素材，给读者留下极其生动难忘的印象。比如这部短篇小说集的标题，标题的前半部分"最初的爱情"是指这个短篇小说中的叙述者和他的女友第一次睡在一起，但他们的卧室里有老鼠，叙述者用拨火棍打死了一只怀孕的母老鼠。标题的后半部分"最后的仪式"，是女友给死老鼠举行最后的葬礼仪式。

第二个短篇《固体几何学》是一个幻想故事，写一个男人遵照他先辈中一位疯狂数学家遗留的指示，使用某种特殊方法用纸花围住他夫人的四肢而使她的身躯消失。麦克尤恩用极其简洁的描绘，让这种奇特的景象生动地展现在读者面前，这就是麦克尤恩的风格。他对那些自甘堕落的人物细腻而又恐怖的描述，给读者们留下极其深刻的印象。这本书为他赢得了毛姆奖，应该说他是当之无愧的。

1978 年，麦克尤恩发表了他的第二部短篇小说集《床笫之间》，这部作品使他赢得了"恐怖伊恩"的绰号。这个"恐怖"，不是妖夜幽魂的心理恐怖，不是尖声惊叫的感官恐怖，是揭开石头、发现下面有虫子、并发现虫子活泼泼地蠕动着，那种形而下无法转换为形而上的、生命本身的恐怖。小说集包括 7 个故事，风格和题材与之前的《最初的爱情，最后的仪式》是一脉相承的。小说男主人公的妻子找了个身强力壮的情人来取代他，表示与他"浪费掉这么多时间"的惩罚。优美的文字和恶心的内容这两种截然相反的倾向，为麦克尤恩的短篇小说提供了渗透到语言和想象的表层结构之下的深层含义。

他的第一部长篇小说《水泥花园》发表于 1978 年，虽然是长篇小说，但是实际上只有 120 页，只不过是一个稍长一点的中篇。这是一本让人十分震惊的书，充满了病态的、令人厌恶的景象，然后又具有难以抗拒的可读性，也因为这部小说，麦克尤恩"恐怖伊恩"的外号越叫越响。

小说的主人公杰克，以第一人称的叙述角度讲述了四个孩子在没有父母和社会的监督下无序地成长。叙述者杰克，一个 15 岁的男孩，和他的家人一起生活，包括他的父母、17 岁的姐姐朱莉、13 岁的妹妹苏和 6 岁的弟弟小汤姆。他们住在一个独立的房子里，附近只有荒地，他们没有朋友或亲戚。父亲是一个暴虐的强迫症患者，他经常对其他家庭成员表现出冷漠和压迫。在故事的开头，他买了 15 袋水泥来重建花园。但由于心脏病发作,他在完成计划之前就去世了。母亲是一个温柔的女人,她爱她的孩子,但是母亲突然死于不明疾病。为了不被"外面的人"接管,孩子们把母亲用水泥封在地窖的一个箱子里。此后,朱莉一面以"母亲"的身份照顾着弟弟妹妹,另一方面也忙着和她的男朋友德里克约会。而杰克放弃了所有的健康习惯,整天手淫。苏把她的时间花在阅读和写日记。在学校被欺负后,汤姆希望得到朱莉的保护。德里克发现了孩子们的秘密,他想以"父亲"的身份接管这个家庭,但他被四个孩子拒绝。德里克目睹了朱莉和杰克姐弟的乱伦,并愤怒地敲碎了后备厢。最后,德里克敲开了封着的水泥,挖出了尸体,报了警,警察赶到现场。

这个病态的故事,从一个青春期少年的特殊视角来叙述,从而增强了艺术感染力。麦克尤恩承认:"对于我来说,青春期的叙述者是一种很有目的的修辞手段。"整个20世纪70年代,是麦克尤恩不受约束的实验期。他沉迷于弗洛伊德和无意识理论,妻子彭妮所崇拜的神秘主义先验论给他很大影响,使得介于意识和无意识深处的魑魅魍魉,以种种复杂的变体在文字中获得了生命。麦克尤恩置身于主流社会之外,不想被任何团体、任何流派、任何风格贴上标签。

1981年,他的第二部长篇小说《陌生人的慰藉》涉及成年人的主题,是一部哥特式恐怖小说。以威尼斯为背景(但全书始终未出现该城市名),人物简单,情节也并不复杂,讲述的是一对恋人科林和玛丽离开英国到意大利去度假,住在一家陌生的酒店里,他们遇到了从镜子里颠倒的形象,那是另一对恋人罗伯特和科罗琳。在他们身上,读者可以辨认出那古老的施虐——受虐狂模式。最后,科林被莫名其妙地杀害,剩下玛丽形只影单地踏上归途。这本书命名为"陌生人的慰藉",实际上书中所描述的陌生的地方潜藏危险,人物的隐私和梦幻与公开的社会生活错综复杂地组合成一个网状结构,将读者牢牢地吸引在"勒紧脖子"的艺术形式中。

发表在1987年的《时间中的孩子》是麦克尤恩20世纪80年代最为重要的一部小说,这部作品虽然又回到了儿童故事,但是麦克尤恩第一次突破了家庭情景中儿童的心理活动这种狭窄的题材范围,进入了更广阔的社会、政治视野。

故事是关于一个年轻小说家斯蒂芬的女儿在故事开始前两年在一家超市被拐走,这个悲剧性事件给他的心理和婚姻带来毁灭性打击,妻子因抑郁症离他而去,他一度极为消沉,终日沉浸在对女儿的回忆和幻想中。两年半以后,他在一所学校发现了一个和女儿长得很像的小女孩,但是小女孩根本不认识他,这时他意识到一切已经发生了变化。随后,他振作起来,以积极的态度面对生活。

小说还有另外一条线索,那就是斯蒂芬的朋友查尔斯,他是一个政客,他的公众形象与私人生活之间存在着严重的不一致。查尔斯的童年生活非常不幸,为了寻求补偿，他便近乎疯狂地把自己的能量投入到政治活动中去。尽管如此，他仍然无法摆脱童年生活的阴影。《时间中的孩子》为麦克尤恩获得了惠特布莱德奖，这是他小说创作转型期的一部重要代表作，标志着"恐怖伊恩"时期的结束，表明麦克尤恩更具有政治和社会关怀时期的开始。

《天真的人》发表于 1990 年，是马克尤恩 20 世纪 90 年代发表的第一部小说。这部小说把当时东欧正发生着的巨变写了进来，尤其是柏林墙的倒塌。间谍故事和爱情暴力故事两条线索合二为一，故事的结尾柏林墙倒塌，意味着男女主人公可能会重温旧情。这部小说展示了政治历史事件如何改变一个人的命运，天真的人在极端情况下也会有非理智的行为。这是一部严肃的小说，同时也是一部恐怖作品，充满了悬念和血腥的场面描写，令人内心恐惧。

1998 年发表的《阿姆斯特丹》为他赢得了布克奖。小说讲述了两个好朋友相遇在一场葬礼上，他们曾经共同拥有过这个死去的女人。两人无法想象这个充满魅力的女人生前还会与另两个保守、庸俗的达官显贵发生瓜葛。他们对她死前遭受的痛苦深感痛惜，于是达成协议：如果一方不能有尊严地活下去，另一方可以随时结束他的生命。小说结束是，两个人互相为对方准备了放有毒药的酒，结束了对方的性命。《阿姆斯特丹》对当代英国的道德、政治、传媒和生活方式进行了探讨，发人深省。

2005 年出版的《星期六》是伊恩·麦克尤恩的第九部小说。在恐怖主义笼罩的 21 世纪的西方世界中，英国人民并没有直接经历 9.11 恐怖袭击，但他们因为电视和其他媒体对 9.11 灾难现场的滚动播出而间接遭受了"创伤"。《星期六》的故事描写了发生在一天之中的故事，充分体现出作者叙述功底的深厚和谋篇布局的缜密。

故事设定在 2003 年 2 月 15 日，即 9.11 之后不到两年，大多数人都在不断地从电视画面中看到未知的受害者飞向死亡。因此每当英国人看到任何飞机，都会产生不祥的联想。这部小说讲述了主人公，一位成功的神经外科医生亨利·佩罗恩在 2 月 15 日即星期六清晨醒来时，看到一架飞机在远处从天空坠毁。作者有意把亨利这一天的"幸福"和飞机失事的"惊恐"放在一起加以描写，使读者深切地感觉到亨利平静幸福生活表象下隐藏的不安和恐惧。作品写出了亨利对世态的担忧和无奈，探讨了道德、爱情和艺术等英国小说所表现的传统主题。

纵览麦克尤恩不同时期的小说，就会发现，后现代叙事技巧贯穿了他的写作生涯，这也是他的小说备受欢迎的重要原因之一。互文、元小说、黑色幽默、文类混用等多种后现代叙事技巧都在他的小说中得到了充分应用，丰富了小说的内涵也展现了后现代社会的纷繁复杂，更体现了作者对个人、社会的深层次思考。

作为英国当代最具有影响力的作家之一,西方评论界对麦克尤恩的作品极为关注,迄今为止关于其的研究著作大概有 30 部,更有许多相关的评论文章,其中不光有英国本土研究者的研究,还有其他国家的研究者对其作品进行分析研究。对其作品的解读从伦理道德、精神分析、叙事学、两性关系、历史政治批评、生态文化等多角度的研究都卓有成效。总体来说,国外学术界对其研究起步早、视角广、研究深入。

国内学者对麦克尤恩的关注和研究相对国外起步较晚,而且研究成果无论是质量还是数量上都较为逊色。国内的研究主要集中在作品翻译、伦理学、政治批评角度等,仍然存在着很大的研究空间。

对比麦克尤恩所发表的各个作品,会发现一个贯穿始终的主题,那就是对人类创伤心理的兴趣。他的小说经常以创伤为切入口,探寻不同情境下人类行为动机的复杂性、道德面临的考验以及人性的多种可能性。在早期的作品中,他主要是捕捉儿童成长的创伤以及人性的阴暗面。20 世纪 80 年代以来,他更关注的是不可预见的创伤事件给个体和两性关系带来的冲击和道德考验,而且将注意力拓展到当代社会历史和时代、文化创伤。并且为了书写创伤,麦克尤恩进行了多层次、多视角的叙事探索,使得他的小说既包含着伦理思考也体现了人性探寻和美学的内涵。

第二节 《黑犬》中的个人创伤叙事

《黑犬》是麦克尤恩在 1992 年发表的长篇小说,主题又回到先前的严肃题材。这部小说的故事是用一种令人心神不宁的寓言形式来讲述的,探索的是人性邪恶这样的重大问题,整个风格可以归入黑色幽默的类型。

《黑犬》的地点设在法国乡村,讲述了第二次世界大战刚刚结束,一对蜜月中的夫妻在法国南部的山谷里遭遇两条黑犬的惊险故事,并且围绕着妻子对两只黑狗的看法而展开。这两只黑狗在战争期间曾被用来恐吓盖世太保关押的各种人士,两只有"污点"的黑狗自然影响了妻子的心理状态,使她摆脱不了和黑狗联系在一起的往事的阴影。更进一步地说,就是这样阴影已经渗入到西方文明的骨髓里,是大灭绝、大屠杀的恐怖遗产,从而表达了作者对人性的深刻思考、对现代文明的质疑与反思。

《黑犬》的时代背景是第二次世界大战后的 20 世纪七八十年代的欧洲。第二次世界大战后,欧洲的经济在战争的废墟上开始重现往日辉煌。然而,战争带来的心理创伤是难以抚平的。旧的信仰在战争的炮火中趋于湮没,现有的社会秩序又无法带来安全感,人性日益冷漠、孤独、可怕。

小说分为前言和四部分故事主体。在前言中,故事的主人公兼第一人称叙述者杰里米用干净、明朗甚至有几分悠然的口吻回顾了自己年少的成长经历。第一部分是杰里米不时造访疗养院中身患绝症的琼,听她讲述其与伯纳德之间昔日的美好恋情、信仰的差异及由此产生的隔阂。第二部分叙述杰里米陪同岳父伯纳德前往德国,目睹 1989 年柏林墙被推倒的经历,其间穿插了伯纳德对初恋的回忆和感慨。第三部分杰里米叙述其重新游历岳母琼曾经在法国郊区度过余生的住所的情形,回顾了自己与妻子在参观纳粹集中营的邂逅与相恋。第四部分以第三人称叙事方式还原了琼与两条“黑犬”的遭遇。

朱迪思·赫尔曼指出,“创伤性事件是非同寻常的,不是因为它们很少发生,而是因为它们压倒了普通人对生活的适应,创伤性事件破坏了人们可以正常生活的安全感。世界上的人和事不再能被控制,他们失去了相关性和合理性”。创伤性事件把人们推到无助和恐慌之中,它具有对精神状态持久的影响,甚至会破坏他们的日常生活。

在《黑犬》中,个人创伤和集体创伤的痛苦都对人们的生活和生活方式产生了深远的影响。杰里米有一个孤独的童年,长大后试图找到归属感。第二次世界大战对人们产生了许多影响,它的阴影在人们的脑海中盘旋。

一、个体创伤

在《黑犬》中很多人遭受了身体和精神上的创伤,因而导致了个体创伤。美国著名理论家凯西·克鲁斯将创伤定义为“对突发的灾难性的难以承受的事件的经验。人们对这些突发事件的反应常常是滞后的,控制不住的幻觉或其他形式的困扰”。因此,分析个人创伤对于创伤经历的影响是十分必要的。个人创伤是由于某一次或者一系列的事情对一个人的身体、社交、情感或者精神的健康产生长久的负面影响,一旦这种灾难性的事情发生了,就会在其一生中影响他们的价值观,改变其和别人的交往方式,甚至会令他们产生一些异常的行为。

童年创伤是弗洛伊德创伤研究的重要组成部分。弗洛伊德认为,儿童的创伤性经历比想象的要频繁得多,他们的心理承受能力相对比成人弱,所以他们经常遇到许多创伤性经历。事实上,麦克尤恩的创伤写作与他独特的生活经历密切相关,在童年,他被送到寄宿学校,遭受了与父母分离的创伤。

麦克尤恩的童年创伤和他刻骨铭心的创伤经历的记忆,构成了他小说的原始灵感。因此,童年创伤已经成为贯穿麦克尤恩文学作品的一个永恒的主题,而麦克尤恩的小说《黑犬》就是对这种创伤的生动描述。父母的死亡是一个创伤性的事件,给杰里米带来了严重的伤害。他过早地失去了父母,导致他缺少和家庭成员之间的感情,所以他通过对别人父母的过度的关怀来弥补这种感情。

然而,这种弥补是由于是杰里米自己精神上的创伤,而不是因为他对"空巢老人"的关心和同情。但即便如此,他仍然无法避免与长辈相处,因为他非常想念自己的父母。甚至在他上大学后,他也会去拜访他的父亲般的导师来消除他的忧郁。正如他所说的,"偶尔,我设法通过与某人的父母交朋友来掩盖我不可还原的幼稚的不归属感"。婚后,杰里米对他的岳父、岳母的关注远远多于自己的孩子,这再次表明他内心的空虚感并没有减少。虽然杰里米以岳父、岳母的形式获得了父母,但仍然没有属于他的父母之家。当杰里米刚认识他们时,他们生活在不同的国家,几乎不说话。琼早就退居到法国南部的一个偏远的山顶上,即将病入膏肓。伯纳德仍然是一个公众人物,他在餐馆里做所有的娱乐活动。他们很少看到他们的儿女,珍妮和她的两个兄弟则对他们的父母感到绝望。琼和伯纳德之间的深刻冲突和完全不同的世界观,对杰里米找到合适的方法来弥补他内心的空虚没有任何用处。

在《黑犬》的第三部分,杰里米甚至在晚上无法入睡,琼和伯纳德之间尖锐的冲突在他脑海中挥之不去,他甚至觉得琼曾经住过的住宅被笼罩在一种阴暗的气氛中。在一个不正常的成长环境中,不属于任何地方、不属于任何人的感觉折磨着八岁到三十岁的杰里米,使杰里米成为一个什么都不相信的人。

故事的结尾,杰里米看到了一个未来的愿景,它也被笼罩在恐怖的阴影。杰里米畸形的家庭给他带来了无尽的不安全感和创伤,陪伴了他整个童年和成长时期,使他的成长历程充满了外部和内部的矛盾和困惑。杰里米的个性发展充分体现了儿童时期反复的创伤性经历会扭曲了儿童正确和健康的个性,甚至在成人生活中,过去的经历仍然在侵蚀着已经形成的人格。

二、集体创伤

个体创伤总是与集体创伤有着密切的联系,个体创伤背后往往影射着集体的创伤。凯·埃里克森曾经指出:"集体创伤是指对社会生活基本肌理的一次打击,它损坏了联系人们的纽带,削弱了之前人们的集体感,破坏了组织之间的联系、相应的价值观和固定的社会关系,对于形成并维系这个集体的重要价值观念和任职程度造成普遍的损坏。"每个人都存在于社会环境的转变中,并且肯定会受到整个社会氛围的影响。"创伤不是天生的,而是社会的产物。"《黑犬》中的人物都受到了社会现实造成的各种创伤。

在战后的欧洲,传统文化的价值正在崩溃,这也是《黑犬》的创伤原因之一。第二次世界大战后,人们遭受了精神错乱和贫瘠,沉迷于精神反叛。这种不幸首先表现在杰里米的朋友身上,他们根本不感激自己的父母,在自由的名义下,他们放弃了父母那种健康和有益的生活方式,也放弃了辉煌的传统和价值观。然而,他们所谓的自由不过是做一些反叛的如喝酒、闹事等荒唐事,从而让自己变得抢眼而已。

为什么这些年轻人会有如此反叛的行为? 在《黑犬》中,应该重视第二次世界大战后欧洲的社会和历史背景。第二次世界大战使人们认识到,传统文化中的民主宣传只是打着自由的幌子,是虚伪的;所谓的自由变成了对个人主义的极端放纵;平等只是一个美丽而不真实的词;人们陷入了混乱的价值迷宫。所有这些现象首先清楚地反映在年轻人身上。他们试图找到一种新的生活方式来解放自己、实现自我。

在这个探索的过程中,工人阶级的青年创造了一种亚文化,而中产阶级的青年则创造了反文化,它们共同构成了战后反文化运动的主要部分。战后的年轻一代以自己独特的方式表达对传统道德和价值观的反叛,如朋克运动。战后反文化运动带来了一些深刻的社会和文化改革,但也出现了一些负面的社会现象,如滥交、暴力等。在《黑犬》中,杰里米的朋友们在精神上被这些现象污染了,认可这些现象背后隐藏的道德和价值观,并表现出类似的行为。

杰里米的叛逆同伴之一是托比·兰利。他的父亲汤姆·兰利是一名外交官,母亲布伦达·兰利是一名音乐家,但他完全没有表现出对他们的赞赏。托比对父母的文明、智力上的好奇心和开放的态度感到厌烦,他根本不想上大学,他的女朋友是女服务员,还有梳着黏稠的蜂巢式发型的店员。托比追求混乱和麻烦,同时与几个女孩约会,他的言语很暧昧,有喉头音,这已经成为一种根深蒂固的习惯。

在麦克尤恩看来,这些行为是不可取的。正如杰里米在《黑犬》中所说:"我的朋友们所追求的东西在我看来是自由的对立面,是一种受虐狂式的举动。"麦克尤恩敏锐地认识到通过观察他的朋友们的生活,可以敏锐地认识到战后文化的反叛本质,并理性地指出了它的负面影响,还在小说中揭露了这些影响。

在《伊恩·麦克尤恩和他的作品》一文中,中国学者蓝纯认为,伊恩·麦克尤恩的作品中,有很多都是以"黑"为主题的,描述了一幅恐怖的现代社会和被各种欲望折磨的扭曲的灵魂,并且对画面和灵魂的描述是对传统文化价值观的崩溃和对"我和你"的真实描述。

《黑犬》就是这样一部探讨创伤的作品,作为战后创伤文学的作品之一,"黑犬"的隐喻贯穿全文,所象征的"人性恶"笼罩在每个人的心中,留下了那些无法治愈的创伤。"黑犬"也是西方现代社会忏悔精神匮乏、恃强凌弱以及爱的缺失的表现符号,是西方文化传统逐步走向没落的体现。

麦克尤恩在这里指出:"社会只有通过了解其历史,才能了解它自身。就如一个没有记忆和自知之明的人是一个随波逐流之人一样,一个没有记忆和自知之明的社会是一个随波逐流的社会。"《黑犬》是一部人文关怀色彩浓重的作品,用优美细致的文字展示了第二次世界大战的记忆和冷战阴影下人性和人的心理变化。《泰晤士报》认为,"这部小说包含怜悯而不多愁善感,行文睿智而丝毫不减诚挚,是一部坦诚的小说,也是伊恩·麦克尤恩最富人性的作品"。

第三节 《赎罪》中的历史创伤叙事

《赎罪》是麦克尤恩在 2001 年出版的小说,获得了全美书评人协会奖。并且被改编成同名电影,获得了 2007 年奥斯卡金像奖的多项提名。《赎罪》是一部多重叙述角度、情节复杂的小说,它与许多文学名著有着互文关系,比如亨利·詹姆斯的《金碗》、莎士比亚的《麦克白》等。

《赎罪》的故事始于 1935 年炎热的夏天,13 岁的少女布里奥妮·塔利斯早熟而敏感,是小说的主要叙述者,她刚刚开始尝试写作,想象力丰富。她的父亲塔利斯先生资助管家的儿子罗比在剑桥大学读书,而布里奥妮的姐姐塞西莉亚也在剑桥大学读书,并与罗比萌生了微妙的感情。布里奥妮发现了姐姐和罗比之间的暧昧关系,丰富的想象力让她浮想联翩。在一个炎热的夏日,塞西莉亚和罗比双双回到家里,然而当晚在塔利斯家发生了一桩令人惊恐的强奸案。布里奥妮凭借自己的猜测和想象,认定是罗比所为,并且出庭作证,致使罗比锒铛入狱。在此过程中,塞西莉亚从来没有动摇过对罗比的信任和爱情,她坚信罗比不是强奸犯并且和家人断绝了关系。

罗比出狱后奔赴了战场,塞西莉亚也应征入伍成为红十字会医务人员,投身到保卫祖国的战斗中。少女布里奥妮在此过程中也逐渐成熟,当她意识到自己当年的错误时,已经为时过晚,无情的战争先后夺取了罗比和塞西莉亚的生命,把布里奥妮孤独地留在深深的悔恨和自责中。

小说中的布里奥妮写的剧本《审判阿拉贝拉》是贯穿小说的另一个线索,布里奥妮从少女时代就开始写这个剧本,在之后的岁月中,又不断根据时代的变迁而更改情节,然而这个剧本却从来没有被排演成功,直到布里奥妮 77 岁的时候,这个剧本才由她的家人排演出来并在她的生日时上演。

布里奥妮用一生赎罪,但却没有得到宽恕。因为有些错误是无法偿还的,一切的真相就是赎罪,说出真相的赎罪,是布里奥妮"终于决定写这本书"的初衷。布里奥妮的经历带给读者的思考就是"在生活中要保持温暖与善意,你永远不知道,一个谎言、一个评论、一次微不足道的恶意,会给别人的人生带来怎样的惊涛骇浪"。

《赎罪》不仅获得了布克奖题名,还获得了詹姆斯·泰特·布莱克纪念奖和惠特布雷德小说奖提名,同时荣获了 2002 年《洛杉矶时报》图书奖、2002 年 W. H. 史密斯文学奖和 2004 年圣地亚哥欧洲小说奖。

《赎罪》在一定程度上反映了第二次世界大战的爆发给欧洲大陆带来的无法抹去的阴影,尤其是对英国中上流社会带来了巨大的影响,在这场战争中,有的人因此而死去,带给家人无限的创伤;有的人因为一些谎言和错误,给自己留下了终身的创伤。而造成的这些创伤的原因不仅是因为战争,还有家庭和社会的层面,而这些问题不只存在于小说中的特定年代,其实长达几十年一直困扰整个英国社会,时刻影响人们的生活。

第二次世界大战的背景更加凸显了主人公的个人创伤,而战争又给他们带来了历史性的创伤。创伤不仅仅是体现在生理层面,更重要的是对受创者心理层面的影响。虽然创伤是无法彻底治愈的,但是麦克尤恩笔下的布里奥妮用积极的态度对待往日的创伤经历和创伤事件,通过书写的方式,正视创伤,并且最大限度地治愈自己的创伤,试图更好的理解过去,重拾生活信心。

创伤一词的原意是"由外在因素造成的对生命组织的伤害",主要是指由外部伤害造成的物理性创伤。19 世纪末,著名的精神分析学家和心理学家西格蒙德·弗洛伊德提出了"心灵创伤"这一术语,指的是由于外界突然、意料之外的震惊所引起的。在他看来,"潜伏期"是一种重要的精神状态,它指的是一个人"在遭遇过震撼事情发生之地时,虽然本身没有受到外部伤害,但是几周之后出现了一系列的身体和运动障碍症状"。

关于创伤的研究通常被认为是从创伤后的定义开始的。美国精神病学协会 1980 年对创伤后应激障碍所下的定义为:"创伤指的是在目睹或者经历了一些关于死亡或者对于精神和身体造成严重危害的事情。"这个定义更加关注创伤事件对人们的心理和精神的影响,以及对生活、社会和价值观的态度变化。

随着社会的发展,创伤性问题变得更加多样化,并且治疗不仅仅局限于身体和精神上的问题,而是要找出文学、政治、社会和伦理上的解决方案。"创伤理论"一词是由美国创伤研究专家凯西·卡鲁斯在她的作品《无人认领的经验》中首次提出的。

历史学家多米尼克·拉卡普拉对创伤理论的构建被认为是特别明确和有洞察力的。他认为创世本身就是一种破坏性的经历,它扰乱甚至威胁破坏了一个完整的或至少是可行的生活意义上的经验。有一种感觉是,创伤是一种脱离背景的经验,它颠覆了人们的期望,并打破了人们对现有背景的理解。此外,从根本上说,创伤的彻底迷失体验往往涉及认知和情感之间的分离。简而言之,在创伤体验中,一个人通常可以麻木地或冷漠地表达他无法感受到的东西,而他则能感知到一个人无法表达的东西。至少在任何关键性的距离和认知控制下。

基于对西格蒙德·弗洛伊德的研究以及创伤性体验的特征基础,拉卡普拉提出了一种完整的创伤理论结构,将"创伤事件"和"创伤经历"分开,由此产生了历史性创伤和结构性创伤。历史性创伤是由一些事件造成的,可以追溯到具体的案例中;而结构性创伤则更多地涉及人类的精神。

一、历史性创伤

伊恩·麦克尤恩是在第二次世界大战后出生的,他的父亲大卫·麦克尤恩曾参加过敦刻尔克和戈登的战争,并在战争中受伤,父亲总是把这段历史讲给麦克尤恩听。在一次采访中,麦克尤恩说他的父母和第二次世界大战的故事占据了他童年的大部分时间,这也为他的写作提供了宝贵的、真实的材料,以及一个完全不同的视角。在社会环境中,第二次世界大战给人们的生活带来了巨大的阴影。

在《赎罪》中,对于敦刻尔克事件的再次描述使数以百万计的士兵再一次感受到了创伤经历,并且引起了他们的共鸣。多米尼克·赫德指出,"麦克尤恩将敦刻尔克的故事描述为一场灾难性的交易,从不同的角度阐述了历史事件。从爱国主义的视角来看这一历史事件,它是一次英雄式的救援。但这并非要否定英雄主义,而是说似乎是死亡的恐惧和身体的肢解给他们带来了荣誉"。

麦克尤恩并没有对敦刻尔克撤退的意义进行论述,而是把所有的笔墨都用在了揭开创伤性的历史事件:第二次世界大战。在小说中,第二次世界大战作为历史创伤影响了一代人,敦刻尔克大撤退被称为"第二次世界大战史上的奇迹"、给了英法联军喘息之机的军事行动,是历史的转机,也是三个主要人物人生的转折点,罗比生命的终点。

为了证明自己的无辜,罗比出狱后就参军了,最终因为败血症死在了撤退的最后一天。第二次世界大战是影响几代人的历史创伤,它在罗比的生命中扮演着刽子手的角色,永远不会消失。

在敦刻尔克的战争中,罗比除了身体受伤外,还受到了视觉、生理和道德方面的创伤。在罗比出狱后,塞西莉亚也与家里断绝关系,加入红十字会中,之后不幸地死于伦敦的一次爆炸中。而布里奥妮在逐渐意识到自己的错误后,她放弃了到剑桥大学继续学习的机会,而是选择去她姐姐曾经工作过的医院做了护士。

惨烈的战争景象和受伤的士兵总是刺激着她,让她不断地回忆起罗比和塞西莉亚的死。战争的残酷不仅是通过罗比作为士兵的角度,同时在小说的最后,读者仍然可以透过布里奥妮的视线感受到战争的恐惧。罗比和塞西莉亚的命运因为战争而改变,战争同样也给布里奥妮的命运带来悲剧性的创伤。

罗比和布里奥妮不仅是战争的受害者,也代表着第二次世界大战所带来的历史创伤影响的一代人,并且引发了人们的思考:谁开始的战争? 没有战争,罗比和塞西莉亚可能会一起幸福地生活,而布里奥妮也有机会得到他们的原谅,但是战争使这一切都成为不可能。这种悲剧的结局,是麦克尤恩对战争的讽刺和控诉,并且唤醒人们重新审视历史创伤并且避免再犯同样的错误。

二、结构创伤

家庭,特别是健康的家庭环境,在儿童成长的过程中起着重要的作用。从童年到成年的过程中,家庭象征着秩序和限制。然而,并不是每个人都能拥有一个正常的家庭关系。家庭关系的扭曲和父母的缺席,会直接影响到儿童的自我认知和确立自信。在这种情况下,孩子们很容易陷入成长的困惑中,增长受创伤的痛苦。

在文学作品中,父亲的形象一直代表着权威和命令,而这种权威和命令往往与儿童的教育形成相反的关系。父亲的出现可以限制儿童的不良行为,使他们对自己的行为负责。布里奥妮的家庭和罗比的家庭有一个共同点,那就是父亲长期不在身边。

杰克·塔利斯第一次露面出现在第十二章中。事实上,他在小说中从未真正展示过自己,关于杰克·塔利斯的所有信息都需要由其他家人来转述。他占据了"父亲"的身份,但长期滞留伦敦,也很难回到家里。甚至当杰克·塔利斯回家的时候,他也没有去做任何事情,也不关心家里的其他人,他很少告诉别人他在做什么,事实上,他大部分时间都待在藏书室。孩子们渴望得到父亲的爱,他们渴望得到他们被剥夺的权利。在第一章中,麦克尤恩提到布里奥妮没有秘密,她的愿望就是希望生活在一个和谐的、有组织的世界,让她没有犯错的可能。而在塔利斯家庭中,杰克作为父亲的缺席象征着家庭秩序的缺失。在这种情况下,布里奥妮和塞西莉亚可以享受更多的自由和独立而不受压力和限制。作为一个女孩,布里奥妮拥有写作的天赋,并且渴望成为家庭成员的焦点。

父亲的缺席让布里奥妮认为她应该承担起家庭的责任。因此在读完罗比让她带给姐姐的信后,她确认罗比是一个色情狂,并且罗比和塞西莉亚暧昧的一幕加深了她的误解。因此在表姐罗拉的性侵事件发生时,她坚定的指控罗比就是那个罪犯,她应该保护塞西莉亚。塞西莉亚是很自负,也很有主见,甚至称她的父亲为"老男人"。虽然她们的母亲艾米丽·塔利斯长期扮演着父亲和母亲的双重角色,但是没有"父亲"的家庭意味着没有被保护。塔利斯姐妹逃出家门,试图找到自己的身份,并为自己的成长而努力。

第二位父亲是欧内斯特·特纳,罗比的父亲。通过罗比和他的家人之间的对话可以了解他的家庭:他的母亲格蕾丝·特纳是一位清洁工人;而他的父亲,欧内斯特·特纳,在离开家的那段时间,他在家里没有任何的痕迹,没有留下任何行李,甚至在厨房里都找不到一张他的便条,只留下了不知道他在何方的妻子和六岁的孩子。

罗比的童年是在平房和主楼之间自由穿梭。杰克·塔利斯是他的教育主管,莱昂和塞西莉亚是他最好的朋友。在去敦刻尔克的路上,罗比根据他对父亲的少得可怜的记忆做了一些假设:他是否在大战后没有服役? 或者他是否在某个地方工作过? 即使如此,罗伯斯还是想找到他的父亲,他想要父亲,而且出于某种原因,他想成为父亲。他想追查他的父亲,或者他死去的父亲的遗迹,不管怎样他要成为他父亲的儿子。我们有理由认为,如果欧内斯特·特纳没有离家出走,他的妻子和儿子可能就会避免被卷入悲剧。

麦克尤恩在他的作品中始终坚持从人物的角度出发,"以人为本",通过对特殊事件和经历对人物进行生动描述,而这些事件和经历,总是与我们的生活息息相关。《赎罪》以第二次世界大战作为历史背景,追溯了特定的地点和日期,完全改变了小说中三个主要人物的命运,罗比和塞西莉亚都在小说中遭受了很多苦难,并在现实中死去。布里奥妮虽未死去,但是她对罗比和塞西莉亚做出的伤害让她终生都在赎罪。而作为结构性的创伤,功能失调的家庭明显影响了人物的世界观和价值观。

正如拉卡普拉所提到的,无论是历史上的创伤还是结构上的创伤,都无法有效地消除,而只能靠自己的努力来解决。布里奥妮用一生处理她的创伤,她的创伤永远不会被罗比和塞西莉亚的小,也不会被读者所遗忘或原谅。

布里奥妮小说中的欢乐团聚是为她的罪行和面对创伤的最后治愈途径。生活不是乌托邦,也不可能让布里奥妮在成长过程中没有任何创伤性的事件或经历,然而,我们从这些创伤性事件和经历中所学到的才是最重要的,它为我们提供了自我审视的可能性。有时,创伤难以摆脱和恢复,但是处理创伤的过程会让我们对生活和他人有新的理解,并达到一个新的目标,重拾生活信心,对人性有新层次的认识。

第四节　伊恩·麦克尤恩
对 20 世纪实验小说的影响

伊恩·麦克尤恩被认为是"所有现代英国作家中技术成就最高的一位"。他不仅具有精致的叙事策略,而且还对人性进行着细致观察和伦理探究,突出人物心理意识的复杂性。创伤书写是麦克尤恩多部小说的主题,也是他表达伦理道德思考、探索人类心理状况的切入点,并且包含着丰富的审美内涵。

麦克尤恩的童年经历、特殊的家庭背景,始终都在促使他寻找能够表达自我生存的声音。他的作品呈现家庭结构和社会历史对青少年造成的不可磨灭而且极其深远的影响,会增加他们身体和精神上的创伤,带来性格上的扭曲。同时,他还将历史创伤融入小说,第二次世界大战、冷战、9·11 等事件带给人们的痛苦远不是表面那样简单,即使战争已经结束,但是却在人类的心里留下了深刻的印记,影响着几代人。这种创伤的描写也表现出麦克尤恩对时代、政治问题的关注,以及对人类社会的思考。

在麦克尤恩的创作中,他始终关注叙事技巧、文本修饰、读者感受等方面的融合。他对历史人物的调用和历史事件的改编赋予了小说丰富的视觉意象和想象的空间,使读者在真实与虚构、历史与现实之间穿梭。他对不同时代的英国社会进行全景式的展览,促使读者重新反思历史、审视现实。

后现代主义者认为,"文学不在于如何表现世界或解释世界,而在于对人们理解这个世界的思维方式提出挑战"。麦克尤恩凭借敏锐的洞察力,将小说创作与时代相结合,以成熟的姿态展现小说的时代威慑力。巧妙地运用各种叙事技巧展现小说的不确定性,体现了小说多元化的后现代特点,呈现了一个丰富的文学世界,也折射了当代社会人类的真实困境。

中国作家余华曾高度评价麦克尤恩:"这就是伊恩·麦克尤恩,他的叙述似乎永远行走在边界上,那些分隔了希望和失望、恐怖和安慰、寒冷和温暖、荒诞和逼真、暴力和柔弱、理智和情感等的边界上,然后他的叙述两者皆有。就像国王拥有幅员辽阔的疆土一样,麦克尤恩的边界叙述让他拥有了广袤的生活感受。他在写下希望的时候也写下了失望,写下恐怖的时候也写下了安慰,写下寒冷的时候也写下了温暖,写下荒诞的时候也写下了逼真,写下暴力的时候也写下了柔弱,写下理智冷静的时候也写下了情感冲动。"

　　麦克尤恩的作品和他高超的写作技巧得到了全世界读者的认可,他对作品中人物的刻画反映了社会的现实及阴暗,也揭示了生活在这个世界中的普通人仍然对未来抱有梦想和期望。伊恩·麦克尤恩是当之无愧的"国民作家"。

参 考 文 献

[1] 麦克尤恩. 赎罪[M]. 郭国良,译. 上海:上海译文出版社,2005.

[2] 麦克尤恩. 黑犬[M]. 郭国良,译. 上海:上海译文出版社,2010.

[3] 陈榕. 历史小说的原罪和救赎:解析麦克尤恩《赎罪》的元小说结尾[J]. 外国文学,2008(1):91-98,128.

[4] 尚必武. 新世纪的伊恩·麦克尤恩研究:现状与趋势[J]. 外国文学动态,2013(1):4-7.

[5] 陈家俊. 创伤[J]. 外国文学,2011(4):117-125.

[6] 王俊尘. 无法抚平的创伤:解读《赎罪》的创伤书写[J]. 山东农业大学学报(社会科学版),2014(2):113-116,122.

[7] 姜燕燕. 从可能世界理论看虚构叙事的伦理价值:以伊恩·麦克尤恩的小说《赎罪》为例[J]. 叙事研究,2021(6):280-289.

[8] 王兆润. 伊恩·麦克尤恩国外研究综述[J]. 青年文学家,2021(12):130-131.

[9] 金言睿. 伊恩·麦克尤恩长篇小说国内研究述评[J]. 名家名作,2021(4):122-123.

[10] 高玉珠,顾梅珑. 伊恩·麦克尤恩作品中的创伤探析[J]. 江苏理工学院学报,2020(5):7-11.

[11] 王丽云,刘巍,于丽萍. 伊恩·麦克尤恩小说《黑犬》中的欧洲危机和复调叙事[J]. 新疆大学学报(哲学人文社会科学版),2019(5):88-92.

[12] 季露. 列维纳斯伤痛理论视角下试析伊恩·麦克尤恩小说《时间中的孩子》[J]. 海外英语,2018(13):166-168.

[13] 黄一畅. 话语、视角与结构:伊恩·麦克尤恩的创伤叙事艺术[J]. 英美文学研究论丛,2017(12):98-109.

[14] 金燕,张晓鹏. 浅析伊恩·麦克尤恩小说《黑犬》中的隐喻冲突[J]. 短篇小说(原创版),2016(9):68.

[15] 王蓉蓉,田德蓓. 论伊恩·麦克尤恩《赎罪》中的戏仿[J]. 外国语文研究,2016(4):30-38.

[16] 赵雅琪. 伊恩·麦克尤恩《赎罪》中布里奥妮的创伤解读[D]. 沈阳:沈阳师范大学,2021.

[17] 农郁. 伊恩·麦克尤恩小说《黑犬》的创伤解读[D]. 南宁:广西大学,2019.

[18] 宋歌. 伊恩·麦克尤恩《星期六》中创伤与复原研究[D]. 新乡:河南师范大

学,2018.

[19] 陈菊. 伊恩·麦克尤恩《黑犬》的创伤主题研究[D]. 南京:南京师范大学,2018.

[20] 高鹏月. 伊恩·麦克尤恩在中国的接受研究[D]. 南宁:广西大学,2017.

[21] 吴悦. 伊恩·麦克尤恩《黑犬》的叙事伦理研究[D]. 重庆:重庆师范大学,2017.

[22] 贾璐. 伊恩·麦克尤恩的审美救赎思想研究[D]. 成都:四川师范大学,2017.

[23] ALEXANDER,JEFFERY C. Cultural traumaand collective identity. [M]. Berkeley: California,2004.

[24] BOERNER,MARGARET. Abadend:review of atonement by Ian Mc Ewan[J]. The Weekly Standard,2002:43 −46.

[25] CARUTH,CATHY. Trauma:explorationsin memory[J]. Maryland:John Hopkins University,1995:9.

[26] CARUTH,CATHY. Unclaimedex perience:Trauma,Narrativeand History[M]. Baltimore:The John Hopkins Press,1996.

[27] CHILDS,PETER. The fiction of Ianmc Ewan[M]. London:Palgrave Macmillan,2005.

[28] LUCKHURST,ROGER. The trauma question[M]. London:Routledge,2008.

第八章　马丁·艾米斯小说中的时间叙事

第一节　马丁·艾米斯与实验小说

马丁·艾米斯(1949—)是著名的运动派诗人、小说家金斯利·艾米斯之子,曾经先后在英国、西班牙和美国的13所学校读书,本科毕业于牛津大学。他的创作始于1973年,凭借处女作《雷切尔文件》一举获得毛姆文学奖,时年25岁,被称为"文学天才"。此后的一系列作品将他推向文坛巅峰,被《格兰塔》杂志评为"最受欢迎的年轻作家"。马丁·艾米斯的作品《钱:自杀者的绝命书》入选《时代》杂志"一百部最佳英语小说",近些年他的作品也多次入围布克奖。他乖戾的性格和大胆的文风不断遭到评论界的质疑。

马丁·艾米斯少年时期便开始阅读简·奥斯丁的作品,1968年进入剑桥大学埃克塞特学院学习,1971年以优异的成绩毕业,受聘为著名周刊《观察者》撰写书评,由此开始了他的写作生涯。1973年,他发表了第一部长篇小说《雷切尔文体》,这部描写青少年成长的小说使马丁·艾米斯荣获1974年度毛姆文学奖。

20世纪80年代,他以《其他人:一个神秘的故事》《钱:自杀者的绝命书》以及《伦敦原野》等作品终于确立了自己在文坛上的地位,以技巧上的新颖性被索尔·贝娄称为"新生的福楼拜""再世的乔伊斯"。马丁·艾米斯常和小说家伊恩·麦基万等一起,被誉为"牛津新才子",是英国文坛独一无二、带有最浓烈"美国味"的小说家。

英国当代小说家艾丽丝·默多克曾说过:"文学是一个连续不断的故事。"也就是说文学是一个连续的过程,每一个阶段的文学都是承前启后,逐渐演变的。英国现代小说始于 20 世纪初,对于当代英国小说具有深远影响。这一时期的小说大致可以分为两类,一类是以亚诺德·贝内特和高尔斯华绥为代表的现实主义,侧重于小说模仿现实、记叙历史;另一类是以詹姆斯、弗吉尼亚·伍尔夫和詹姆斯·乔伊斯为代表的实验主义,侧重小说的虚构功能,对小说的形式结构和表现手法作各种各样的探索实验,开创一种新的格局。

文学的发展也是受经济的影响的,当经济陷入危机的时候,现实主义文学就占了上风;而当经济稳定的时候,人们就会更多地关注实验主义文学,因其更具有时代气息,给人耳目一新的感觉。马丁·艾米斯迄今为止已经出版了二十余部小说,在英国文学界起着极其重要的作用。

他的大部分小说都采用了实验主义的写作手法,结合了现实主义叙述、意识流、黑色幽默和魔幻现实主义的手法,这种结合是英国小说近年来最有特色的发展方向,调和了现代主义形式实验和现实主义叙述方法之间的矛盾。而马丁·艾米斯在这方面是一位极具代表性的作家。

马丁·艾米斯是英国文坛最富有争议的作家,也是英美文学研究界的热门人物。国外已经出版了二十多部关于马丁·艾米斯的研究专著。

Gavin Keulk 的 *Martin amis:post modernism and beyond* 结合了各种文学批评理论分析了艾米斯的多部小说。James Piedric 的《理解马丁·艾米斯》比较全面地分析了艾米斯的文学创作渊源,对他的多部作品进行了后现代叙事策略的分析,同时对他的主要作品《雷切尔文件》《伦敦场地》《时间之箭》《黄狗》等进行了主题分析,包括马丁·艾米斯发表的主要著述。布莱恩·匹芬尼的《马丁·艾米斯》也为艾米斯的研究提供了很多的素材。此外还有马西安·蒙斯特和麦当娜的《马丁·艾米斯的世界中的虚构与形式》《马丁·艾米斯的小说:主要批评导读》《马丁·艾米斯:〈雷切尔文件〉〈伦敦场地〉〈时间之箭〉〈经历〉》。

近年来,马丁·艾米斯也吸引了国内学术界的注意。他的多部小说,如《时间之箭》《伦敦场地》《夜行列车》等均被翻译成了中文,中国知网上以"马丁·艾米斯"为关键词搜索到共计 94 篇文章,其中 3 篇英语文章、博士论文 2 篇、硕士论文 24 篇、期刊论文 60 篇、报纸文章 3 篇以及 2 篇学术论文。由此可见近些年马丁·艾米斯已经引起了国内学者的关注,并且高新华、刘春芬和张丽华共同编写了《马丁·艾米斯小说研究》一书,不光从多角度分析了马丁·艾米斯及其作品,还对他的创作进行了概述。

国内学者对他的研究主要是分为两类:一类是关于作品的主题,比如刘春芬的《<伦敦场地>:现代人的废都》,阮伟教授发表了《钱与性的世界——马丁·艾米斯的〈钱:自杀者的绝命书〉》。另一类是关于他的后现代叙事策略,比如上海外国语大学张和龙副教授的《道德批评视角下的马丁·艾米斯》《颠覆性的后现代游戏——论马丁·艾米斯的"后现代招式"》;浙江师范大学的王卫新副教授的《与时间游戏,和死亡对话——评马丁·艾米斯的〈伦敦场地〉》;吴翔的《马丁·艾米斯的新概念小说》等。这些文章主要集中在对马丁·艾米斯小说的主题和叙事技巧的研究上,或者从后现代主义的角度分析作品,从叙事学方面的研究主要是关于叙事时间、叙事伦理等角度,但是叙事学还包含很多其他的方面,多角度分析会加深对其作品的理解以及感悟作家的思想。

随着马丁·艾米斯创作作品的日益增多,他已经形成了自己独特的叙事话语和叙事策略,他的作品也频繁地被题名布克奖,正说明他在英国文坛的地位逐渐上升。他的作品很多是关于 20 世纪末期英国社会的阴暗面,对性、暴力和共犯关系的描写在小说中都有体现。现代都市生活中的可悲、可恨和肮脏的东西在他的作品中都有展示,在物欲与金钱的影响下,人类的本性已经扭曲变态到可怕的程度。而叙事学是文学批评理论中比较重要的一个方面,是以小说为主的叙事文学理论,主要研讨作者与叙事人的关系,叙事人与作品中人物的关系,作品的人物特性、叙事视角、叙事方式和结构,作品叙事与外部世界的相关性,等等。

经典叙事学的源头可以追溯到普洛浦的《民间故事形态学》和俄国形式主义文学理论家的著述,但是同时也深受法国结构主义的影响。著名的法国叙事学家热奈特在《叙事话语》中从模式、声音、时间、聚焦、情境、频率等提出了分析文学作品的方式方法。

《雷切尔文件》是马丁·艾米斯出版的第一部小说,并且获得了毛姆文学奖。小说讲述了一个阳光而任性的少年在进入大学之前,与比自己大的女孩谈恋爱的故事。马丁·艾米斯本人也承认这本书带有自传的意思,并且从内容和写作手法来说,比他之后的作品更为传统,探讨的是爱情和友情究竟是怎么回事。在这部小说中,马丁·艾米斯对病态的迷恋、对边缘化的痴迷以及对当代社会中衰败堕落层面的独特兴趣,已经明显初露端倪。在他对当代社会做出了极其辛辣的讽刺的同时,在技巧上也是进行了大胆的实验,表现出 20 世纪 60 年代英国小说家对叙事形式和性质的强烈自我意识,同时还包括了玩弄读者期待心理的小把戏。

马丁·艾米斯的第三部小说《成功》同前两部作品一样,主题也是关于死亡、暴力和疯癫,以及小青年极端离奇的、由欲望的骚动而引起的幻觉。这部小说和艾米斯的其他小说一样,最开始也是描写普通的日常生活,但是情节的发展很快把这种普遍性带入了荒诞和阴暗之中。

《成功》是一部讽刺寓言,它喻示着"英格兰旧秩序开始消亡,流氓无赖们的时代开始到来",也就是说,传统的生活、传统的价值观、传统的生存状态等一切与过去有关的东西开始消亡,伴随物质时代和拜金主义时代而来的是对金钱的掠夺欲望以及对传统道德和传统价值观的彻底摒弃,于是人们开始变得疯狂,在对"成功"的疯狂追求中变得精神错乱、心灵冷漠,人性丧失。

书中的两位主人公是兄弟俩,格列高利和特瑞。他们住在时髦的西伦敦区的一间公寓里。小说的十二章分别为十二个月,从这个命名中,读者可以明确感受到时光的荏苒和命运的变迁,十二个月的发展变化就如同人的一生,有时温暖有时冷漠,有时成功有时失败。但是不管人生的境遇如何,时间总是日复一日地流动,岁月似乎是没有任何的情感,对人的命运没有任何的回应。小说中,兄弟俩的财运也随着四季的变迁不断变化,开始时格列高列是富有的人,特瑞只是生活坎坷的下层人士,只能仰望格列高列的成功。但是时光荏苒,最后富有的格列高利变成了穷光蛋,特瑞却成为有产阶级。

人物命运的转换代表了当今社会中成功的标准以及成功的意义,字里行间都透露着金钱至上、道德堕落的主题,表明了艾米斯对 20 世纪 70 年代英国社会的讽刺,也是对当今社会价值指向扭曲的揭示和批判。

格雷汉姆·富勒曾经说:"《成功》是一出英国阶级斗争的戏仿,格列高利和特瑞是两个阶层的代表,更准确地说,他们也代表了保守党内部的政治斗争。"《成功》《雷切尔文件》和《死婴》秉承为"颓废三部曲",马丁·艾米斯用令人镇静的笔触书写的目的是警醒读者,警醒世人,希望世人对自我、对人性、对社会、对世界、对未来做出反思。

马丁·艾米斯的小说《钱:自杀者的绝命书》,被誉为"1923 年至今 100 部最优秀英文小说"之一。这部小说还有一个吸引人的地方,就是它的副标题——"自杀者的绝命书"。这个副标题既点明了小说的主题,又直接而深刻地指向了金钱的本质,展现了艾米斯对当今社会的批判精神和指向。

小说是以主人公约翰·塞尔夫为叙述主体,以第一人称进行叙述的作品。塞尔夫是一位非常成功的广告业商人,受纽约电影制片人菲尔丁·古德内的邀请,拍摄他的第一部电影。塞尔夫对成为成功的电影导演充满信心,因此愉快地答应了邀请。小说的情节就此展开,其中充满了黑色幽默。塞尔夫整日忙忙碌碌、不停奔波,一心想要达成个人生涯与事业追求的所谓"成功"。这里的"成功"与艾米斯的小说《成功》的批判指向是相同的,也能够看出其作品的连续性。

小说所体现的是西方社会在物质上能够满足人的需要,物质的"成功"已经达成,但漫无止境的物质追求和对成功的贪婪欲望则是人精神堕落的体现。塞尔夫的名字"Self"译为自私、自我,这也许恰恰表达了这个人从不考虑他人的感受和需求,更不会考虑更高层次的精神追求和精神满足,对于社会伦理和社会道德更是置若罔闻,一切都是以自己的私欲为出发点。

塞尔夫是"时代的缩影",是"20世纪80年代精神的化身""是物质主义社会追星逐臭者的完美代表",是欲望社会的恶劣消费者。马丁·艾米斯曾经说过,"我认为钱毁灭了我们的生活"。在小说中可以清楚地感受到金钱在现代社会中的毁灭性作用,但是归根结底,金钱本身并没有任何问题,有问题的是当代人对待金钱的态度。

进入20世纪90年代,马丁·艾米斯继续关注大主题和政治题材,表现在其作品创作上回归后现代主义主题,后现代叙事手法进一步成熟和创新,以其"核三部曲"——《爱因斯坦的怪物》《伦敦场地》和《时间之箭》为代表,其主题之间的批判性是一致的。《时间之箭》使用的是具有代表性的典型的后现代叙事方式,是马丁·艾米斯进行叙事实验的极端体现。

小说的叙述方式十分独特,是按照时光逆流的方式讲述故事,就如同在倒一盘录影带,回放主人公托德的一生:从在美国死于车祸到在德国出生的经历。

通过这种倒叙的叙述方式,艾米斯构建了一个虚构的世界,这个世界充满了黑色幽默和苦难:教堂里,人们从捐款箱里拿钱而不是捐钱;医生的任务是制造创伤而不是医治伤痛;清洁工往街道上倾倒垃圾;人们每天呕吐食物而不是消化食物;1945年至1939年的第二次世界大战时期成为甜蜜的回忆;集中营里的纳粹医生不是在谋杀犹太人而是在治疗他们,一场残酷的第二次世界大战变成了一幅乌托邦景象。

马丁·艾米斯被称为实验派小说家,他的叙事策略颠覆了传统的叙事方法,比如《伦敦场地》中作者不断变换场景和叙述角度,深入挖掘作者和他笔下人物之间的关系,将梦幻、现实、荒诞融为一体,创造出一个可笑可悲、荒唐怪诞的世界。

《时间之箭》中,马丁·艾米斯采用了一种天真无邪的叙述口吻和倒叙的手法描述了一个纳粹战犯的生活经历。随着小说的故事发展,"时间之箭"飞速回射,"现在"像一盘倒转的录像带一样回到了"过去"。这种典型的后现代叙事方式让读者享受到了极端叙事方式的高峰体验,作者用时光逆流的方式,试图讲述一个关于种族灭绝的启示录,将真实残忍的历史事件转换成了乌托邦想象。

《夜行列车》中,马丁·艾米斯放弃惯用的严肃文学样式、男性视角和英国背景,选择侦探小说这一介于严肃文学传统与大众媒体的形式,融合科学与伦理探讨,借用女性视角,叙述一个悬疑故事。

《死婴》中,作者使用第三人称的叙事视角,虚构了一个貌似与现实完全脱节的隐喻故事,运用极具创造性和实验性的后现代风格及风趣幽默的语言,准确地表达了他对当代社会的理解和对未来社会的不信任。

马丁·艾米斯的小说把20世纪六七十年代席卷欧洲的激进自由主义对人和

社会的不良影响真实地展现在读者面前,运用高超的叙事技巧服务了主题,使他的思想得以传达。因此分析马丁·艾米斯作品中的叙事技巧,研究其中叙事情景、叙事时间、叙事视角等叙事特点,会发现他的作品与众不同。将叙事学批评理论和小说文本分析相结合,既能全面地了解和理解叙事学极其重要理论,也能够更深入地理解作品,探究作品中的创新点,理解马丁·艾米斯是想以此来警醒世人,学会思考,从而才能避免未来的悲剧。

马丁·艾米斯自称他的书是"游戏文字",在复杂微妙、疏远异化方面效仿罗布·格里耶,在情节、节奏、幽默方面学习奥斯丁。他显然要在现实主义叙述方法和后现代主义形式实验之间调和折中。

研究马丁·艾米斯作品中的叙事技巧是为了能够让读者更好地理解作品,理解马丁·艾米斯,理解他心中的那种希望——希望人类在意识到残忍的同时,认真思考,避免残忍的途径和方法,做一个有责任感的人。他对当代社会道德堕落的无比坦诚令人感到钦佩;同时,他冷峻甚至荒诞的叙述也引发了人们对当代社会道德的思考与价值取向的重新判定。

马丁·艾米斯的小说具有的叙事学特点不仅体现在时间、视角、聚焦和人称上,还运用元小说叙事、开放式结尾等方法进行着叙事的把戏。但是除了叙事学方面的特点,他的小说还有黑色幽默、错落的主题、道德伦理的丧失等方面的特点,由于研究资料的不足以及研究时间较短,研究者不能够充分地分析他每一部作品的叙事特点,无法充分展现作品的叙事实验特征,是研究的局限之处。因此继续运用叙事学的多种理论分析小说文本,从叙事伦理等角度,或者从文学批评的其他角度拓展研究思路,对他的作品进行深入的分析,就能够进一步理解他对文学的独特感悟:"文学不是关于生存,而是关于不死。"

第二节 《伦敦场地》中的逆转时间叙事

《伦敦场地》是马丁·艾米斯篇幅最长的作品,它描述了 1999 年,即千禧年即将到来之时三位主人公在伦敦的遭遇。这三个人的名字极具艾米斯的风格,同时也具有漫画式的效果。第一位是叫基思·特伦(Keith Talent),talent 这个单词在英语中表示天才,可是基思确是一个流氓且来自社会底层,他只沉迷在飞镖游戏中,丝毫不关心自己的妻子和孩子,对待他人更是冷漠无情;第二位叫盖伊·克林奇(Guy Clinch),clinch 在英语中表示拥抱、多情的意思,而在小说中,盖伊是衣食富足,有妻有子的上流社会人,但是他却觉得生活了无生趣。第三位叫妮科拉·西可斯(Nicola Six),她是这部小说的女主人公,six 是 sex 的谐音,而在小说中她正是一位生活放纵,一心寻死,为自己精心设计了死亡计划的疯狂女子。

这部小说并没有入围布克奖,一些评审专家认为这部小说让人毛骨悚然,小说中的社会冷漠无情。《纽约时报》评论《伦敦原野》说:"这是一出滑稽的谋杀故事,一个启示录般的讽刺,一个对爱、对死亡的合乎逻辑却令人作呕的深刻思考。书中淫秽与抒情交替,庸俗与狂想并存。"所有传统的观念都被作者颠覆,所有人物的情感都处在一个倒错状态,似乎留给未来的是一种无法挽回的、终将被"黑洞"所吞噬的恐惧。

戴德里克将《伦敦场地》称为"关于爱情死亡的黑色喜剧",而不是"黑色悲剧"。《伦敦场地》已经被西方评论界贴上了"元小说"的标签。

批评家芬尼写道:"像艾米斯这样的后现代主义元小说家,期望读者在两个视角——人物的视角和上帝般的作者以及叙述者的视角之间保持平衡,维系一种对话的关系。"通过两位"作者"的复苏,马丁·艾米斯向曾经充斥西方文坛的"作者死亡"论发起挑战。

艾米斯是一个与"现实主义"相对的"实验主义"者,在叙事上有其独特之处。《伦敦场地》发表之后,"艾米斯现象"已经成为英国文坛一道独特的景观。正如布莱德伯里所说:"1980 年代末,他已经成为最受人尊敬、被模仿最多、被质疑最多的英国小说家。"

马丁·艾米斯小说的时间观念很强,他深知时间在小说中的重要性,对叙事时间非常敏感和讲究,并且巧妙地处理好故事时间和文本时间的关系,在《伦敦场地》这部作品中体现了其独特的叙事时间策略。

马丁是一个喜欢使用新技巧的作家,在他的很多作品当中,叙事时间变成了可以逆转的时间,这也不同于传统作品中的叙事时间。在《伦敦场地》这部作品中他采用了预叙的方法。所谓预叙是指对未来事件的暗示或预期,是"事先讲述或提及以后事件的一切叙述活动",即事前叙述。它的效果是事先揭露故事的结局,这样既可以激发读者的好奇心,急于想知道为什么会发生这样的事情,使读者进一步阅读下去,又可以在最后把读者最初的惊讶化为乌有。

《伦敦场地》一开始就让读者了解到小说中的作者对未来的一切了如指掌,他不仅认识谋杀者和被谋杀者,"还知道时间、地点、动机和方式"。故事的背景时间设定在 1999 年,这是一个一切都将结束的时刻,女主人公妮科拉为自己的死亡设定了时刻表,计划的制订者萨姆森·扬也"临近最后期限了",他设定了整个计划,并且以故事的见证人的身份介入故事的整个过程。接着,一个错综复杂的谋杀、被谋杀、见证谋杀的故事徐徐展开,主人公和作者的死亡也都顺理成章地安排在故事的结局里。

故事开始的时候,作者以及女主人公就像熟知过去一样驾驭未来,对于女主人公而言,"故事还没有结束,但生命已经结束了"。未来的故事可以当成过去的经历一样讲述,时间(35 岁生日)、地点(伦敦的某个小巷)、方式(驾车奸杀)比已经发生的谋杀案还要精确。这种阐释的作用是为下文埋下了伏笔,增强了读者阅读的心理效果。

在这部小说中,马丁描述了整个谋杀计划,这个计划在时间上是已经安排好了的,但是由于计划中人物的不断变化、心理状况的不断改变,叙述者不得不一次又一次回到整个谋杀计划中来。当计划的制订者萨姆森发现一切已经脱离他的掌控时候,为了能让计划成功,很多人都猜测到最后是他结束了妮科拉的生命。其实在故事的一开始马丁已经定下了萨姆森的悲剧性命运,或许他的命运要比是妓女的妮科拉还要悲惨。

在这部小说里,马丁对于叙述时间进行了各种尝试,传统的方法是将事件按照时间顺序依次排列,而在处理《伦敦场地》的谋杀事件的时候,他运用了他的独特手法,向读者讲述了一个已经安排好的谋杀计划。马丁认为:如果当前的这种状况不改变,小说中描述的场景就一定会到来,在这个意义上,马丁成功地颠覆了传统意义上的叙述时间,它避免了故事时间那种严格的线性叙事而采用了语篇时间,陈述了一个发生在将来的故事,也就是说他采用了预叙的手法。

预叙就是《伦敦场地》的一种叙事技巧,随着情节的发展,叙述者了解每一个人物的命运,他们在小说中间部分就已经死去了,但是作者还是在描述着他们的行为,直到故事结尾真正的死去。通过预叙这种方法,作者将事件的顺序重新安排,他不急于去揭示结果,而是通过对事件的重组造成一种悬念,然后再慢慢地展开,预叙引起了读者的阅读期待,使得阅读具有了新的体验,新的叙事时间(比如预叙)给了读者更多的享受。

热奈特在《叙事话语》中指出,叙事时间与故事时间常常是"非等是"的关系,故事时间与叙事时间长短的比较构成时距。根据故事时间和叙事时间的关系,时序可分为缩写、场景、延长、省略和停顿。在时距方面,马丁·艾米斯喜爱用场景和延长。他喜欢借用场景来叙述故事的实况,这时故事时间与叙事时间大致相等。场景在《伦敦场地》中主要的体现是对话,对话是马丁最拿手的,《伦敦场地》中的对话经常不带导入语。

延长是指叙事时间远远大于故事时间的叙事策略。可以说《伦敦场地》是马丁·艾米斯延长叙事特点的代表作。故事从妮科拉 34 岁开始,到 35 岁结束,其时间跨度充其量不超过一年,而叙事时间却是令人难以忍受的漫长,被扩展成了一部

578 页的小说。

叙事的主体内容是妮科拉精心谋划的谋杀与被谋杀的故事,还有萨姆森·扬的与谋杀计划毫无关联的零星琐事。另外的一个层面就是妮科拉对整个叙事的决定权或者说对谋杀计划具有决定权,她不仅准确地预测了自己的死亡,还牢牢控制住两个谋杀者,使其成为自己的奴隶。

实际上整个故事非常简单,在小说的一开始读者就已经明了整件事情,但是读者会发现阅读的时间要比事件时间长得多,阅读时间是读者脑中的心理时间,而事件的时间则是物理时间或钟表时间。如果有人曾经对马丁·艾米斯把一个已经安排好的谋杀的故事扩展成为一本长篇小说的才能感到惊讶的话,现在他应该知道其中的秘密了,正是频繁的评论和描述,从技术上拉长了叙述时间和阅读时间或者心理时间。萨姆森在故事发展的整个阶段,所起的作用主要是对叙事时间的延长。

叙事时间与故事时间之间存在的关系是频率。频率指的是一个事件在故事中出现的次数与该事件在文本叙述中出现的次数之间的关系。时间框架确定了,那么如何用叙述语句来表达故事内容? 这必然会牵涉到叙述的频率和速度,马丁·艾米斯不断地变化着叙述频率,使得叙述节奏拥有丰富性和多边性,让小说能够进一步吸引读者。

马丁·艾米斯采用了热奈特称之为"重复叙事"的手法,也就是多次讲述一件事情。它的作用一是强调,二是用来表现人物精神上的某种困扰,如心理上始终被一件事所纠缠,无法摆脱,致使它在任务的对话、思想以及潜意识中反复出现。读者所关心的不再是事情本身,而是叙述者对同样的事情所表现出来的观点和感觉,所感兴趣的也是叙事文本和故事文本频率之间的关系。

《伦敦场地》中重复叙事的一个明显例子就是"死"字的不断出现,这个词在书中出现了若干次。戴德里克也曾经说,从本质上讲,这部小说是关于爱情死亡的黑色喜剧。死亡成为小说中最普遍的现象,似乎一切都在死亡,小说中出现的死亡举不胜举。

在故事的一开始,萨姆森就告知读者"我是一个即将死去的人"。而他要写的小说也是关于死亡的。妮科拉预知了自己的死亡,平静而有条不紊地为她的死亡做准备。死亡对她来说没有情感上的任何震动,她冷静地制订死亡计划,并将其分为计划 A、计划 B。死亡使她获得了透明性和最终的完满,对死亡她甚至怀有一种感激。"她对任何事物的死亡都表示欢迎及喝彩。这是一种陪伴。它意味着你并不是孤独的……"这段话不过一百多个字,但是却出现了 14 个"死"。

虽然这里所提及的都是不同事物的死,但是叙事者却向读者描述了一种死亡情境,让读者感受到了死亡的无所不在。这种重复叙事会使读者深刻感受这种死亡的冷漠,生与死在马丁·艾米斯笔下全然颠覆了传统的意义,生不值得祈盼,死更不令人恐慌,生与死的关系也变得混乱不堪,"谋杀者可以先于被谋杀者出现,死亡可以像旅馆房间一样预定"。

《伦敦场地》这部小说就像一场错乱的游戏,而这场游戏的本身恰恰是对整个社会、整个时代绝妙的讽刺。小说中体现出的情感都与传统的价值观相悖,是完全而彻底的倒错,不仅如此,美与丑、生与死的基本概念也完全是一片混乱,展示了当代人思想和行为上的变态。比如在这部作品中的人物从外表上看就不男不女,两性的正常特点完全被颠覆。

《伦敦场地》中的女主人公妮科拉拥有相当明显的男性特征——"她的嘴唇上方有一圈黑黑的绒毛",同时性格刚烈,在与男性的关系中处处以主动而强势的面貌出现。《伦敦场地》中的男性主人公同样毫无男子气概:盖伊懦弱而踟蹰,毫无主见,在男女关系中被动而赢弱;基思狂热而简单,在大的决策上完全被妮科拉左右,甚至受妮科拉荫蔽。

书中还有一个赫赫有名的好斗者兼色情狂,他的名字居然叫琪珂(琪珂的英文意思是"姑娘")。这一系列男女混淆、性别倒错的形象恰恰是作者对现代社会中男女角色错位、情感性别错乱现象的一种深度曝光。

这也是马丁·艾米斯对当今社会一种绝妙的讽刺,也透视出作者的观点,随着社会经济的逐渐发展,人们的头脑却越来越空虚,作者通过对这些人物幽默甚至畸形的描写,向读者展示了一个价值倒错的时代。

黑色幽默小说中的主人公大多是在疯狂社会中挣扎的精神分裂患者。在《伦敦场地》中主人公妮科拉从小就有能够预示未来的本领,当她预见自己的父母将会死亡时,却很冷静地没有说出来,代表着她在心灵上的冷酷无情。而当她知道自己将会在 35 岁死去时,她冷静地寻找谋杀者。这种和正常人心理行为上的极大反差,不能不将之称作是作者对这个现实社会的极大讽刺。而在主人公这样一个设定的背景之下,竟有人争先恐后地充当谋杀人,并为之吃醋、为之疯狂,这种人性上的病态和荒诞也表现出令人心酸的黑色幽默。

马丁·艾米斯娴熟地把握了叙事时间和故事时间的关系,控制了叙述的节奏,张弛有度,对于叙述时间的处理是马丁·艾米斯小说具有吸引力的重要原因,也是《伦敦场地》这部小说成功的原因之一。在了解马丁的叙事时间技巧之后,读者就会享受阅读过程,他成功地颠覆了传统的叙述时间而创造了一种新的叙事时间,并且不断变化运用着各种叙事时间技巧。马丁·艾米斯被著名小说家兼评论家布雷德伯里称为"最受人尊敬、最为人效仿而又最令人质疑"的作家,独特的叙事策略成为其作品成功的"无声的证明"。

第三节　《死婴》中的颠覆时间叙事

《死婴》是马丁·艾米斯的第二部小说,这部小说的基调肮脏污秽,但同时又极具喜剧色彩。书中虽然没有真正的死婴,但是却充斥着谎言、酗酒、欺侮的行为,其恐怖与混乱的程度犹如一个死婴。

这部小说讲述了一些朋友在一所破败的房子里度过的几天时光,他们挤在一起酗酒、放荡不羁,现代社会中人类的生存窘境由此得以真实而恐怖地展现。生活在后现代社会的人们精神无所寄托,对道德规范也无从谈起,天马行空、无所畏惧的生活背后实际上是倒错的精神状态与恐惧胆怯的生活状态的真实写照。

马丁·艾米斯运用毫无道德观念、毫无情感慰藉的语言将其对社会的深度理解和尖锐批判从中透露出来。这部小说在2000年的时候被改编成电影,将现代社会人类最深沉的生存困境揭示和展示出来。

小说在叙事时间方面的特点尤其突出,从这一方面分析作品,可以为读者更好理解《死婴》提供一个切入点。

叙事与时间二者的关系是叙事学研究的一个极其重要的方面。叙事文本中,除有故事时间还有文本时间,二者的节奏不同就会产生不一样的叙事效果。20世纪70年代,热奈特首次在《叙述话语》中阐述了"故事时间"和"文本时间"之间的关系。小说中故事时间和文本时间不可能完全一致,必然会有着先后的顺序。从叙事的本质来说,故事时间应该是早于文本时间的,但是如果事件还没有发生就进行了阐述,那么就是文本时间早于故事时间,就构成了预叙。

詹姆斯·迪德里克认为,《死婴》是一部预言式的小说,在这部小说中,马丁·艾米斯采用了"后现代招式"处理其中的事件,逆转了《死婴》中的叙事时间。

马丁·艾米斯在《死婴》的序言中直言不讳地说,这是一部讽刺作品,描述了一幅未来的景象,他的主题也不是明天而是今天。他让叙述者陈述了一个现实生活中并没有发生的故事,但是马丁认为:如果当前的这样的状况不改变,小说中的场景就一定会到来。在这个意义上,他向读者讲述了一个即将发生在未来的故事,运用后现代的招式逆转了故事时间,也就是说,他采用了预叙的手法。

华莱士·马丁说:"当叙述者对所描述的将来事件了如指掌,而其中的人物却并不知情,这种手法就叫预叙。"马丁·艾米斯特殊的叙事方法将现在与未来相连,在看似现实的写作中揭示了惨痛的未来画面。通过预叙这种方法,作者将小说中的事件顺序重新安排,徐徐展开,引起了读者的兴趣,并且进一步理解作品的深度内涵。预叙经常会出现在一些实验性质较强的小说中,体现了后现代小说在叙事时间方面打破经典叙事模式的尝试。

而故事时间和文本时间中的另一个关系就是"时距",涉及的是两种时间的长度和距离,分为:省略、概括、延缓和停顿。《死婴》这部小说中主要用到了延缓和省略。延缓,是指文本时间的长度大于故事时间的长度。也就是说,可能原本几分钟的显示时间,在文本中用了很长的篇幅去叙述它,读者也要花费好几倍的时间去阅读,就好像电影中的慢镜头的运用。

《死婴》这部作品描述的是发生在三天内的故事,小说也划分为三部分:星期五、星期六和星期日。这三部分再进一步分成短小的章节,但是星期五用了128页,星期六用了134页,星期日只用了5页。这是因为通过前两部分的叙述,故事的结局已经是显而易见的。星期五和星期六本就是两个24小时,但是作者却分别用了一百多页的篇幅进行描写,这实在是非常慢的速度。小说的作者在文学作品的世界中将人们对物理时间的种种不可能设想变成了现实。

在整部作品延缓的叙事中又交织着时距中的省略。省略最常见的例子是一些时间状语和说明语。小说的第一部分的第7小节介绍了安迪和露西的相识以及第五十六个夜晚的吵架,然后就跳跃到了一个星期后。这中间两个人发生的事情作者没有再提,直接跳跃到一个星期之后。整部小说都穿插着延缓和省略,充分体现了马丁·艾米斯对传统叙事方法的颠覆和对新的叙事技巧的探索。

在《死婴》这部小说中,马丁·艾米斯还颠覆了物理时间。一直以来人们认为的时间是"线性的,矢量的,不可逆转的时间进程",而叙事就应该是按照事件的时间顺序排列、组织。但是以乔伊斯为代表的英国现代小说家大胆地摆脱物理时间的限制,组建新的时空秩序。这要得益于柏格森的直觉主义和心理时间学说,他认为:"由过去、现在和将来一条直线表示的钟表时间是一种刻板、机械和人为的时间观念,只有心理时间才是真实和自然的。"实验小说家们打破了线性时间的束缚,而且加速了时间和空间的一体化进程。

《死婴》中的叙事时间和马丁·艾米斯的另一部小说《时间之箭》中的时间一样,都是可逆转的。在这本书中,他描述了三组在两个人物之间展开的对话,这些活动的时间都是从A延续到B,由此造成了叙述者必须要回到时间A两次,才能完整地叙述,三个情节都是从A点展开,A点在作品中被三次情节分别使用。

第一个情节是关于基思和吉尔斯的,第二个情节是关于西莉亚与戴安娜的,第三个情节是昆汀和安迪的。这三个情节不是先后依次发生的,而是完全同时进行的。众所周知,作品中不可能同时描述三个场景,所以马丁·艾米斯描述完第一个情节之后又回到A点,开始描述第二个情节,之后再回到A点描述第三个情节。

但是如果按照物理时间即钟表时间的线性规律,第一个情节结束后时间已经过去了,不可能再回到 A 点开始第二个情节,而马丁·艾米斯便运用独特的叙事方式,逆转了线性时间,完成对事件的全能叙述。

《死婴》中的青年因为受到虽然具有科学理性但是缺乏情感的文化熏陶变得野蛮暴虐、情感混乱,这种超现实描写是为了能够警醒世人,向人们传达:如果人们不对自己现在的生存状态进行反思和改善,那么内心世界的虚无将成为主导未来世界的恶魔,人们的生活会如小说所描写的一般恐怖和混乱。

马丁·艾米斯的小说具有独特的叙事风格和叙事技巧,每一部作品都在形式上试验创新,给读者以非同寻常的阅读感受。在《死婴》中,作者以幽默、讽刺的笔调,巧妙的叙事时间安排以及运用全知视角,把 20 世纪六七十年代席卷欧洲的激进自由主义对人和社会的不良影响真实地展现在读者面前。马丁·艾米斯将作品的主题与思想通过叙事方法更准确、更深刻地传达给读者,避免了刻板的按照故事时间叙述的线性叙事,是故事脱离于现实与当下,成为一个发生在将来的预言故事。马丁·艾米斯叙事技巧的运用很好地服务了主题,使他的思想得以传达。在文学批评界,他被称为"作家的作家",而不是"读者的作家"。

马丁·艾米斯高超的叙事技巧,使读者能够更加深刻地领悟到恐怖而混乱的社会就如同一个个死婴摆在眼前。读者能从叙事学的角度领略这位实验小说家在文学创作方面的卓越成就,更好地理解作品,理解马丁·艾米斯是想以此来警醒世人,学会思考,从而才能避免未来的悲剧。

第四节　马丁·艾米斯
对 20 世纪实验小说的影响

翻阅马」·艾米斯的作品,读者会发现他既继承了英国 18 世纪至 19 世纪现实主义讽刺小说的传统,也继承了许多国外小说创作的传统。他自己也承认,他的创作受到卡夫卡、纳博科夫、索尔·贝娄、拉什迪等现代、后现代小说家的影响,创作风格复杂,大部分小说都采用了现实主义叙述和意识流、黑色幽默、魔幻现实主义相结合的方法,在语言和叙事结构上都进行了实验和突破,调和了现代主义形式实验和现实主义叙述方法之间的矛盾。

与同时代的作家相比,他在叙事技巧上有很大的创新,借鉴了蒙太奇、意识流等叙事特点,使得叙述显得更为流畅,形成了自己独特的叙事技巧。马丁·艾米斯的作品除了具有独特的叙事时间技巧外,叙事情境、叙事视角、黑色幽默、元小说、死亡主题、戏仿,以及对女性人物的刻画也是独具特色,充满了实验性质。

黑色幽默又被称为"黑色喜剧""病态幽默"等,是以轻松愉快的口气描写令人毛骨悚然的事件,是一种既富有喜剧意味又使人毛骨悚然的幽默。作为一种表现手法,黑色幽默受存在主义哲学影响较深,作家把世界理解为荒诞不经,不可理喻,悲观至极后,只是付之一笑,然后通过奇异的手法,使荒诞和真实之间建立一种似是而非的关系,从而揭示当代西方社会的一部分本质现象。

黑色幽默作为一种美学形式,属于喜剧范畴,但又是一种带有悲剧色彩的变态的喜剧。小说《钱:自杀者的绝命书》里的情节也充满了黑色幽默。赛尔夫的英文名 Self 意为自我、自私,也许恰恰表达了这个人物不顾一切享受物欲的特点。他的生活方式展现出当代西方人虽然享受着物质丰富的生活,但是其精神世界极度空虚,从不会考虑他人感受或他人需求,更不会考虑更高层次的精神追求和精神满足,对社会伦理和社会道德更是置若罔闻,一切以一己私欲的满足为出发点。

颓废和死亡是艾米斯笔下西方社会中不可或缺的主题成分,在其多部小说中都有体现。《伦敦场地》中的死亡意象不胜枚举:人物之死,作者之死,还有"小说之死,泛灵论之死,朴素实在主义之死,来自设计的情节之死,还有(特别是)最少惊诧原则之死。星球之死,上帝之死,爱之死"。但是,这种无处不在的"死亡"是否真的如以往评论家所言,仅仅"意味着末世的到来,或者说,人们已经生活在末世之中呢"?

女主人公妮科拉精心设计自己的死亡,最终随 20 世纪的结束而终结。以作者身份出现的萨姆森,"被一种难以名状的疾病搞得筋疲力尽,疾病的症状酷似核辐射中毒或艾滋病",最后和妮科拉同归于尽。

妮科拉之所以期待死亡,是因为她无法找到真爱。在妮科拉的诱惑下,基思和妻子的爱情已经名存实亡,他和妻子维系的只是"把妻子叫醒,跟她做一次爱"的社会契约关系。而由于不断遭受儿子马马杜克"儿童色情事业"的沉重打击,加之对妮科拉"欲爱不能、欲罢不止"的盖伊则明显感到"可能爱正临近死亡,已经死了"。

马丁·艾米斯作品中的每个人物身上都有着混乱的表现,一种在他人看来是美好、幸福表象下的痛苦和不安,这也是对整个社会的一种讽刺。《伦敦场地》中俯拾皆是的死亡意象不仅是对整个社会的震撼,也是对现代人思想感情的一种深刻揭露。妮科拉的一句话最能代表艾米斯对死亡论的反思:"你是坟墓,里面埋葬着的爱还活着。"

尼采喊出了："上帝死了！"艾略特把世界称为没有精神依托、不辨善恶美丑的"荒原"。贝克特渴盼着"戈多"。他们作品中都含有人们对于物质世界的恐惧，对人类内心空虚无助状态的恐惧。而这种恐惧的背后本质则是人们对灵魂无家可归之困境的努力回避，对人类悲惨命运的反抗，对美与善的呼唤。而在马丁·艾米斯的《伦敦场地》中，却丝毫不见这种恐惧。所有人都处在一种麻木机械的状态中，对生活中的任何事情都没有反映，甚至对死亡也没有了恐惧，不知道生活是为了什么，而死又有什么可怕的。任何事物都失去了它的价值。

元小说叙事也是马丁·艾米斯小说的一大特点。传统的小说会给予读者一个符合逻辑的清晰结尾。开放式结尾是指没有真正的结尾，读者可以自己去想象，按照自己的想法设计一个结局。这种写作方式就要求作者摆脱传统的叙事技巧，从多方面、多角度对叙事进行描写，从而使读者能够有不同的感悟，设想不同的结局。

《伦敦场地》中的主人公妮科拉预见了自己35岁时会被人谋杀，而她认为自己的预言都是会实现的，所以她精心为自己的死亡做了安排，最终实现。小说的叙述者萨姆森·杨是一位身患绝症的作家，在他离开这个世界前的最后一个愿望就是要写一部伟大的文学作品，作品的结束意味着他生命的结束。但是文中的另外两个主人公会何去何从，就要看读者自己的想法了。

书中唯一具有些人性的就是盖伊，他期望从妮科拉身上寻找情感和依靠，但是得到的只有欺骗，他无意成为谋杀的参与者，但是却被卷入了这场设计好的谋杀中。妮科拉死了，盖伊是会回到妻子身边继续生活，虚度光阴，抑或去履行对萨姆森的承诺，又或者是直接死亡。只有靠读者自己的想象。小说的最后，叙述者还在进行着安排，基思是一个对谋杀和残忍如同家常便饭的混蛋，对基思的命运，叙述者就不确定了，是生是死，自由权掌握在读者手中，读者可以根据自己的想法对作品中人物的命运进行推测。

《钱：自杀者的绝命书》中马丁娜·吐温的名字"Twain"是Twin的谐音，是马丁·艾米斯的女性double，她试图让赛尔夫接触真正的艺术，让她进入乔治·奥威尔的小说世界。但是在赛尔夫眼里，马奈、莫奈等人的作品看来都是钱。造成这种结果并不是女性double马丁娜没有尽力，而是金钱已经将整个资本主义社会彻底物质化了。剧中的"艾米斯"是作者的替身，这也是元小说的情景及安排，小说的最后艾米斯不顾赛尔夫的哀求将他送上了自杀的绝路，在一种经验和元小说的双重意义上结束了他的使命。

《死婴》本身就是一个极具隐喻意义的题名，小说中本没有"死婴"的出现，但是这些青年的所作所为直接指向了一个毫无希望、毫无活力的未来世界——"死婴"不正是没有生命力、没有活力、没有希望的未来世界的象征吗？这个故事完全是马丁·艾米斯虚构出来的,但是正是在这个虚构中,马丁·艾米斯深刻而准确地表达了他对当代社会的理解和对未来社会的不信任。

马丁·艾米斯作品中对女性形象的描写也是极具实验性质及实验特色的。《伦敦场地》中的妮科拉性生活混乱,对生活毫无留恋,主动追求死亡,但是却丝毫未让人感到恶心与厌恶,反而会对其毫无希望的无助生活感到同情。

《夜行列车》中的詹妮弗美丽知性,是优雅女性的代表,但是最后却被杀害,这里暗指的就是现代社会对美的扼杀。

《成功》中的厄秀拉和简就像是棋子:一个细瘦,毫无思想,游荡在上层社会;一个丰满性感,是个尖酸刻薄的下层荡妇。

《怀孕的寡妇》是马丁·艾米斯对女权主义运动的关注、总结和反思。

《黄狗》中的维多利亚公主在裸照事件发生后,对女人必须受男人的评判和道德标准的束缚很不以为然,她并不认为自己需要别人的原谅和评判。小说中的另外一位女性角色卡拉·怀特的遭遇是女性在男权世界中的命运的一个隐喻,即女性在男性权利的统治下,不但无法得到正常的生存空间,同时女性的身体与精神都受到男性世界的摧残。

马丁·艾米斯通过不同的叙事方式说明他不仅是故事的"创造者",也是故事的积极参与者和策划者。小说的结局不再是叙述者给出的,而是靠读者自己的选择,而且结局不止一个,这打破了传统小说叙事的连贯性和完整性,同时也给读者提供了自由思考和理性选择的机会,让读者也参与到文本的创作中。

多重结尾的方式也暴露了小说的虚构性,让读者享受一种"恶心的快乐",这种享受既可以理解为阅读的乐趣,也可以理解为对作家批判指向的领悟与警醒,这样的警醒必然会使人心生感悟,反思自己的生存境遇与社会生态。马丁·艾米斯用自己独特的荒诞风格、尖刻言辞、叙事技巧和讽刺艺术,针对新千年的世界进行着更加有的放矢、更加真诚的揭示与批判。对于马丁来说,后现代实验"只是恶作剧和自我反思",这也许并不能解决什么,但是他相信,至少这种"语言的力量"能使人警醒,他旨在成为一个对社会、对人类都极具责任心的严肃作家。

参考文献

[1] 艾米斯.死婴[M].李尧,译.上海:译文出版社,2016.

[2] 艾米斯,伦敦场地[M].梅丽,译.南京:译林出版社,2003.

[3] 白爱宏.后现代寓言:马丁·艾米斯的《时间之箭》[J].当代外国文学,2004
(2):134-140.

[4] 刘春芳,李正栓.《伦敦场地》:现代人的"废都":解读马丁·艾米斯笔下的后
现代情感[J].四川外语学院学报,2008(1):17-21.

[5] 吕方源.论柏格森的心理时间对意识流小说的影响[J].商丘职业技术学院学
报,2007(4):54-55.

[6] 阮炜.钱与性的世界:评马丁·艾米斯的《钱:自杀者的绝命书》[J].外国文学
评论,1997(4):74-81.

[7] 阮炜.严肃的艾米斯与"恶心的快乐"[J].读书,2002(2):115-121.

[8] 阮炜."伦敦原野"上最后的死:评《伦敦原野》[J].国外文学,1997(3):71-76.

[9] 申丹.叙事学研究在中国与西方[J].外国文学研究,2005(4):110-113.

[10] 孙冬.逆转时间之箭,再现历史之重:论马丁·艾米斯的后现代小说《时间之
箭》的历史性和社会性[J].译林,2007(5):202-205.

[11] 王守仁.谈后现代主义小说:兼评《美国后现代主义小说艺术论》和《英美后
现代主义小说叙述结构研究》[J].外国文学评论,2003(3):142-148.

[12] 王卫新.与时间游戏,和死亡的对话:评马丁·艾米斯的《伦敦场地》[J].当
代外国文学,2006(1):79-86.

[13] 肖静.马丁·艾米斯和他的《经历》[J].外国文学动态,2003(2):13-14.

[14] 张和龙.颠覆性的后现代游戏:论马丁·艾米斯的"后现代招式"[J].外国文
学,2006(2):13-20.

[15] 张和龙.幽默缘何染黑色[J].外国文学,1997(5):89-91,94.

[16] 刘春芳.工具理性背景下的情感形态与生存境遇:以英国作家马丁·艾米斯
为例[J].东北师大学报,2009(5):151-154.

[17] 麻林娟.论马丁·艾米斯作品《死婴》的叙事时间[J].语言文学研究,2009
(9):32-34.

[18] 麻林娟.从小说《死婴》看马丁·艾米斯的后现代叙事技巧[D].兰州:兰州大
学外国语学院,2008.

[19] KEULKS G. Martin Amis：postmodernismand beyond［M］. London：Antony Rowe Limited，2006.

[20] DIEDRICK J. Understanding Martin Amis［M］. South Carolina：University of South Carolina Press. 2004.

[21] MARTIN. Amis London fields［M］. London：Jonathan Cape，1989.

[22] ALEXANDER, VICTORIAN. Martin Amis：between the influences of Bellowand Nabokov［J］. The Antioch Review，1994（4）：52.

[23] MARTIN A. Night train［M］. London：Jonathan Cape，1997.

[24] BAKER，ROBERT S. Kingsley Amisand Martin Amis：theironic inferno of british satire［J］. Contemporary Literature，2005（3）：46.

[25] FINNEY B. Martin Amis［M］. New York：Routledge，2008.

[26] RICHETTI，JOHN J. The columbia history of the British novel［M］. New York：Columbia University Press，2005.

[27] STOUT, MIRA. Martin Amis：down London's meanstreets［J］. The New York Times，1990（2）：46.

第九章　彼得·阿克罗伊德
小说中的互文叙事

第一节　彼得·阿克罗伊德与实验小说

彼得·阿克罗伊德(1949—)是 20 世纪 80 年代英国文坛的一位实验先锋,是一位成绩斐然、注重修饰、很有个性、高雅幽默的传记作家、小说家、历史学者和评论家。他于 1949 年出生于伦敦,后毕业于剑桥大学。他曾经在耶鲁大学做研究,并且在那里完成了《新文化笔记》。其后,他在《观察家报》担任文学编辑,后来又成为《泰晤士报:文学副刊》的首席书籍评论员。从 20 世纪 70 年代开始写作至今,他已经出版的作品近 60 种,包括诗歌、小说、传记等,其中传记和小说荣获很多文学奖项,阿克罗伊德因此被称为"历史小说大师"和"当代最有才华的传记作家之一"。

阿克罗伊德出生在伦敦,对伦敦有深厚的感情,他喜欢英国历史和文化,尤其着迷于伦敦艺术。他博览群书,涉猎广泛,对英国经典作家和欧美现代作家十分青睐,创作出了《艾略特传》《狄更斯传》《牛顿传》《卓别林传》《希区柯克传》《莎士比亚传》等诸多脍炙人口的传记作品,其中,《艾略特传》获得了 1984 年惠特布雷德奖和海涅曼奖,并且被评论界称赞为"形象最丰满、最具有说服力的艾略特传记"。

阿克罗伊德的传记作品在英国文学史上影响巨大,从这些传记的书名可以发现,他写的都是英国文学史上的重要人物。其中《狄更斯传》由于采用了很多虚构的手法,偏离了传记文学的真实性,这是他的写作由传记文学向小说创作过渡的转折之作。阿克罗伊德写作风格多样,他的大部分作品都围绕伦敦这座城市展开,比如《伦敦传》《泰晤士:大河大城》等,他擅长将过去与现在、现实与虚构融为一体,并拥有深厚的资料挖掘能力,同时也表明他对伦敦的关注和重视。

除了人物传记和地方传记外,阿克罗伊德在小说创作的领域也取得了巨大的成就。他在 20 世纪 80 年代连续出版了 5 部长篇小说,使他后来者居上,声誉甚至一度超过马丁·艾米斯、朱利安·巴尔斯和伊恩·麦克尤恩。他接二连三地获奖,比上面任何一位作家得奖的数量都要多,这也说明他在英国文坛举足轻重的地位。1982 年他出版了第一部小说《伦敦传》,小说源自狄更斯的《小杜丽》,可以说是阿克罗伊德对狄更斯作品的极具个性、独创性的理解,甚至可以称之为"狄更斯评注"。

1983 年,阿克罗伊德出版了《一个唯美主义者的遗言——奥斯卡·王尔德别传》。王尔德 1897 年出狱后住在法国,1900 年去世,其间他并没有写下什么"最后的遗言"。阿克罗伊德用一种深入历史人物内心意识的神秘技巧,将历史与虚构融于一体,用我们所熟悉的王尔德的机智和忧郁写下了一本关于他在巴黎最后岁月的小心翼翼。阿克罗伊德用他熟练的叙事技巧,加上题材本身对文学评论家们的巨大吸引力,使得这本小说获得了当年的毛姆奖,也被《纽约时报》评论家称之为"一部杰出的想象之作"。

1985 年发表的《霍克斯默》属于阿克罗伊德独创的、探索性的历史小说,他将现在和过去混合在一起,创造出一种"与死者的对话",并且受到读者和评论界的一致好评,被认为是他最成功、最重要的作品,获得了《卫报》小说奖和惠特布雷德小说奖。

1987 年阿克罗伊德出版了《查特顿》,他运用了戏仿的叙事策略,将过去和现在交织在一起,并且重新以文学传记为创作题材,把 18 世纪的托马斯·查特顿的生平事迹改编成小说。这部小说主要有两条线索:一方面描写了颓废、不得志的诗人查理·威齐伍德和妻子、儿子之间的亲密关系;另一方面又写了查理着迷于查特顿之死的真相中,查理一直深受病痛的折磨,但是因为想解开查特顿假死的秘密,所以拒绝死亡。小说从一开始就用秘密去诱导读者,让查特顿的魂灵四处飘荡。到了结尾,查理因中风而去世,一切真相大白,原来根本就不存在什么秘密,有的只是一连串毫无意义的造假行为。从主题上看,与其说这部小说重新建构了过去的历史,不如说是对作为谎言的艺术之本质的思考,也显示出阿克罗伊德具有的敏感性。《查尔顿》荣获了 1987 年布克奖的提名。

1989 年阿克罗伊德出版了长篇小说《第一道光》中,他舍弃了模仿和戏仿的叙事技巧,故事地点从伦敦转移到哈代的故乡多塞特。这部小说讲的是关于"考古学"的故事,小说的情节集中在两个场景:一个是天文气象台,另一个是考古学家发掘文物的现场。天与地,人类与宇宙,地球的起源,当代物理学上的夸克、黑洞和全新的时间概念都被加以探究。天空旋转着离开了原先的地方，古老的尸体神秘地埋藏在地下，大地是埋葬种族记忆的宝库。在天地之间，芸芸众生在短促的生命时间之内，扮演着各自的角色。这部小说不仅是玄想的，也是具有喜剧性的，人类生存状况的怪异是显而易见的，他以幽默风趣的写作风格将小说中的人物刻画得生动逼真。

1992 年,《英国音乐》出版发行。这部作品具有十分复杂的结构，就如同一个精巧的寓言，蕴含着孤独与恐惧的主题。虽然包含用各种文体叙述的各种各样的梦境和对很多作家的模仿，但是其小说本身的故事十分简单。故事中的一对父子具有能为人治病的特殊能力，当儿子生病，父亲试图为其治病时丧失了这种特殊能力。父亲死后，儿子随着日渐衰老，也感到自己的能力丧失。在他临死前写下了这本名为《英国音乐》的书，书的最后一句话是："我不再需要打开那些旧书。我已经听见了音乐。"这本小说的题目"英国音乐"不光指音乐，还包括英国历史、文学和绘画。

21 世纪初，阿克罗伊德出版了《泰晤士：大河大城》。这本书通过为一条河流作传，将在河岸诞生的英伦历史、文化勾勒得"水灵动人"。阿克罗伊德追根溯源般地把泰晤士河这幅美丽的画卷缓缓铺在我们面前，从她的过往，她的万物生灵，她独特的味道和迷人的色彩，到她的文化、法律、代代相传的魔法和神话，再到她的文学、贸易、气候，她的日生日落、潮涨潮落，无一不是那样的魅力无穷。阿克罗伊德总是能带给我们惊喜，他通过英国的母亲河来陈述一部流动着的城市历史，他广博的学识，扎实的学术能力，以及带有英伦绅士般的文笔引领读者行舟于泰晤士河之上，走进英国城市文化的褶皱之中。

《观察者报》评论说："书中闪耀着阿克罗伊德从泰晤士河中打捞出来的金块的光芒……你也许会认为这位被荣誉环绕的作者，天生就是要写这本与众不同的书的。"《出版人周刊》则认为："以优雅而博学的笔触，阿克罗伊德将有关泰晤士河的各种材料进行了精心编织，为这条著名的河增添了新的自豪。"

《泰晤士：大河大城》是其《伦敦传》的姊妹篇，他让写作对象充满生命，像个活物。书评人凯瑟琳斯沃鲁认为，《泰晤士：大河大城》读来令人感到心满意足——这条著名的、神秘的河，它方方面面的丰富历史都被生动地呈现在读者面前。

除了以上的传记及小说外，阿克罗伊德还发表了一些重要的文学批评专著和评论文章，如《新文化笔记》《文集：杂志、评论、散文、短篇故事和演讲》和《英格兰：英语想象的根源》。《新文化笔记》被认为是作者的"早期诗学宣言"，是对 19 世纪末到 20 世纪 70 年代以来英国文学理论和实践进行的评价与反思，也是他尝试匡正英国文化并且使其走出困境的早期设想。他本人也声称，这是他之后文学创作的理论基础。

《新文化笔记》中的很多重要思想和理论，比如艾略特的传统观、乔伊斯和艾略特作品语言的历史意识等在阿克罗伊德之后的创作作品中都得到再现、重释和拓展。1986年，阿克罗伊德成为《泰晤士报》的首席评论家，其间他共完成了350多篇的书评。由于这一时期阿克罗伊德已经确立了最受欢迎的当代历史小说家的地位，因此被邀请评论了很多历史小说，对文学创作，特别是历史小说发表自己的看法。而且他不仅对文学史上一些具有代表性的作家、作品进行了评述，还评价了自己的作品，更加清楚地表达了他在历史、传统、英国性、传记和历史小说方面创作的观点，体现了他对文学批评的独特见解，这些有助于对作品和他本人的理解。

梳理阿克罗伊德的创作经历可以发现，他就如同作品中所描写的那些伟大的作家一样，他人生的兴趣和追求就是读书和写作。在作品的艺术风格上，他自成一派，并没有盲目采用后现代主义常用的表现形式，而是将多种艺术形式，多种理论和技巧相融合、选择，最终形成了自己独特的英国式杂糅风格，作品中既有生动有趣的故事，也有象征主义、时空错位等的叙事技巧，还运用了后现代主义的新奇手法。正因为他的与众不同，所以越来越受到国内外学者的重视和认可。

国外对于阿克罗伊德的研究可以追溯到20世纪70年代，开始于戴维·洛奇对《新文化笔记》的书评。洛奇抨击了阿克罗伊德作品的晦涩难懂，而且指责他歪曲了文化历史。然而，另外一些评论家却热情称赞了这本书，肯定了阿克罗伊德对揭示艺术家之间的内在联系所做的努力。比如彼得·康拉德对这本书的评价是"思辨性强、严谨、有益，值得一读"；苏珊娜·奥涅加认为"作为了解阿克罗伊德对英国文学传统独特感悟的理论阐述，这本书很值得阅读"。而《纽约时报》评论家葛罗斯评价《艾略特传》时说："这是在艾略特逝去约20年后第一次为他写传记的严肃尝试……总之，这本书获得引人瞩目的成就。"

20世纪90年代，奥涅加出版了《彼得·阿克罗伊德》，这是第一部研究阿克罗伊德的著作，书中评价了他20世纪90年代以前出版的大部分作品，覆盖面很广，有助于对阿克罗伊德早期作品的了解。21世纪初，对阿克罗伊德的研究有了更大的进展，涌现出更多的专著和博士论文，拓展了研究的视角和维度。

杰里米·吉普森和朱利安·沃弗雷合著的《彼得·阿克罗伊德：风趣而费解的文本》全面地研究了阿克罗伊德的作品，涵盖了其2001年以前出版的多数作品，着重探究了他作品中如文体学、叙事结构、模仿、个人和民族身份等因素。亚历克斯·林可在论文《当代城市哥特小说中的后现代空间性》中，分析了哥特式文学中空间和空间的关系，选取了《霍克斯默》进行文本分析。

国内对于阿克罗伊德的关注和研究起步较晚。1989年，刘长缨和张莜强翻译并出版了《艾略特传》,这是国内出现的第一部阿克罗伊德的作品。进入 21 世纪后,余珺珉的《霍克斯默》和方柏林的《一个唯美主义者的遗言——奥斯卡·王尔德别传》等相继出版,这些译著标志着阿克罗伊德已经进入了国内学者的研究视野。而对于阿克罗伊德的作品及思想研究,主要是出现在一些英国文学史的书籍中。

1998 年,瞿世镜在《当代英国小说》中第一次介绍了阿克罗伊德及其作品,并且给予了高度评价;王守仁、何宁编写的《20 世纪英国文学史》也对阿克罗伊德及其作品进行了深刻解读,并且对他的创作给出了更为全面的评价。还有一些学者在《外国文学评论》等刊物上发表了关于阿克罗伊德的文章。

国内外目前对阿克罗伊德及其作品有两种定论:后现代作家和严肃的传统作家。这使得他与其他实验小说家不一样,他的小说更多的依赖文学模仿和戏仿,在技巧上也是玩弄着小把戏,但是同时又能超越自身,不将自己的亲身感受和亲身经历过的事拿出来创作。阿克罗伊德在多种场合都曾明确表示反对人们给他贴上后现代标签,并且公然否认自己与其他后现代作家的相同之处。他曾说:“我认为我只是传统作家中的一位,这一‘传统’将我与之前和之后的作家连在一起。”因此,虽然阿克罗伊德受到了后现代思潮的影响,但是他仍然保持着清醒的认识和独特的思考。

第二节　《伦敦传》中的文本互文叙事

《伦敦传》出版于 1982 年,是阿克罗伊德的第一部小说。这本书的书名很容易引起误解,其实它与 1666 年 9 月伦敦历史上发生的最严重的那场火灾没有任何关系,而且在阿克罗伊德的多部作品中都出现了“伦敦大火”的情景。

这本小说在开始创作的时候,阿克罗伊德正准备写一部新的狄更斯传记,于是顺势将《小杜丽》挪用过来,可以说是对狄更斯作品的 20 世纪新的诠释。在狄更斯的笔下,小杜丽出生在伦敦的马歇尔西监狱,这座监狱已经在 1885 年的大火中烧毁。为了拍电影,摄制人员在泰晤士河边搭建了 19 世纪伦敦的布景。电话接线员欧蕊沉迷于幻想,梦见自己被关进了监狱,她去参加招魂会,发生了小杜丽灵魂附身的奇异事情。欧蕊阅读了狄更斯的小说,她深信自己就是小杜丽,于是对于斯宾塞找别人扮演小杜丽极为不满,最后纵火将整个场景全部烧毁,而斯宾塞也葬身火海。

《伦敦传》中的许多人物似乎都处在《小杜丽》的符咒之下,许多地点也与《小杜丽》中的相合,最引人注意的是马歇尔西监狱,这是狄更斯的父亲及家人因为欠债而住过的地方。在《小杜丽》中,狄更斯让威廉·多利特和亚瑟·克罗南这两个主要男性人物因为欠债先后被关进这所监狱中。有关狄更斯的传记的内容被大量引入了《伦敦传》,使之成为一部"狄更斯评注"。

确切地说,《伦敦传》是阿克罗伊德作为诗人和评论家时创作的,它显示了作家作为一个元小说艺术家的才能——他知道如何处理维多利亚时代小说特有的多情节结构。

狄更斯的《小杜丽》成了一个"重写本"。其中,不同的文本和不同的"历史"被封存在一个关于时间周期性流逝的折叠式视野中,这种时间因素在"火"的隐喻中也很明显。正如苏珊娜·奥内加所强调的那样,从伊利亚德的"永恒回归的神话"或叶芝的"峡谷"的角度来看,这个符号在元小说和"历史"上反复出现。像阿克罗伊德的所有作品一样,这本书混合了"现实"和"虚构",最终模糊了二者的界限。

这些由文本细节和历史事实的游戏所造成的认识论混乱,其叙事和历史的过去都是可以利用的,能作为文本编织的一部分,这表明阿克罗伊德与稳定身份的想法的对峙。其他文本的细节在阿克罗伊德的写作中被演绎和重塑,似乎在历史和虚构上都对其进行了定位、语境化和识别,同时也使任何单一的位置或身份错位。因此,在讨论阿克罗伊德的作品时,应该考虑到历史和虚构之间的区别,一个叙事和另一个叙事,一个文本痕迹和另一个文本痕迹,总是模糊不清。此外,阿克罗伊德小心翼翼地构建他的文本,其组织结构错综复杂,类似于狄更斯的组织结构,交织在一起的情节线索逐渐汇合。

作为阿克罗伊德第一部长篇小说,《伦敦传》具有极其明显的互文性,并贯穿于整部《伦敦传》之中,就如同鬼魂一样出没在这部以现代为背景的小说中,使过去和现在出现了若隐若现的重合,产生了若即若离的联系,也为阿克罗伊德后来的小说定下了基调。阿克罗伊德通过戏仿、拼贴等手法将若干文本融合在一起,体现了后现代主义文本的显著特色。

首先从叙事篇章结构进行对比,狄更斯的《小杜丽》由两大部分组成,第一部分 36 章,第二部分 34 章,1996 年由沃兹沃斯出版社出版的《小杜丽》共 778 页,牛津版 688 页,但是 1982 版本的《伦敦传》仅仅 169 页,可见从篇幅上《伦敦传》要远远小于《小杜丽》,但是不能仅从这一点上就判断《伦敦传》不能对《小杜丽》进行彻底的仿写或者改写。其次,《伦敦传》的时代背景是 20 世纪 80 年代的伦敦,文本所关注的主题改变并增加了互文空间中的文本主题维度,也就是说从主体上讲,《伦敦传》已经背离了《小杜丽》,表明存在主题的置换和转喻问题,并且运用了模仿戏拟的手法。

互文性是起源于结构主义和后结构主义思潮的一种文本理论。克里斯蒂娃将巴赫金的对话理论进一步拓展，首次创作了"互文性"一词，进而发展成为互文性理论。结构主义认为文本是自给自足的，意义仅仅存在于文本封闭的内部结构中。而克里斯蒂娃则认为文字词语的概念是不断变化的，是相互融合的若干个文本空间的对话，是在历时的或者共时的各种语境当中的各种文本的对话。

任何文本都可以通过吸收和改编另一个文本而形成，从而影射另一个文本。"另一个文本"可以指共时层面上的社会历史文本，也可指历时层面上的前人或后人的文本。"吸收"和"改编"是指作者通过引用、戏仿和拼贴等互文手法将多个文本融合在他的文本当中，也可以在阅读过程中，由读者根据自己的阅读经验，来实现对某个文本的解读。

戏仿是互文叙事手法之一，是对原有的文学进行转换，要么以漫画形式反映原文，要么挪用原文。但是无论是转换还是扭曲原文，戏仿都表现出和原文之间的直接关系。戏仿通过破坏性的模仿，突出了模仿对象的弱点和自我意识的缺乏。戏仿对象可以是一部作品，也可以是某位作家的写作风格。戏仿是后现代主义小说家的常用技巧之一，在作品中对历史事件和人物，或者文学作品中的内容和风格等进行夸张的、嘲弄的模仿，从而达到对传统、历史和现实讽刺和批判的目的。

在小说的正式章节之前，有两段名为"到目前为止的故事"的前言，简要地介绍了狄更斯的小说《小杜丽》的基本故事情节和冲突，讲述了小杜丽出生在债务人监狱——马歇尔西监狱，和破产的父亲、哥哥、姐姐一起在监狱生活。当小杜丽长大成人后，便到监狱外边去做一些缝补的零活。因为能自由出入监狱，小杜丽被称为"马歇尔西监狱之子"。为了帮助破产的父亲偿还债务，她来到克莱南家里做工，却陷入了其家族隐秘的纠葛之中。

这两段具有铺垫意味的叙述为小说营造了浓郁且熟悉的文学历史氛围，这也是向读者表明《伦敦传》这本小说并不是一个没有历史背景的全新故事，而是一部联系过去和未来的小说，这说明小说具有鲜明的历史文本回指性，也就是说狄更斯的《小杜丽》是这本小说后现代意义上改写的对象，为小说文本的含义提供了经典文本参照。

《伦敦传》显示了被 Susana Onega 称之为"跨历史的关联性"，由于这种关联性是一种文本或书面结构，它交织了狄更斯和现代的元素，因此表明"狄更斯和现代的元素"是一种"跨历史的关联性"。回到序言的时刻之前，标题本身叙述并回顾了一个历史事实。虽然提供了标题，但在小说中从未发生过对该历史事实的叙述。在这里，1666 年的大火仅仅是作为事实的历史和写作的历史之间的虚构错位的一个叙述场景。

在小说中,伦敦的"真实"大火开始于电影场景中的大火,这是一个表现和重新创造叙事幻觉和虚幻叙事的技术场所。这场大火的地点以及书名所昭示的历史时刻,是阿克罗伊德文本中许多关于过去的痕迹和技术之间互动的例子中的一个。在小说的一开始,《伦敦传》声明是狄更斯小说第一部结束后的20世纪的延续。

这部小说在它开始之前就已经开始了,它根本就没有开始,而是将自己与之前的作品连接在一起,但却用"存在于时间之外"的表演性短语将自己与之前的作品缝合起来,摆脱了时间的束缚,在小说的世界里,现实和幻觉之间存在着模糊性。

《伦敦传》极具个性和独创性,伦敦的景象始终萦绕于作者心头,他又把这种感受传递给读者,在所有当代英国小说家中,只有阿克罗伊德揭示了"伦敦"所蕴含的诗意,也许是因为他本来就带有诗人的气质。阿克罗伊德是一位精通英国文学史的学者,他在《伦敦传》这部小说出版之后创作的《一个唯美主义者的遗言——奥斯卡·王尔德别传》是对著名作家王尔德在巴黎最后岁月的艺术重构,让读者重新体会到王尔德的机智和忧郁。

阿克罗伊德的作品也显示了当代英国文化的衰落,他认为这是由于他的同胞们对落后的人文主义价值观的依恋造成的。就像维多利亚时期的狄更斯一样,阿克罗伊德现在是伦敦的伟大肖像画家,是英国精神的缩影,是英国人的骄傲。"伦敦"反映了一种生活和感觉的方式,作家试图在各种文学写作中追踪这种方式。阿克罗伊德认为,即使是所谓的"客观的"基因,也会在所有的文学写作中被追踪到。

阿克罗伊德对狄更斯和《小杜丽》的调侃与其说是风格问题,不如说是对类似想象力的不同版本的比较,以及类似信仰的不同版本的比较。在《伦敦传》中,我们发现这不是一个真实的世界,而是一个由行为方式和表演组成的世界。

正如一位评论家所说的,"阿克罗伊德有狄更斯式的野心,他试图展示一个充满连锁巧合的城市,并不可避免地导致了悲剧。他错综复杂的情节最终似乎是在追踪载体,而不是生活"。这样的批评当然植根于审美比较。阿克罗伊德非常尊重以前的文本的另类性,他不是以简单的复制为目的,他不喜欢现实主义作为一种美学表现模式而频繁表达。我们可以把这些人物和《伦敦传》的简短结局理解为阿克罗伊德小说中一个特定动态的初步"工作化"。小说中有一种特殊动态,这种动态将在此后的小说中以不同的方式得到重申。《伦敦传》在结尾处似乎为自己的存在找到了依据,阿克罗伊德发现了其他的观察和游戏方式,他的小说创作也在此基础上得到了发展。

第三节 《霍克斯默》中的历史互文叙事

彼得·阿克罗伊德的第三部小说《霍克斯默》赢得了《卫报》小说奖和惠特布雷德小说奖。这部小说一直以来被评论界看作是他最成功的、最重要的作品。美国当代文坛著名女作家乔伊斯·卡罗尔·欧茨对《霍克斯默》的评价是:"《霍克斯默》是一部聪明睿智的幻想小说,可与阿克罗伊德备受赞誉的传记《艾略特传》相媲美。"

这部小说的故事叙述方式十分新颖,甚至过分新颖。两条故事线索贯穿整部小说,二者之间相差二百多年。从主题上看,读者无法清楚作品的内容,但正是这种主题的模糊性才让它获得了这么多奖项。另外,《霍克斯默》虽然没有像《伦敦传》和《一个唯美主义者的遗言——奥斯卡·王尔德别传》那样结构性地使用传记材料,但是作者却用历史资料的结构性展现了整个情节。

小说的主人公尼克拉斯·霍克斯默在历史上是的确存在的,他生于1661年,死于1736年,曾经是17世纪至18世纪英国建筑师克里斯托弗·雷恩爵士的助手,后来他本人也成为著名的建筑师。在雷恩逝世后,他继任了威斯敏斯特大教堂的总建筑师,在此之前,他设计了牛津大学的许多建筑。1771年,他被任命为"50座新教堂建设委员会"的两名总监督建筑师之一。任职期间,他设计了莱姆豪斯的圣安妮教堂、东圣乔治教堂、斯皮托费尔德的基督教堂和伍尔诺斯的圣玛丽教堂。在阿克罗伊德的小说中,18世纪的霍克斯默以稍加改变的面貌出现。

互文性是后现代主义的概念,其根源在于结构主义。费迪南德·德·索苏尔认为,在语言的外在表现背后存在着一种可以被识别和研究的模式。随着能指和所指的相互作用,这种模式也在不断变化。巴赫金进一步发展了这个想法,并创造了"对话主义"这个词来表示所有话语之间的对话关系。罗兰·巴特认为,所有的文本都是互文的,并且以复杂的方式相互影响。

作为一名文学评论家和小说家,阿克罗伊德在他的评论散文和小说中掺杂了他对互文性的看法:"互文性与其说是一种后结构主义的东西,不如说是英国文学传统的一部分。英语文学当中的英国人对过去的兴趣实际上是对英语文学的内在继承。"

《霍克斯默》最引人注目的特点之一是对17世纪晚期至18世纪早期的英语散文的翻版。阿克罗伊德声称:"霍克斯默的声音是一堆别人的声音拼凑的,也是他自己的声音……是来自大约300本不同的书和我自己的书。他并不是真正作为一个角色而存在的,不只是一个小小的拼凑起来的人物。"

　　《霍克斯默》有两条故事主线,一条时间设在 17 世纪到 18 世纪,另外一条设在 20 世纪。在前一条线索中,历史上实有其人的霍克斯默被作者改姓为"代尔",他的名"尼克拉斯"仍然保留着。这个故事是从代尔的视角讲述的,代尔为了使他那些新古典风格的教堂能够最后顺利地完成,或者为了达到某种终极的完美,像浮士德那样与魔鬼立约,允诺在修建过程中用人做牺牲填入地基作为祭奠。为此目的,他谋杀了许多流浪汉,并且在适当时机将他们的尸体填入地基(并没有证据表明历史上的霍克斯默做过这种事情)。

　　在后一条线索中,"尼克拉斯·霍克斯默"的名字被赋予当代伦敦的一个侦探,这位侦探负责调查发生在代尔设计修建的几座教堂周围和里面的系列杀人案。这就要求作者能用两种不同的文体来交替写作《霍克斯默》,也就是 18 世纪文体和当代英语文体。阿克罗伊德成功地做到了这一点。

　　《霍克斯默》的互文性是对以前文本的互文模仿。阿克罗伊德玩弄了过去和现在,在这样做的时候,他使用现在的文本形式,与过去的文本相互结合。

　　当小说在当代和十八世纪早期的书面风格之间摇摆时,过去与现在的语言中的交织扰乱了语言的特性。在这部小说中,阿克罗伊德探索了传统的历史和叙事界限,最终不仅是边界的消解,而且是边界作为任何东西的想法的消解。《霍克斯默》中,代尔说:"曲线比直线更美。"这是改编自克里斯托弗·雷恩爵士的词"海峡线比弯曲更美丽"。这是阿克罗伊德硬性借用的一个完美例子,这种借用有助于小说的主题:代尔和霍克斯默之间的对立,黑暗和光明的对立,以及神秘主义和理性主义的对立。

　　调查杀人案的故事与 18 世纪设计修建教堂的故事虽然是在不同的章节讲述,但是两个故事内部确实彼此相连的,不仅仅是主要人物名字的重合与主要地点的一致。阿克罗伊德还做了其他的互文性安排,比如,被代尔当作教堂牺牲品的流浪汉的名字和 20 世纪故事里被害流浪汉一样。两条故事线索之间最重要的联系是 20 世纪的霍克斯默与 18 世纪的代尔之间的联系。霍克斯默竭尽全力来调查这宗案子,但是直到故事结束也没有一个水落石出的结果。

　　在《霍克斯默》中,他作为一名侦探出现在一个当代的环境中。每个人都神秘地汇聚到另一个人身上,因为侦探正在寻找凶手代尔,尽管他从未了解到他是在寻找建筑师,他们之间相隔了两个多世纪。在《霍克斯默》中,阿克罗伊德将有关附身和"历史性"的叙事可能性的观点进一步引向了他的前几部小说。叙述在两个时间段内进行,过去和现在的事件紧密相连。我们了解到"代尔和霍克斯默之间的联系是不可否认的,但这些联系的性质总是难以捉摸的"。因此,几个世纪之间的博弈从未进入某种舒适的、可辨识的模式,等待着读者的敏锐度来破译密码。

评论家们普遍认为这是一部黑暗和冷酷的小说,尽管一些评论家认为20世纪的情节不如18世纪以第一人称叙述的情节有说服力,但它还是受到了普遍的欢迎。小说家杰夫·戴尔认为这部小说沉浸在黑暗之中。乔伊斯·卡罗尔·欧茨也认为这部小说"诙谐而恐怖"(尽管她认为霍克斯默是个软弱的角色)。弗朗西斯·金在《旁观者》杂志上评论这部小说现代叙事不足,将侦探描述为"令人沮丧的无生气和寒酸的角色"。沃尔特·肯德里克在《乡村之声》中称《霍克斯默》是阿克罗伊德"最黑暗"的小说,但也是他个人的最爱。

关于霍克斯默是否有说服力的问题当然是一个美学问题,与读者的期望有关。悬疑或侦探小说的体裁和传统制约着读者的期望,但在评论一本属于"神秘"的小说时,却忽略了这种小说的形式质量。

《泰晤士报》的评论员詹姆斯·芬顿虽然很喜欢这部小说,但他把它比作一部"谋杀悬疑小说"。阿克罗伊德写作的整体效果类似于一个相当令人不安的"失去控制的游戏"。这个游戏的比喻显然是很重要,尽管芬顿可能还不太清楚阿克罗伊德的游戏到了什么程度。阿克罗伊德的游戏是一个与谋杀悬疑小说的类型有关的游戏,他对这个他称之为"智力谜题"的游戏有疑虑,我们在其中发现自己被迷住了,也许违背了我们更好的天性,即使"我们清楚地意识到我们被骗了"。这不仅与体裁有关,也与读者的期望有关。甚至在它诱惑读者的同时,也使读者成为自己的同谋。

阿克罗伊德的游戏是与警察、侦探一起"玩"的小说,就像它在流派、风格和历史时期之间的游戏一样。尼古拉斯·霍克斯默是一个完全可以预测的侦探,正如詹姆斯·芬顿所言,他是"一个众所周知的传统中的最新一员"。但是至少在该传统的常规形式和风格方面,这个问题似乎是有疑问的。

霍克斯默是最明显的英国侦探,是一个毫无幽默的模仿,不是对警察而是对虚构的侦探,而这些侦探本身不过是勉强勾勒出的纸板剪影。他自己不过是一个虚拟的特例,他屈服于缺乏形式和内部的解释学逻辑,因为他在其中发现自己不会按照游戏规则行事。在他的深度之外,或者更准确地说,在他应该出现的小说之外,霍克斯默发现自己在阿克罗伊德的文本中完全没有位置。

18世纪是西方世界烈性觉醒的时代,但是也会出现迷信甚至牺牲活人祭奠教堂建筑的事情。在20世纪这个理性时代,情况似乎好不了多少,一个侦探运用理智的力量解决杀人悬案的案子一再受挫,只能说明理性的力量是有限的。理性的有限和不足自然会给超自然以显示自己威力的机会。在更为积极的意义上,理性的不足可能会使似乎早已长大,似乎理智成熟的当代人重新回到"孩子"的时代。这也许是《霍克斯默》想要表达的意思。

第四节　彼得·阿克罗伊德
对 20 世纪实验小说的影响

彼得·阿克罗伊德是一个怀旧主义者,他所有作品的内容和主题都与过去有关。他的传记和小说的内容和主题都是来自历史上的人物和事件,他善于挖掘被埋没在历史中的声音,并对其不可预测的想象力进行研究。为什么阿克罗伊德如此沉溺于过去? 作者一生中大部分时间都在伦敦度过,他被称为是伦敦的发言人。

在阿克罗伊德的小说中,他从来都只是把伦敦作为故事的背景,而且是一个主要的有机体,一个角色。在他看来,伦敦不仅仅是全球化经济的一部分,而且是罪魁祸首。阿克罗伊德的每部小说都在探索传统,以及传统的视角是如何塑造伦敦的感性。文学传统不断侵入伦敦和伦敦人的现实生活中,从而塑造了伦敦的感性。

阿克罗伊德的创作过程及作品说明他是一位能立足当下、珍视过去和憧憬未来的严肃作家。不论是在其传记还是小说作品中,都显示出深厚的文学功底及强烈的创造性想象力,不能把他的传记当成是著名的文学家传记的副产品。他着迷于以往艺术家的艺术成就和人格魅力,这使得他创作了一部又一部的小说,塑造了一个接一个的人物形象,于是作家狄更斯、查特顿、建筑家霍克斯默等纷纷出现在读者眼前。他的许多作品都渗透和弥漫着一种对伦敦非常熟悉而亲切的感情,让读者能够更加深刻地感受到其作品与英国文化千丝万缕的关系。

纳博科夫要求小说家把这个世界看作是"小说的素材",阿克罗伊德实现了这个要求,他是当之无愧的一位当代狄更斯式的作家。他们同样感受到人生中的奇特诗意,对人类的各种行为有浓厚的兴趣,同样可以敏锐地意识到喜剧来自人生的特殊的视角,并且阿克罗伊德向狄更斯学会了如何使一部小说既真实可靠又有活力。

阿克罗伊德的历史虚构从来没有假装它们是别的东西,而是虚构的、主观的版本,是对文化历史的重塑和重新安排,只有通过各种文本的上演才能让人理解。在重现过去的过程中,作者也会以其他方式进行表演,同时也必须依靠那些对过去现实的解释,而这些解释本身就是一种表演。阿克罗伊德的"历史"写作,使所有传统的时间概念处于从属地位,这是通过向其自身不可减少的困扰、不可思议的文本性开放达成的。如果我们选择将小说中的历史部分解读得比 20 世纪叙事的单纯图式化更有现实感,我们就会错过游戏对两个时期的影响程度。

对连续性的重视和尊重,使阿克罗伊德对前辈作家所开创的民族文化传统怀有深厚的兴趣和情感。虽然罗兰·巴特曾经宣称"作者已死",但是阿克罗伊德却坚信那些经典作家不仅没死,而且永远活到现在,比如乔叟、莎士比亚、狄更斯等。

在阿克罗伊德看来,真正经典的作品不会轻易被历史淘汰,经典作品永远具有影响力并且使当今重要的新创作成为可能,它们不仅是时代现象的反映,也是现代社会的最好借鉴,仍然可以影响和改变当下人们的观念,因为经典往往能引起不同时代人的共鸣。阿克罗伊德尊重过去与传统,但是不拘泥于过去,更强调在继承传统的同时充分发挥个人才能,并且他也把改变经典作为创作手段之一,以后现代视角对经典进行创造性的历史书写。

他的改变既有对原著的再现,又有与原著的疏离,还有对原著的颠覆,充分体现出作者超凡的个人才能。并且在改编过程中,他十分注重作品的本土化和历史感,为原著注入对时代问题的思考,从而创造出与当代人们的生活更贴近、更加令人信服的历史故事。

作为一位志向远大的作家,阿克罗伊德作品中的空间和实践跨度超越了其他同时代的任何一部作品,展现了作者开阔、深邃的历史感和"史诗性"的创作追求。他将各个时期的英国文学大师重新塑造,构成了一部新的英国文学思想史,滋养和启迪着一代代的人。他是具有大国意识的作家,对民族传统文化自觉追求,坚守自己的创作之路,在作品中灌注民族灵魂。

参 考 文 献

［1］萨莫瓦约.互文性研究［M］.邵炜,译.天津:天津人民出版社,2003.

［2］阿克罗伊德.霍克斯默［M］.余珺珉,译.南京:译林出版社,2002.

［3］郭瑞萍.彼得·阿克罗伊德:历史书写与英国性［M］.南京:南京大学出版社,2017.

［4］张浩.彼得·阿克罗伊德小说的互文迷宫叙事:以《伦敦烈火》和《英国音乐》为例［J］.西安外国语大学学报,2021(1):124－128.

［5］张浩.玄秘世界的空间形象:论《霍克斯默》的阴影书写［J］.当代外国文学,2020(7):37－43.

［6］张浩.彼得·阿克罗伊德的历史小说创作［J］.外国文学动态,2010(10):13－15.136－144.

［7］曹莉.历史尚未终结:论当代英国历史小说的走向［J］.外国文学评论,2005(3):136－144.

［8］肖锦龙.论《霍克斯默》中的后现代空间建构观念［J］.外国文学研究,2017(5):64－72.

［9］龙翔.《伦敦传》所折射的英国文学史的变迁［J］.海外英语,2020(4):199－204.

［10］金佳."孤岛"不孤:《英国音乐》中的共同体情怀［J］.外国文学,2018(7):13－21.

［11］袁小明.历史、民族与真实:评《彼得·阿克罗伊德:历史书写与英国性》［J］.南京工程学院学报(社会科学版),2020(2):25－27.

［12］许文茹.彼得·阿克罗伊德伦敦小说中传统的幽灵［D］.济南:山东大学,2020.

［13］ACKROYD P. The great fire of London［M］. London:Hamish Hamilton,1982.

［14］ACKROYD P. The house of doctor Dee［M］. London:Hamish Hamilton,1993.

［15］ALLEN G. Intertextuality［M］. London:Routledge,2000.

［16］GIBSON J,WOLFREYS. Peter Ackroyd:The ludicand labyrinthine text［M］. New York:Houndmills,2000.

第十章　珍妮特·温特森
小说中的嵌入式叙事

第一节　珍妮特·温特森与实验小说

珍妮特·温特森(1959—)是英国当代极具实力和影响力的作家之一,她的作品先后获得包括惠特布雷德奖在内的多个文学大奖,也因其个人杰出的文学成就被授予大英帝国勋章。

温特森的作品是集合了象征主义、寓言讽喻、怪诞因素和诗意语言的小说,小说的叙事独具个人魅力,她擅长用别开生面的笔调和深邃的意境来编织故事世界。温特森出生于英国曼彻斯特,被一对来自阿克林顿小镇的坚信宗教的夫妇收养并抚养长大。

在养父母的巨大影响下,温特森除了在阿克林顿女子文法学校学习外,还经常参加教会的活动,传福音、写布道词。她在八岁时写了她的第一篇讲道,并按照父母的计划讲道,想成为一名传教士。但是这个计划失败了,16岁时温森特爱上了一个女孩,这是不能被社会和她的父母所接受的,她被赶出了教会和家庭。为了继续在阿克林顿继续教育学院学习和养活自己,她曾在冰激凌车及殡仪馆工作,后来甚至在精神病院工作。在完成所有的课程后,她进入了牛津大学圣凯瑟琳学院,并于1981年获得了英语专业的学士学位。毕业后,她搬到伦敦,受雇于圆屋剧院。1983年,她在华晨书局担任编辑,然后在潘多拉出版社工作,并于1985年出版了她的第一部小说《橘子不是唯一的水果》。她的许多生活经历最终成为其小说生涯的火种。迄今为止,她已经出版了相当多的作品,它们是《橘子不是唯一的水果》(1985年)、《初学者的划船》(1985年)、《激情》(1987年)、《给樱桃以性别》(1989

年)、《写在身体上》(1992 年)、《艺术与谎言》(1994 年)、《艺术》(1995 年)、《肠道对称》(1997 年)、《世界和其他地方》(1998 年)、《权力书》(2000 年)、《守望灯塔》(2004 年),《重量》(2005 年),《唐人街》(2006 年),《石神》(2007 年)、《仲夏夜》(2009 年)、《狮子、独角兽和我》(2009 年)、《太阳之战》(2009 年)。

温特森虽然是英国当代最有才华的作家之一,但也是最有争议的作家。她的早期小说获得了巨大的成功,《橘子不是唯一的水果》赢得了著名的文学奖——1985 年的惠特布雷德最佳处女作奖。这部小说还在 1990 年被拍成了电视剧,赢得了最佳戏剧奖(最佳电视剧和最佳女演员奖)。同年晚些时候,温特森出版了《初学者的划船》一书,这部漫画小说涉及对《圣经》的互文性改写,重点是诺亚和洪水。1987 年,温特森出版了《激情》,这本书也受到了极大的欢迎,并获得了约翰·卢埃林·里斯文学奖,她成为一名全职作家。

随着她的第四部小说《给樱桃以性别》的出版,温特森获得了美国艺术学院和研究所颁发的 E. M. Forster 奖。虽然温特森的早期小说给她带来了很高的声誉,但她的名气却在不断下滑,特别是随着各种电视节目和杂志上关于她是女同性恋事情的报道,温特森遇到了她个人和职业生涯中的"黑暗十年"。在这一时期,由于大多数评论家恶意地关注她的女同性恋隐私,而不是她的作品,她患上了抑郁症。1992 年,小说《写在身体上》出版,评论界对其作品持完全不同的意见。英国评论家朱莉·布鲁奇尔认为,这是一部糟糕的 20 世纪 90 年代小说。但它却成为美国的畅销书。

《艺术与谎言》的出版标志着她"黑暗十年"中的最低点,而《肠道对称》的出版却标志着她这一黑暗时期的结束。1999 年,她被授予国际小说奖实验文学奖(意大利)。2000 年,她出版了《权力书》,这本书帮助她重塑了自己的形象。对她来说,这本书帮助她重建了写作信心。《守望灯塔》是温特森的第八部小说,被提名为 2005 年英联邦作家奖。而在中国,该书被列入 2004 年最佳外国小说。

珍妮特·温特森因她的作品和她在磨坊镇的工人阶级的童年而吸引了更多媒体的关注,她是英国最热门的年轻作家之一、伦敦最知名的文学女同性恋者。作为 21 世纪最有争议和最有才华的作家之一,珍妮特·温特森和她的作品在西方国家也引起了很多评论。

珍妮特·温特森的书被《格兰塔》杂志提名为"1993 年英国年轻小说家最佳作品"之一。在学术界,温特森在 20 世纪 90 年代初至中期开始被劳拉·杜安、加布里埃尔·格里芬和凯丝·斯托尔斯等女同性恋女权主义评论家认可,认为她是一位引发新一轮辩论的作家,触发了围绕性别、性和身份的新一轮辩论。在"黑暗十年"结束时她被普遍认为是一位杰出的作家,创作出了复杂的、挑衅性的、不守规矩的后现代主义和女权主义的小说。

温特森的小说被广泛阅读和讨论，不仅在她的祖国英国，而且在每一个国家、每一个角落。已经有一些研究珍妮特·温特森及其作品的学术文章和专著从以下角度进行研究：女权主义、女同性恋、抒情主义、语言、后现代主义叙事学和主题等。对温特森小说的讨论主要有两个方面：关于她作为女同性恋作家和后现代主义作家的讨论。

有些人认为温特森的小说是女同性恋的文本，因为它们有效地、政治性地揭露了女同性恋在一个以男性为中心的社会中所遭受的压迫和迫害。林恩·皮尔斯解释说，温特森的小说的受欢迎程度与这些小说如何被解读为普及女同性恋的爱情有关。这是一种矛盾心理，集中体现在把浪漫的爱情看作是一种非性别的、非历史的爱情之间的紧张关系，把文本看作是超越了性取向的特殊性。而还有一些评论家将温特森作为一个后现代作家来阅读，因为她解构了二元对立——事实和虚构；历史和故事……插入一个不同的价值层次，将故事和想象力置于历史之上。

温特森的作品自第一部小说《橘子不是唯一的水果》于1985年出版以来，在国外受到了持久的文学批评。而直到她的小说《守望灯塔》获得中国的最佳外国小说奖，她的作品才开始引起中国读者的热议。

到目前为止，对温特森的研究主要分为三类，即性别和性的研究、写作技巧的研究和爱情的主题研究。在西方，针对温特森的几本长篇小说的研究已经出版。克里斯蒂娜·雷尼尔的书于2004年在法国出版，其中包括对温特森的主要作品的评论，她高度赞扬了温特森通过对圣经文本、历史著作和古典浪漫主义等大师级叙事采取戏仿的态度来颠覆权威，并且几乎没有任何负面的批评，这本书对温特森的崇拜者来说是一本很有吸引力的读物。雷尼尔对那些想从叙事学角度研究温特森作品的研究者来说是很有借鉴意义的。

梅里亚·马基宁的专著《小说读者基本批评指南》与雷尼尔的书相比，在谈到温特森作品中的后现代特征时，没有试图回避其他批评家的争议或异议，从而避免了片面性。2006年，苏珊娜·奥内加在"当代英国小说家"丛书中，对温特森的作品进行了长篇叙事学分析。这本名为《珍妮特·温特森》的书对温特森的研究者来说是一本有用的读物，因为它对叙事元素进行了仔细的审视，如叙事声音和情节。奥内加在她的导言中提到温特森的实验性的写作风格受到现代派的影响，认为语言是"一种自给自足和自主的符号系统，没有意义和参照物"。

值得注意的是，奥内加也致力于探索温特森对主体性的表述，运用了荣格和拉康的心理学理论，以及朱莉娅·克里斯蒂娃的女权主义理论，来探讨温特森对主体性的表述。索尼娅·安德玛是一位更投入的温特森学者，在编撰了《珍妮特·温特森文集》后,她很快就在第二年又写了一本全面介绍温特森的生活、文学作品和评论界的接受情况的专著。朱利安·依兰在其作品中讨论了温特森小说中爱情的永久性主题,其中有一章专门讨论了《给樱桃以性别》中与追求爱情有关的写作技巧。

这些书中的每一本都强调并激发了更多对温特森的叙事技巧进行的评价。根据 2015 年 8 月在 CNKI 和 Pro - Quest 数据库中的检索,国外有关温特森的文章早在 1993 年就出现了,从 1995 年到 2012 年,国外研究人员共发表了 33 篇博士论文和 7 篇硕士论文。2013 年,玛丽·伊格尔顿在《妇女》杂志上对《为什么要幸福》写了一篇简短的书评。在这篇评论中,伊格尔顿关注的是回忆录中爱和母女关系的主题,并略微抱怨了一下关于温特森对非线性叙事的偏爱,这引起了模糊性和混乱。尽管这本回忆录关注的人不多,但温特森其他作品中的性别、性行为,尤其是同性恋问题却被广泛讨论。

在温特森出版的 20 余本书中,小说《橘子不是唯一的水果》和《写在身体上》是最常被研究的文本之一。在 2003 年,Carol Denise Bork 的论文对这两部作品进行了讨论,这两部作品与其他几部 20 世纪末的小说不同,其特点是作家对既定体裁,如儿童小说、爱情情节和《圣经》进行了修正性改写。圣地亚哥的硕士论文《爱丽丝文本中的基督教和女同性恋的主体性》中有一章专门阐述了《橘子不是唯一的水果》对《圣经》文本的改写,以揭示基督教意识形态是一种父权制的意识形态,支持主人公的主张,以及她的女同性恋主体性。这篇论文很有启发性,因为它注意到了小说中主人公的主体性困境与作家的写作技巧有关。

安娜·佩奇·罗杰斯的论文《破碎的身份:温特森、罗伊和伍尔夫中的机构与欲望》对主人公的身份焦虑进行了更全面的分析。在这篇论文中,安娜认为温特森使用了后现代的叙事技巧,例如不可靠的叙述者的特征、破坏叙事结构和跨越流派、跨越体裁等,对固化身份概念的质疑。

2006 年,安妮·德隆的文章《猫的摇篮》对珍妮特·温特森作品中的多重话语线索进行探讨,研究温特森作品中的叙事技巧和女性主体性的形成之间的关系。在这篇文章中,德隆认为温特森的体裁和风格的混合,也就是自传体小说、圣经神话的互文性和童话,颠覆了父权制话语,并将女性的主体性渲染为多重和不稳定的,这项研究是有启发性的。

在中国,从 2006 年到 2015 年,在知网上可以查到 18 篇关于研究温特森作品的期刊文章和 17 篇硕士论文。对她作品的研究主要集中在她的写作技巧上,特别是后现代技巧,如互文性。罗文林的文章认为,《圣经》作为《橘子不是唯一的水果》的互文,是以女性而非男性作为文本的主体来写作的,其中女性的主体性是通过作为创造者来构建的。

女性主义叙事学的观点首次在刘伟 2009 年的硕士论文中被采用,后来在林少菁的硕士论文中被采用。刘伟的论文从女性主义叙事学的角度对珍妮特·温特森的作品进行分析,阐述了《守望灯塔》和《给樱桃以性别》中女性对男性话语权威的颠覆,分析了叙事的声音。这一分析是有启发性的,为后来的研究提供了宝贵的依据。林少菁的论文《叙事中的女性权威建构》中对《橘子不是唯一的水果》进行了叙事学解读,展示了女性话语权是如何构建的,它不仅探讨了叙事的声音,而且还探讨了叙事的焦点。高群的论文《珍妮特·温特森的小说的后现代叙事研究》继续讨论女性主体性的形成,但从后现代特征的角度,将这两部小说置于后现代的背景下,说明温特森如何运用后现代的写作策略。

《给樱桃以性别》是《橘子不是唯一的水果》的姐妹篇,小说中的女主人公是住在泰晤士河畔的一个女巨人,她面目丑陋、体型庞大且以养殖大型猎犬谋生,于是,人们给她取名为“狗妇”。众所周知,名字是一个人身份的象征,在此之前她还有一个名字,但那个名字早已被人忘记,因此她的“身份”早已丢失了,这与她的第一次反叛事件有着很大的关系。“狗妇”并不是从小就有巨大的体格,而是后来才长成这个样子的。因此,她的父亲便想将她作为展会商品卖给商贩,她明白父亲的意图,找了一个机会逃了出来,并朝着她父亲的喉咙冲去。她拯救了自己,也冲破了那个父权掌控下的世界。

“我已忘记了我的童年,不仅是因为我的父亲,也因为那是一段并不需要的荒凉时光,充满了渴望和失去的希望。”那段岁月随着那个名字的忘记而流失了,她才真正开启了自己的生活。“狗妇”不仅挑战了父权制,随后,她将社会强加在自己身上的身份诟病也一并除去了,作为女人的这个自然身份,在她这里并没有任何约束力。

波伏瓦在《第二性》中得出了这样一个结论:“整部妇女史是由男人写就的。”女性形象一直也是以贤良淑德、娇小甜美为最佳范式,而温特森并不以为然,她通过创造出“狗妇”这样一个“女性上帝”的形象来对抗僵化了的女性意识,使其成为书写女性历史的初始者。

“狗妇”不论从性格上还是外形上,都有着胜过男性的高大勇猛、率真直爽。在一次马戏团有奖竞猜游戏中,她一个人将一头大象从座位上弹向了天空,瞬间让那个嘲笑她、刺激他们与野兽比试的人闭了嘴。同时,她十分愤怒别人对自己的怀疑,毫不犹豫地把自己宽大的裙子提过了头顶,因为天气太过炎热,而她体型庞大,她裙子里面什么衣服都没有。若用世俗的眼光来打量的话,“狗妇”的一些行为简直就不是一个女人。但这些看似夸张的表演,正是作者对现实社会压抑女性天性的讽刺:女性必须着装得体,举止优雅、体态均匀才能称之为女人,否则便会被谴责和诘难。

两性本是平等的,但随着社会地位的日益悬殊,女性对于男性而言,降为一种附属品,温特森希望两性关系能够趋向正常态发展。"狗妇"虽然缺少传统女人表现出来的那种女性气质,但她高大的外表之内其实还裹着一颗温柔善良的女人心。她曾在泰晤士河中打捞上一个弃婴并为他取名为约旦。约旦让"狗妇"的生活有了新的方向和希望。她如天下所有的母亲一般,照顾他,盼着他长大,希望能他活得像水一样自由自在而不被约束,追逐自己的梦想。但同时,她又矛盾地渴望约旦能留在自己身边,多陪陪自己。所谓儿行千里母担忧,"狗妇"也是如此。虽然不像传统女性那样,但她毫无疑问依然是一位合格的母亲,母性才是一位女性最本质的东西,也是女性最伟大的一面。

小说的后半部分作者则是将故事放在历史大背景之中,17 世纪下半叶多灾多难的英国,八年内战、国王查理一世被处死、保皇党复辟、光荣革命、"伦敦大鼠疫"和"伦敦大火"等,这样一个混乱的世道,这些大事件在普通人的生活中会产生什么样的影响呢? 作者并没有着重去挖掘历史的真相,而是站在"狗妇"这个巨人的肩膀上,追寻着历史的夹缝中可能遗留下来的爱的痕迹。

之前,"狗妇"一直都是在自己所编织的小爱之窝里生活,过着只有自我的生活。但随着约旦长大并离她而去,"狗妇"也开始与那些她所认定的黑暗势力做斗争,她参加复仇社团、帮妓女搬运处理尸体、清除"社会垃圾"——那些道貌岸然的清教徒们,这些行动虽然并没有得到社会的认可和褒奖,但"狗妇"却成了自己的英雄。"有工作要做的时候,我可以像天使一样隐身。"她很满足自己的这些作为,能将自己的能量发挥到更多有用的地方,而不是同之前一样被别人当作怪物一般被嫌弃。"狗妇"发现女性在社会中亦能发挥自己的作用,这样的成就感犹如英雄救世主一般,让人满足。

作者在"狗妇"的叙事中包含了她自己的历史观。"狗妇"的行径代表着当时被主流历史所忽略的边缘群体对历史进程所做的努力。历史没有对错之分,它是综合了众多社会小流汇聚而成的奔腾河流,异样的声音理应存在且有所显现。求同存异不仅是社会向前发展的必要条件,更是"爱"主题的深刻内涵,爱是博大的,更是包容的。小说中关于那座以爱为瘟疫的城市的故事更加证明了一味地剔除爱中的杂质,只会让爱走向极端,走向毁灭。

《写在身体上》是温特森的一部实验性很强的作品,故事讲述的是性别身份并不是十分明确的主人公"我"的爱情史。尽管"我"的情人很多,但真正为"我"着迷的是一位名叫露易丝的已婚女人,而后来她却患上了白血病,为了让她能得到更好的治疗,"我"决定向她丈夫妥协并远离她,从此不再联系。

在作者的叙事结构上,可分为三个部分,第一部分是主人公与露易丝的相遇、相知和相爱;第二部分则是对露易丝身体的精细描写;第三部分讲述了主人公与露易丝分离后的生活困境。而在梳理故事情节时,读者会发现,第二部分在行文结构上其实与前后两部分并没有很大的联系,这样的拼接叙述,不仅点明了小说叙事的特性,也体现了温特森所惯用的后现代叙事技巧。

尽管小说的故事情节十分简单,但作者运用了一种极其巧妙的创作思路,在叙述故事的过程中,笔触深入到人体的各个部位,用精妙生动的语言,将激情所带来的所有生理反应以及精神状态细腻地描述出来,给读者以一种独特的阅读体验。

作者努力对女性身体进行颠覆性的描写,除了表现各器官与情思之间的紧密联系之外,她对身体的解码,无形之中将自己的性别观也袒露了出来。女性作为客体的身份被解构,同时又重新建构了女性的主体地位,由性别观念所引申的婚恋观无疑是对爱的束缚,不被认可的同性恋或双性恋始终在爱的边缘徘徊不前,只有当人们能够正视身体,正视爱、感受爱时,才能将各种对爱设置的藩篱打破,让身体不再被捆绑,能够自由地伸展。

在小说的第一部分中,"我"的性别始终是一个谜。通常我们对性别的鉴定是通过身体来完成的,个体最初显现出来的生理性别是最可靠的依据,而一旦这一生理特征被遮掩了,我们就只能通过社会给予人的文化性别来判定其身份的设置,在以男权为中心的性别文化里,异性恋机制是社会性别区分的重要标志,所以男性/女性的二元对立关系在一定程度上可以通过二者称呼的差异来推断其性别。

因为"我"一直在讲述"我"的历任女友的故事,所以读者在一开始将其判定为男性也是不足为过的。"我"一开始对于爱是存有困惑的,爱情与身体欲望的界限是缠绕在一起的,所以身体感官所带来的满足感,让"我"沉溺其中,然而这样的爱情游戏的保质期并不长,"我"与每一任女友恋爱的时间期限都不会超过六个月,这样的情感探索在"我"遇到露易丝之后才明白,原来那些都不能算爱情。

至此,作者才无意间透露了一句关于"我"的性别信息,"外面在下雪,而我只穿着条米老鼠的连衣裙"。这样一句看似无心的话,其实潜藏着作者的写作动机。前期无性别的浪荡情感生活,隐射了当代社会男性的情感游戏,在异性恋霸权的社会形态中,男性在历史中所积攒的性别优势,为他们释放欲望寻找一个堂而皇之的借口,女性由于社会地位和权力话语的丧失,自然而然变成了男性的附属品,情感在男人和女人之间失去了平衡性,自然无法产生真正的爱情。

同样,维系异性恋的婚姻体制也遭到作者无情的讽刺,她借主人公之眼窥探传统婚姻生活的具象,但并没有展现电影里看到的那样丰富多彩的动态画面,现实生活中,晚上七点之后,屋子里便是死一般的沉寂,人与家具融为一体,很少有移动了,男人和女人像失去灵魂的木偶一样,没有制造出一点生活的气息。"令人困惑的婚姻,向公共展示,并且免收门票,暗地里却早就被秘密的私通和不贞的勾当占据。"作者意在表明用婚姻来衡量爱情是可笑的,婚姻早已被身体的欲望所吞噬,而流露出来的外在表象只不过是掩盖丑陋真相的面具而已。"婚姻是用来抵制欲望的最脆弱的武器。就如同你也可以拿一把玩具枪来对付蟒蛇。"

小说中讲述了"我"的一个银行家朋友的故事,银行家因长期得不到舞蹈演员女友的承诺,而选择和一个开骑术学校的女孩结婚,但就在他对婚姻展开无限美好遐想时,舞蹈演员女友出现了,此时,他所有的婚姻限制都成了枉谈,继而再次投入到欲望的怀抱。故事是对生活的模仿,展现生活的常态。人们的欲望潜藏在身体里,身体本是欲望表达的主体,当欲望占据上风时,婚姻的行为约束力就会变得软弱无力,身体自然受欲望的肆意摆布,任它将压抑已久的情绪释放出来。

温特森在小说的前期表现出来的这种颓丧的婚恋观念,并非对爱失去了信心,而是通过前后两种状态的对比,更加凸显真爱对思想意识的转变,对身体认知的突破带来的巨大影响。《写在身体上》是一部关于身体故事的叙事,主人公"我"的爱情体验是身体感知世界的漫行,露易丝的身体就是"我"的世界地图,从她的身上,"我"发现了许多以前从未注意过的身体故事,每一寸肌肤,每一处骨骼都暗含着身体的秘密。"写在身体上的密码只有在特定光线下才能被看到,一生的累积都在那儿。……永远不透露太多,永远不说出完整的故事。我不知道露易丝原来有双可以阅读的手,她已经把我翻译成她自己的书。"身体变成了一个自我成长的巨大隐喻,无论是对身体诗意的临摹,还是科学权威化的解析,都只是对身体一角的展露。温特森以她敏锐的洞察力,解码身体的语言,用心着笔,书画出身体的图腾,敬以膜拜。

第二节 《橘子不是唯一的水果》 中的童话嵌入叙事

《橘子不是唯一的水果》是温特森在 1985 年创作的长篇小说,并且获得了惠特布雷德最佳处女作奖。《橘子不是唯一的水果》描写了主人公珍妮特在她的成长过程中因为喜欢同性,而遭受到了教会、父母以及男权社会的压制,为了追求自我和真爱,她最终和教会、家庭决裂。小说痛批了男权社会对女性意识的剥夺、女性话语的消失和对女性历史的抹杀。

故事发生在英国一个偏远的小镇,女孩珍妮特生活在一个信奉福音派新教的家庭里,她的母亲是一位非常虔诚略带偏执的教徒,喜欢把事物分成敌友两派:恶魔、邻居、性是她的敌人;上帝、狗、勃朗特的小说是她的好友。在母亲的影响下,教会活动成为珍妮特生活的一切。但是随着她逐渐成长,她发现自己和小镇的氛围、和母亲的喜好并不一致。于是,当她喜欢上了另外一个女孩,并且这种超乎常规的爱情被发现后,二者的矛盾终于爆发了。这段爱情在教会和母亲的强力阻止下无疾而终,但是却让珍妮特意识到了内心的渴望,于是,她离开了小镇,离开了母亲,并且伴随这种决绝一点点的进入成年。

这部小说实际上是珍妮特·温特森以自己的亲身经历为蓝本进行创作的,她从不遮掩自己是一名同性恋者的身份,她希望女性尤其是和她一样身份的女性能够敢于表达自我,尊重自我,给自己争取自由的空间。

这部半自传体的小说运用第一人称的手法描写了珍妮特成长过程中因为喜欢同性的倾向而遭受了来自男权社会的压制,从性别政治的角度来看,小说主要表现的是主人公如何在宗教教义森严、男权文化霸权的环境中,大胆地公开自己的同性恋身份,最终追寻真正自我的艰难之旅。温特森更是通过创新的叙事手法探讨爱情、身体和政治,作品灵活的运用多种叙事技巧挑战以男性为中心的传统价值观、颠覆男性霸权。

小说题材与作者本人的经历,使其在创作手法上进行了大胆的实验,融入了神话传奇、童话寓言等虚构的成分,打破了传记与小说之间的文类界限。同时,将作品中的写实性叙事和自我反思性叙事的双重叙事声音交叉和并置,揭示了小说的虚构本质和叙事性质。除此之外,小说对传统、历史和现实价值进行了戏仿和互文,凸显了作品颠覆了传统叙事策略,体现了温特森的实验叙事技巧和对主流文化意识形态的批判。

著名的叙事学家热奈特在叙事话语中区分了叙事外、叙事内和元叙事。在他看来,其中有三种关系:因果关系、主题关系和不确定关系。他的理论被普林斯、巴尔和其他叙事学家广泛接受。在他们看来,无论主故事中有多少元叙事层次,实际上所有的作品都不超过框架叙事层次,和嵌入叙事层作为一个整体。普林斯将嵌入式叙事定义为"叙事中的叙事"或"元叙事",而框架叙事是"为嵌入式叙事提供背景的叙事"。

在许多反现实主义的文本中,框架的叙述总是被打破的,嵌入叙事世界的实质边界也是如此,所有的嵌入叙事都能产生一种戏剧性的效果,所有的框架叙事都具有主观功能,每一个不连贯的或表面上无意义的关系都可以被解释为对主题有意义。这就解释了实验小说中叙事层次的错位所实现的共同开放性。

苏珊·兰瑟分析了叙事层次和小说结构的概念,并提出小说是一个复杂的系统,它可以将许多故事、不同的声音和叙事层次纳入一个松散的框架中,而这些嵌入的文本通常会带来错综复杂的效果。因此,实验小说家仍然积极地在他们的小说中应用嵌入式叙事结构,并将其视为一种有效的方式,使其叙事更加复杂。

在《橘子不是唯一的水果》中,框架叙事是女主人公珍妮特的一生,她和作家珍妮特·温特森一样,在兰开夏郡的一个小镇上与她的工人阶级养父母杰克和路易一起生活,温特森的家庭也是如此。小说中珍妮特的养母是福音派教会的激进成员,她为培养女儿的宗教信仰做出了巨大努力。框架叙事,叙述了珍妮特从一个虔诚和顺从的孩子,到一个叛逆的青少年,最终成为一个有自我意识的人的成熟过程。她的女同性恋意识的逐渐暴露与她母亲的宗教和道德理想相冲突。寓言故事、亚瑟罗曼史和童话故事被嵌入第二层,形成一个嵌入式的叙述的迷宫。

在对女同性恋的文学建构中,温特森的故事参与到了一个自我创造和自我解释的文学项目中,她探索了传统体裁的束缚,并在不同的体裁之间穿行。温特森的故事参与了一个自我创造和自我解释的文学项目,并探索了传统流派的界限,跨越了自传、儿童小说、幻想、浪漫小说和小说中的边界。

通过嵌入神话般的叙事,温特森设法建立了平行和替代的情节,这些情节是对现实的复制和补充,同时也是对现实的成长故事的质疑。多重和嵌入的叙事与框架叙事融为一体,表达了小说的中心主题:"我是谁?"挣扎着从支配她的母亲那里解脱出来,寻找真正的自我,并抵抗母亲和教堂象征的父权声音的压迫。这些梦幻般的故事通过对现实事件的线性发展进行评论、解释、浓缩和寓言化,颠覆了对她的小说进行单一、权威解读的可能性。

在"利未记"一章中蕴含着一个关于完美的寓言故事。很久以前,有一位王子,他召集了全国各地的顾问,要寻找一个完美的女人做他的妻子。三年后,王子终于在森林里找到了这个美丽的女人,然而,她却拒绝了王子的求婚,这表明她拒绝承认妇女在异性经济中的交换价值,这是一个非常规的、颠覆性的做法。而这个"完美"的女人不同意王子对完美的判断,她试图证明完美并不在于完美无瑕,而在于一种对称与和谐。

可悲的是,当这个童话故事的女主人公告诉王子,他所寻找的东西并不存在时,冒犯了王子的权威和地位,王子大发雷霆,把这个女人的头砍了下来。他的所有顾问和大部分宫廷成员都被瞬间淹没在由这个女人的口水形成的湖里。这个"完美"但可怜的女人最终成为父权制的牺牲品。

这个寓言同时也讽刺了珍妮特的母亲每当女儿陷入困境时就用橘子安慰她的

习惯,这位令人失望的王子在那一刻用买橘子来安慰自己,从一个"只做橘子"的小贩那里买了一打儿橘子,并且王子给了小贩一本书,这本书是王子自己写的,告诉人们如何塑造一个完美的人。

因此,它讽刺地表明,王子所走的路并没有把他引向精神上的更新和完整,而是把他引向了粗暴的缝合,将畸形人的分裂面缝在一起。通过这个寓言故事,温特森阐述了在以男性为主导的社会中对完美女性的想象,并戏剧性地揭示了其目的是要剥夺女性的自我意识。

除了斩首之外,这个特别的寓言故事中更可怕的部分是王子写的书《完美的神圣奥秘》,由三部分组成,在一个父权制、同性恋恐惧症的宗教结构中主人公必须揭露和反对这一结构,以实现其目标。为了建立她自己的性别主体性,主人公必须揭露和反对这种结构。在一个奇怪的扭曲的黑格尔式的辩证法指引下,王子从他对宗教完美的论述开始,分析了它的对立面。

在世界范围内的不完美,并以一个可怕的综述结束。不完美必须被消除,即使没有具体的性行为,这个充满暗示的结论也表明了女性和同性恋的不利社会地位。在后来的一个互文性文本中,温特森颠覆了《圣经》中的"圣人"形象,颠覆了圣杯的浪漫,认为它是对完美的追求,但在王子的宣言中,它代表了理想化的信仰回报,以及宗教叛离和预言的形象。

迦密山的隐喻表明耶和华和巴力之间的斗争,最后是巴力和亚舍拉的"假"先知对以色列人产生了"败坏"的影响,最后被耶和华的先知打败。这一情节与珍妮特的"成长小说"打成了结,通过她个人的预言以及她与母亲和教会的斗争,让其与文学结为一体。但是,就像伊里格拉伊贬低拉康对圣特蕾莎雕像的挪用,将其作为一种女性性欲的形象一样,它在这里被用来挑战王子的过度简化和独裁的完美观点。因为他要求女性对快乐、欲望和主观性做出如此大的牺牲,在父权制的观点中,这成为荣耀的象征。

之后,王子论证了"完美的不可能"。我们大多数人都是有缺陷的凡人,但这里的缺陷特指同性恋者,正如对奥斯卡·王尔德的戏剧的艺术性引用一样,它对诚实有"重要"的影响,特别是在性行为方面。在一个明显的"逻辑"的语言中,王子的宣言顺利地将"诚实"的含义表达出来,完美的概念与种族理论相结合,这是一个极权主义体系,对同性恋者格外不友好。

在王子的观点中,所有人都是或应该是"不同的",被锁定在对完美的单一追求中,而不是对个人的多重追求中。王子的"一心一意劝告"成为珍妮特母亲的压迫性话语的代表。王子寻找无暇女人的童话故事审视了男性对女性的看法,暴露了他们对女性的压迫。由于珍妮特拒绝被塑造成完美的人,也无法达到她母亲和福音派社区对她的严格期望。她不得不寻求自己的方式来解决她内心的渴望和外部的期望之间的矛盾。

在"露丝"一章的开头,温尼特·斯通贾尔的一个神话般的童话故事和巫师被嵌入。主人公温妮特在森林中迷失了方向,被一个巫师控制住了,通过一个游戏,巫师猜到了她的名字,从此温妮特成了巫师的学徒和他的养女,因为"命名意味着权利"。温妮特的名字混合了个人的主体性和父名的要求,显然是珍妮特·温特森的名字和姓氏的混合体。作为一个单一的结构,石墙被设置成了内部和外部的二元对立面,在文本的其他地方重复出现,作为分隔探索者的边界。

文本中,石墙作为边界将探索者与她/他的起源和她/他的欲望对象分开。巫师把温妮特带到了一座城堡,并教她魔法。他们度过了一段和平的时期。他们和三只乌鸦一起生活,这三只乌鸦充当了温妮特教母仙女的角色。温妮特通过自己的努力掌握了完美的魔法,她用这种魔法帮助生活在山脚下的村民。渐渐地,她甚至"忘记了自己是如何来到这里的,也忘记了自己以前做过什么。她相信自己一直在城堡里,她是巫师的女儿"。这表明温妮特已经无意识地接受了父权制话语,并成为其宣传的附属工具。在这个过程中,温妮特逐渐失去了自己的声音,这象征着她处于父权制权威的绝对被动地位。

后来,温妮特爱上了一个不该爱的人,引起了巫师的极度愤怒,并将她驱逐出他们居住的天堂般的封闭式花园。她的经历表明,独立主体性的缺失意味着失去了追求真爱的自由。温妮特通过一段时间的学徒生活寻找自己的主体性,最终以分离告终。

温妮特·斯通贾尔的童话故事与珍妮特自己的故事的同时并行。同样是被收养,珍妮特在很小的时候就被"选中",根据她养母的梦想,珍妮特同样被训练成一名传教士,用宗教知识改变异教徒。她还被训练成先知,解释那些无法理解的神迹和圣迹。

巫师教给温妮特魔法,这意味着主导者母亲在珍妮特身上培养的想象力和自主性,这将帮助温妮特创造一个神奇的粉笔圈,用意志上的自我保护和监禁来包围她。巫师们必须花数年时间站在粉笔圈里,直到他们可以在没有它的情况下进行自我管理。这个圈子是一个临时的、可变的约束,以保护新兴的主体性。

在整个文本中,温妮特/珍妮特画的粉笔圈是由橙色恶魔、巫师或乌鸦提供的。作为之前提到的石墙的一部分,粗糙的小贩暗示着墙可以被拆除。尽管童年的珍妮特在教堂里被赋予了独特的地位,但在青春期,她的女同性恋意识却在不断增强。她被赶出了家和教堂,通过这种方式,珍妮特超越了传统法律的限制,然后她可以在这个世界上开辟自己的道路。她选择做她自己,从文化价值中流放出来,这在温妮特的故事中得到了体现，就像温妮特一样离开家。

布鲁诺·贝特尔海姆认为，传统的童话故事代表了一个人自我心理的形成，将内心的冲突人格化并提出潜在的解决方案。这些嵌入的童话故事颠覆了现实主义对主人公成长和成熟的描写。因此强调了讲故事在我们的个人和集体经验安排中的作用，嵌入的童话故事的插入，是女性主义对基本意识形态的改写，它为特别的女性声音提供了一个空间，可以挑战和在父权制的语言领域里重新定位妇女的地位。

温特森对童话故事的嵌入，让她能够在自传和童话之间切换，以交叉审视女性自我的形成，并论证对世界的不同和替代性理解。虽然温特森在拒绝单一的主体性模式的同时，也表达了一种清晰的意识，那就是经验不能用一个单一的叙述来解释，也没有一个单一的既定和绝对的经验之路。因此，在温特森的文本中，幻想和真实的生活故事分别存在于嵌入式叙事和框架式叙事中，而小说中人物的自我是通过现实主义和童话的边界变化来叙述的，解释并指出在这个过程中一直在变化的自我。

通过将嵌入式叙事植入框架叙事，温特森不仅丰富了文本的层次结构，而且形成了新的叙事方式，也带来一个和另一个之间的声音互动，使小说的主题更加清晰，更加令人印象深刻。虽然珍妮特的回顾性叙述是零散的、分散的情节，但这些从属的、嵌入的叙述在主题上是相通的，通过反复出现的主题的重复和差异，对主框架叙事产生了具体的影响。现实和幻想都存在于叙事中，使小说能够对主人公的生活进行更复杂的记录，它既能纳入日常经验，又能纳入幻想。讲述故事有助于温特森和读者拉近距离，在其复杂性和流动性中理解世界，并拒绝总体化和绝对化的真与假、善与恶的类别。嵌入的叙事结构与主框架相互作用，部分并有意地对由男性主导的文化所构建的女性形象进行审问和质疑。对童话提供了一种女权主义的解释，将其视为对年轻女孩的男性中心主义的宣传。

小说对童话进行了解释，认为童话是以男性为中心的宣传，宣称男性是主动的、英雄的角色，女性是被动的、受害者的角色。《橘子不是唯一的水果》的多重叙事指向了一个复杂的、后现代的对宏大叙事的不信任，以及对幻想的倡导，作为一种同样重要的感知和理解世界的多层次性质及其价值的风格，从而为女同性恋者的声音提供了一个有效的空间。

第三节 《守望灯塔》中的故事嵌入叙事

《守望灯塔》是珍妮特·温特森的第八部小说,于 2004 年出版,荣获 2005 年英联邦作家奖和 2004 年中国的最佳外国小说奖的提名。这部小说讲述了在一个荒凉的苏格兰海滨城市的一个孤儿和一个灯塔看守人的故事。

女主人公西尔弗以倾斜的方式出生在荒凉的萨尔茨镇,曾经和她的单身母亲生活在一个陡峭的堤坝上的房子里,直到母亲出了意外,她成为孤儿,被灯塔看守人皮欧收养。在这个时候,小说的线索也展开了。与此传统小说的单线叙事不同,温特森大胆地进行了创新,采用了非常不同的多条重叠的叙事线。最初的主线是关于西尔弗和皮欧在灯塔的生活,然后从皮欧的角度、已去世的达科的角度、中世纪爱情悲剧里的特里斯坦等多个人的视角来讲述各种穿越时间和空间的故事。

作为一个讲故事的高手,皮欧给西尔弗讲了很多关于穿越时空的故事,包括灯塔的起源、大海和海洋的故事、巴别尔·达克的爱情故事、时空的传说。故事的力量使西尔弗逐渐从失去母亲的阴影中走出来,并重新点燃了她心中的光明。然而,北方灯塔委员会对灯塔的自动化改造改变了一切。皮欧离开了,西尔弗被迫独自开始新的生活。

事实上,西尔弗的旅程是一个寻找自我和丰富精神世界的过程。她从皮欧那里学到了如何看到灯塔,这也是具有实际意义的灯塔,当她感到困惑的时候引导她前进。讲故事的能力让她有勇气获得爱,拥有在叙事过程中对生活的积极态度。这时,西尔弗变得成熟,有了自我意识,并逐渐探索出爱情和生命的意义。

《守望灯塔》是一部叙事风格非常突出的作品,采用了嵌入故事的方式。多线叙事将读者带入文本,自然而然地展现不同的人物和不同的叙事视角,并通过嵌入式的叙事框架,将不相干的故事串联到同一个文本中。表面上看,似乎只有两条主线。但事实上,有二十多个故事,如圣经故事中的大洪水,中世纪浪漫传奇中的亚瑟王、伊索尔德和特里斯坦、阿波罗登月、达尔文、史蒂文森家族的烽火台。

皮欧讲述的最重要的故事是巴贝尔·达克和莫莉的爱情故事。达克是 19 世纪的一名牧师,他以双重身份生活。一方面,他无法打破道德传统的桎梏,与他不爱的妻子分开;另一方面,他又觉得是自己的不信任导致了多年前与莫莉和孩子的分离。这种良心上的谴责使他在与莫莉的重逢中感到纠结,这种矛盾无疑让他备受煎熬。从此以后,他每年有三个月的时间以另一个名字和身份与莫莉和孩子生活在一起,其余的日子则和他不近人情的妻子住在拉斯角。他给自己设定了一个七年的期限，以补偿他妻子的离开，但这个计划被莫莉的突然来访破坏了。达克失去了莫莉，他最终选择像莫莉一样在海里结束自己的生命。

自 2004 年《守望灯塔》出版以来，评论声未曾间断。《观察家报》的 Anita Sethi 曾高度评价作者对于书中语言的精确、凝练的灵活运用。Christina Patterson 也在《独立报》中发表这样的观点："这部才华横溢的作品，是那种会让你为其语言的精致和美丽而惊呼的作品。"Samanta Matthew 在《泰晤士报》的文学增刊上写道，"《守望灯塔》是一个通过对一系列故事所编织成的网的探索，关于故事讲述的自我更新和变革能量的后现代寓言""是一场叙事实验"。还有其他一些积极的评论，诸如集中于温特森小说主题的一致性和持久性：都是关于爱、时间和艺术的，以及对于自我的追寻。

《守望灯塔》中，温特森构建了一个十分简单的故事框架，但是这只是小说的外部框架，在叙述故事的过程中，故事中的主人公们又承担了叙述者的角色，讲述了有另外隐含意义的故事，从而构成内部故事叙事层。里蒙·凯南在《叙事虚构作品》中对这种故事叙事策略评论道："一个人物的行动是叙事的对象，可是这个人物也可以反过来叙述另外一个故事。在他讲的故事里，当然还可以有另一个人物叙述另外一个故事，如此类推，以致无限。这些故事中的故事就形成了层次。按照这些层次，每个内部的叙述故事都从属于使它得以存在的那个外围的叙述故事。"按照这一评论，作者所叙述的外层故事便是包含着整个作品的故事，而故事中的人物所讲述的故事则是叙述者借助人物的身份来讲的故事，二者既是相互独立的，又存在内在的联系。《守望灯塔》在文本结构上就可以清楚地分为内外双层叙述模式。

小说外叙述层的叙述者是主人公西尔弗，她运用第一人称的口吻讲述了自己的成长历程，读者跟随西尔弗的视角观察并且感知她的灯塔世界。西尔弗的人生可以分为三个阶段：童年时期、青少年时期和成年之后。

故事的第一阶段是有母亲陪伴的桃源生活，第二阶段是皮欧的守护生活，而第三阶段则是独自一人的漫游生活。

作品一开始就将视角聚焦在西尔弗身上，她介绍性地讲述了自己前十年的童年生活。根据热奈特在《叙事话语》中对叙述视角的划分来看，在小说中，主人公采用第一人称的口吻来讲述自己以前所发生的事情，并且运用现在的身份来评判当时事情发生时的感受，这就是所谓的回顾性叙述。

西尔弗人生前期最幸福的时光是与母亲一起度过的，而这光芒从母亲为爱而牺牲的那一刻消逝。温特森运用概述的方式，凸显了这段时光中几个关键点，从而为故事的背景和情节发展进行情感铺垫。西尔弗从小没有父亲，同时在她的自我意识中,父亲这个概念也被扼杀掉了,"我没有父亲这没什么不寻常的。即便那些有父亲的孩子,也经常会惊讶于见到他们"。这是西尔弗对男性最初的印象,由于她自己从来没有接触过这一类的角色,所以她认为所有的孩子对这一对象都应该是陌生的,就如同描述她那只后腿比前腿短的狗一样。

西尔弗对这种身份认同的狭隘性是温特森自己对社会边缘化群体所面临的尴尬困境的控诉。正如温特森本人,出生后就被抛弃,成为孤儿而被收养。这些本来应该是个体无差别的生命体验,但是因为社会体制的偏见却将这一类群体排除在一般大众之外,造成个体既要承受自身所缺失的那部分生命体验的痛苦,还要忍受这种差别对待所造成的心理创伤。西尔弗最开始还不能完全领悟母亲所说的"如果你没法在这个世界上活下来,你最好建造一个自己的世界",但是她后来的人生确实是沿着这个方向摸索着。缺少父爱的单亲家庭的孩子,母亲的意外退场让西尔弗陷入了无望的孤独境地,变成了孤儿,内心的失衡感加剧了她人格双重性的分化。

故事的第二阶段是将叙事从单人陈述转换为二人对话回答的方式进行,叙述者也将第一阶段的回顾性叙述视角放弃,采用故事视角内化,用当时经历的眼光来看待故事的发展状态,这种视角的转变,从侧面也说明了作者放慢了叙事节奏。热奈特关于速度的概念可以更好地说明这一问题,速度"是指一个时间度量与一个空间度量的关系,叙事文的速度则根据故事的时长与文本长度之间的关系来确定"。

从西尔弗被皮欧收养一直到灯塔被自动化改造,再到皮欧独自离开,这段时间并不长,但是温特森却用了文本近一半的页数来叙述,目的是表明这是西尔弗人生中最宝贵的时光,她从皮欧那里学到了讲故事的本领,更从皮欧的故事中,感受到了爱,领略了故事的魅力。

在外人看来,西尔弗和皮欧的灯塔生活十分乏味单调,每天都是按部就班的生活流程。但是在这样的生活中,唯一有变数的就是每晚八点,皮欧都会给西尔弗讲一个故事,"讲故事"成为他们生活的中心,其他的生活琐事都要纷纷避让,这在文本篇幅和内容上十分明显。皮欧在面对西尔弗这样一个缺少爱的孩子时,用讲故事这种独特的方式帮助她找回了生命的亮光,让她在听别人故事的过程中,学会了自己讲故事,也就是不但能从别人那里收集到光点,更能自己创造出属于自己的光点。

故事的第三阶段是西尔弗独自一人的人生旅程。一开始她成为生活的"怪人":她在布里斯托尔偷了一本书,在意大利的卡普里岛偷了一只会说自己名字的鸟。虽然这些在她看来都是理所应当的:当图书馆管理员报警说有人强行入室时,西尔弗却是这样想的:"我冲出去想帮助她,但她没停下尖叫。我搜遍了整栋房子,没发现任何其他人。警察来的时候,我就是这么和他们说的。他们对此置若罔闻,依然逮捕了我,因为她坚称我就是那个闯入者——而我想做的,不过是向她借本书。"

叙述者在这里运用了故事人物有限视角的观察模式展示了人物当时对整个事件发生的心理变化,这样的真实感可以很容易地把读者带入到主人公的那种特殊心理状况中去,甚至会对她产生同情心。马克·柯里在解释这种现象时说道:"当我们发现一些人由于不能像我们一样进入某些人物的内心世界而对他们做出严厉的或者错误的判断时,我们就会对这些被误解的人物产生同情。"但是理解和同情并不代表认同,当这种心理与读者已有的道德价值发生矛盾时,读者更容易去挖掘其内在原因,重新解读人物形象。

西尔弗后来通过故事的力量,开始学习逐渐适应生活,并邂逅了她的情人,更在二十年后,再次以导游的身份回到灯塔,与皮欧再次相遇并且畅谈过往。至此,她将自己的故事化作时间的一瞬,但是这短暂的人生中,她仍然坚信只有爱才是永恒的。

作者采用第一人称的叙述方式,拉近了读者与小说主人公的距离,西尔弗的世界铺开在读者的眼前,她的无奈与选择都是她自己的生命体验,多维度展开人物视角,将故事放到一个开放自由的发展空间上。西尔弗的故事大致是按照时间的顺序来叙述的,但温特森在这样一个看似传统意义上的成长小说中,运用了她独特的观察视角,并通过故事这一介质,使情节更加复杂而神秘,人物的思想情感也深刻起来,更加深化了爱的主题。

温特森近距离地观测并考察故事给个人的命运带来的变化时,也将自己的担忧和期盼显露了出来,在现代社会如此快节奏的学习和生活中,这种带有重返原始自然意味的讲故事方式显然已被大多数人所淘汰,一起流失的还有人本质中最美好的东西。温特森曾在访谈中提及她对小说故事的看法,她认为:"对于每代人来说,他们都需要有自己独特的表达方式。书籍不能和影视艺术相竞争,它们应该寻找自己正确的方向。"

用故事这种形式来解构和思考这个世界,带给人的不是一种抽象难懂的哲思而是鲜活的文字体验。因此,温特森一直在寻求一个好的切入点有效融合故事性与思想性,使其能够真正融入故事叙事到人们的生活之中,给人以时刻的警醒。

《守望灯塔》的内叙述层是牧师巴贝尔·达克的故事,并且他的故事散布于皮欧和西尔弗的日常对话之中。与西尔弗的故事线性化叙事模式不同,达克的故事趋向于碎片化、零散化和不确定性,它是由看塔人皮欧讲述和西尔弗重述共同完成的,皮欧是从全知视角模式来讲述的,虽然对这个人物的过去、现在和未来都了如指掌,但是为了陌生化人物,他没有深入窥探人物的内心,而是从人物的行为着手,情节的发展伴随着谜团的连续解开,这才有了表面看似连贯的一个故事的梗概,但是正如皮欧在书中所说的那样,故事本身就是不确定的,也不知结局是否存在,是好是坏。在西尔弗重新解读故事的过程中,则是更多的走进了人物的内心世界,将人物的自我凸显出来,从而看到人物最真实的一面。这也印证了温特森的故事观,故事成为主题,在解构的同时需要再次建构,并且体现它的生成作用。因此,故事不仅可以用来表现世界,更可以生成世界。

皮欧在讲述达克的故事时是先从参孙的故事讲起的,"因为没有一个故事是从自己开始的呀,就像小孩子不会没有父母自己蹦到世界上来一样"。并且在讲述的过程中,皮欧还插入了《圣经》中的巴别塔和大洪水的故事等。西尔弗重述皮欧故事时,也加入了特里斯坦和伊索尔德的故事以及史蒂文森和他的《化身博士》中的故事等,叙述者在无形之中将达克的故事碎片化,分散在各个小故事群中,让读者去体味真正的故事内涵。

叙述者精心设计了依存于主故事层的小故事群,就其内在层次关系来看,它们又构成下一个故事层,在表现其上一层故事有着"行动、解释和为主题服务"等作用。马克·柯里在《后现代叙事理论》中写道:"为了稳定自己作为叙述者的身份,就得抹去一种新的胡言乱语的疯癫痕迹,或让这种疯癫变得自然。这种疯癫在进行自我叙述的时候表现出来,就好像一个人变成了另一个人似的,这样,通过对现在与过去之间的分裂病症进行伪装达到了揭示过去的分裂病症的目的。"

温特森在《守望灯塔》中通过一座灯塔、两个故事人和三个故事将小说的故事本体属性淋漓尽致地凸显出来,讲故事、听故事这种古老的故事传递方式,本是人们日常闲暇之余,用以消遣的口头话语形式,但看似平常的语言组合,在既定的话语环境之中却是智慧的精粹。

在文学化的故事文本中,每一个故事都是一个隐喻,隐喻是一种传递复杂思想的便捷方式,将一些非词汇化的概念或思想孕育于故事的意境之中,读者通过对故事的阅读体会,将之内化。作者在《守望灯塔》中采用双层叙事策略,将达克的故事和特里斯坦与伊索尔德的故事嵌入其中,尤其是作为故事主人公的西尔弗对已知故事的再次讲述,透过故事人的看与说,让读者看到解读之后的故事,远不只作者所给定的那个文本样板,读者其实拥有更多的话语权去重构故事。所以在小说的最后,叙述者发出了这样的邀请:"这是我的故事——从时间里一闪而过。我会给你电话,我们一起生个火,喝点小酒,在属于我们的地方辨认彼此。别等待,别把故事留到后面讲。"故事能在读者手中动态地发展创新而不是逐渐老化而被淘汰,这才是作者创作的最终目的和价值。

第四节　珍妮特·温特森
对 20 世纪实验小说的影响

珍妮特·温特森的小说在题材和叙述形式上都是别具一格、具有浓重的个人色彩的,是当之无愧的实验小说家。她的多部作品为她赢得了赞誉并且在英国小说界备受瞩目,奠定了她在英国文坛不可动摇的地位,她被誉为"最优秀的年轻英国作家"之一。

实验小说家通常声称,文学不是关于如何表现或解释世界,而是关于挑战人们思考世界的方式,它的定义、时期和代表作品的确立,以及文学作品中使用的模仿方法,都使不确定因素在实验小说的作品中表现得淋漓尽致。

温特森的小说中,不确定性体现在语言的模糊性、情节的难以捉摸性和图像的变幻莫测中。在语言的表述方式上,小说中的语言充满了悖论、差异和名称游戏,一个词或一个词的结构同时具有多种作用。由于符号者和被符号者之间的断裂,语言一直无法准确传达中心意义,这也直接导致了文本中意义的不确定性。同时,语言所构建的虚幻现实也模糊了真假之间的界限,使读者在各种视觉现实之间犹豫不决。

在某种程度上,这充分反映了语言的模糊性。就情节的不确定性而言,小说的时间和情节发展是如此松散,没有时间顺序。故事的开始时间是如此的模糊,而人物的叙述时间是错位的。小说中没有关联的故事,大量情节的空白和开放的结局刺激了读者的好奇心,使读者主动参与到作品的解读中。正是由于混乱的时间链和放射性物质的结构,使小说变得生动。就形象的不确定性而言,温特森打算为文中的人物和叙述者赋予变化的身份,她打破了人物形象的双重对立之间的逻辑关系,让人物和叙述者在文本中的身份不断变化。人物形象的双重对立之间的逻辑关系使叙述者身份不断转变,让小说中的形象变得难以捉摸,从而实现了文本构建的开放性。

现代社会中人类在享受技术带来的便利的同时,也担心技术会给他们带来不利的影响。在这个多元化的时代,人们很难说服一种观点,而不确定性正好迎合了人们对现代社会的态度。温特森对不确定性的揭示并不意味着消极,而是告诉人们不要有优越感或自卑感。

现代社会中人们的内心充满了不确定性,所以需要一种信仰以平衡他们的内心和行动。"上帝之死",信仰的时代离我们越来越远,因此人们不得不清醒地面对各种不确定的问题,逃避和退缩的道路已经不存在了。而温特森作品中的不确定性不仅是对现实的客观再现和语言的游戏,也是现代人的一剂良药。温特森认为,事实永远不会说真话,甚至最简单的事实也可能是误导性的,比如火车时刻表。温特森充分展示了对现代社会的怀疑和不确定的态度,而这样的启示对于现代人来说无疑是一笔巨大的财富。

总体而言,温特森是一位大胆创新的作家。她通过实验小说的不确定的创作手法创造了一个多样化的、开放的文本空间,邀请读者参与到文本的构建中来。小说中语言、情节和图像的不确定性,不仅显示了她的创作理念,也显示了她的创作风格,展现了现代社会的复杂性和人类精神世界的紧张性,也引起了读者对文本意义的思考。

温特森小说的叙事力量由于她对后现代叙事策略的娴熟运用而得到了惊人的加强。在《橘子不是唯一的水果》这篇小说中,温特森安排了嵌入式的叙事结构。其中框架叙事是女主人公珍妮特的"成长故事",然后是寓言和童话被嵌入到第二层,形成一个嵌入式的叙事迷宫。同时,温特森在讲故事的时候,与《圣经》和《亚瑟王传说》进行互文引用。

通过利用嵌入式叙事结构,温特森将主人公的《儿童文学》与《圣经》《亚瑟王传说》、寓言和童话融合在一起,戏剧性地构建了一个连贯的性别认同,从而实现了"利用真实自我"的目标,从多个角度利用一个人的真实自我身份。同时性、流动性和多重性的多维叙事,挑战了一元化和父权制话语下的线性和二元化意识形态,批评了中心主义的观点。将真实与虚构、善与恶绝对区分开来,体现了后现代主义对主体性的理解,即主体性实际上不是单一的,而是一系列的具有复杂心理需求的多面性自我。

在《给樱桃以性别》中,温特森利用后现代历史学的技术和意识形态来构建她的叙述,以挑战和颠覆父权制和异性恋主义的话语。两对叙述者在不同时空的相互联系和对应,说明身份和心理属性的呈现可以超越时空的界限。温特森对后现代主义的时间概念予以认可,英格兰历史的解构和重建显示了历史学元虚构的特点,其中很难区分现实和幻想,也很难界定历史与虚构之间的界限。温特森用诗歌、童话和古希腊神话对小说进行模仿性改写,是实验小说的一种修辞技巧,使整个叙事策略复杂化,并强化了小说的叙事能力,同时她通过这些叙事策略,让这部小说颠覆了传统的性别和身份分类,并试图重建社会和文化秩序,使其能够接受性别差异、分流和变形,更加开放和自由。

　　温特森用多维的结构和多角度的视角颠覆了二元的线性叙事框架,同时用颠覆性的叙事语言构建了女性的自我特征,在一个开放的女性空间里表达她非传统女性主义的主体意识,为后现代女性主义的重建提供了有益的经验。

　　珍妮特·温特森是把故事作为打开世界的工具,用故事将发生在时间中的事情一一记录,用故事把历史和文化中的智慧传承。在温特森的世界里,从来都没有只有一个开始和结局的完整故事,采用的都是多头并进、穿插交错的叙事结构,她打破了传统叙事对故事规范性的要求,从而向读者证实:故事既是虚构的但是又具有真实性,其真实性在于与现实生活的相互联系。如果说小说中的神话、童话、寓言故事是荒诞不经的,但是其荒诞性却远远小于现实中的荒诞,小说只不过反映了生活的一小部分。

　　温特森相信故事和虚构的力量,所以她既重视故事,又经常跳到故事之外,"我是在给你讲故事,相信我"。这样的提示性语言经常出现在小说中,作者不断地寻找与读者对话的机会,让读者在虚构的故事与现实生活中来回穿梭。

　　温特森曾在作品中说过:"任何故事都有源可溯,不是吗? 你以为自己活在当下,但往昔就在你身后,像一道影子。"

　　可以说作者的创作就是建立在无数的经典作品之上,从经典作品中体验各种人生,借他者的眼光来审视自己的过往,从而得出不一样的人生感悟。嵌入式的故事人生,参照式的前世今生,穿越式的变换人生,赋予庸态人生以巨大的想象力和创造力,不断地追寻故事背后的故事,正是作者故事创作真正的源泉和乐趣所在。

参 考 文 献

[1] 温特森.橘子不是唯一的水果[M].于是,译.北京:新星出版社,2011.

[2] 温特森.守望灯塔[M].小庄,译.长沙:湖南文艺出版社,2013.

[3] 温特森.给樱桃以性别[M].邹鹏,译.北京:新星出版社,2012.

[4] 温特森.写在身体上[M].于是,译.北京:北京联合出版公司,2016.

[5] 凯南.叙事虚构作品[M].姚锦清,译.北京:生活·读书·新知三联书店,1989.

[6] 胡亚敏.叙事学[M].武汉:华中师范大学出版社,2004.

[7] 麦基.故事[M].周铁东,译.北京:中国电影出版社,2001.

[8] 柯里.后现代叙事理论[M].宁一中,译.北京:北京大学出版社,2005.

[9] 斯科尔斯.叙事的本质[M].于雷,译.南京:南京大学出版社,2015.

[10] 热奈特.叙事话语、新叙事话语[M].王文融,译.北京:中国社会科学,1999.

[11] 兰瑟.虚构的权威:女性作家与叙述声音[M].黄必康,译.北京:北京大学出版社,2002.

[12] 杰姆逊.后现代主义与文化理论[M].唐小兵,译.北京:北京大学出版,1997.

[13] 萨特.存在与虚无[M].陈宣良,译.北京:生活·读书·新知三联书店,2014.

[14] 孙彩霞.西方现代派文学与《圣经》[M].北京:中国社会科学出版社,2005.

[15] 金丽.圣经与西方文学[M].北京:人民出版社,2007.

[16] 波伏瓦.第二性[M].郑克鲁,译.上海:上海译文出版社,2011.

[17] 魏天真,梅兰.女性主义文学批评导论[M].武汉:华中师范大学出版社,2011.

[18] 申丹,韩加明,王丽亚.英美小说叙事理论研究[M].北京:北京大学出版社,2005.

[19] 侯毅凌.珍奈特·温特森:灯塔守望者之歌[J].外国文学,2006(1):3-10.

[20] 张松玲.《守望灯塔》之弗洛伊德解读[J].安徽文学(下半月),2009(2):221-222.

[21] 阳利,骆文琳.论《给樱桃以性别》中的时空叙事话语与主题叙事[J].当代外国文学,2014(3):98-109.

[22] 丁冬.论《橘子不是唯一的水果》的后现代主义叙事特征[J].当代外国文学,2012(1):84-90.

[23] 高群.《橘子不是唯一水果》的后现代主义叙事艺术[J].复旦外国语言文学

论丛,2011(2):46 – 50.

[24] 宋文.评简妮特·温特森的《守望灯塔》[J].南京理工大学学报(社会科学版),2010(4):60 – 64.

[25] 张松玲.《守望灯塔》中的原型意象[J].河北理工大学学报(社会科学版),2009(6):196 – 198.

[26] 张宁.爱、生活、历史:《守望灯塔》的故事叙事[J].文教资料,2007(8):109 – 111.

[27] 贺佳,靳雪莲,严启刚.论《守望灯塔》中的非线性叙事[J].成都大学学报(教育科学版),2007(8):153 – 155.

[28] 饵康.论珍妮特·温特森小说作品中的解构主义故事观[J].外国文学,2015(6):67 – 74.

[29] 饵康,王薇.珍妮特·温特森作品中的故事及其后现代特征[J].当代外国文学,2017(1):68 – 74.

[30] 李月圆.詹妮特·温特森《守望灯塔》意象与语言隐喻[J].语文建设,2015(35):73 – 74.

[31] 袁素卓.温特森小说叙事时距探析:以《守望灯塔》为例[J].辽宁工业大学学报(社会科学版),2017(4):71 – 73.

[32] 林少晶.温特森的真实空间:权力下的生存空间[J].当代外国文学,2015(3):106 – 112.

[33] 贺佳.从元小说角度解读《守望灯塔》[D].重庆:四川外语学院,2005.

[34] 刘伟.叙事的权威,性别的颠覆:从女性主义叙事学解读珍妮特·温特森的作品[D].南京:南京理工大学,2009.

[35] 林少晶.叙事中女性权威的建构:《橘子不是唯一的水果》女性主义叙事学解读[D].福州:福建师范大学,2011.

[36] 高群.珍妮特·温特森小说的后现代叙事研究[D].哈尔滨:东北农业大学,2012.

[37] 赵淑旺.从叙事学视角解读温特森小说《守望灯塔》[D].济南:山东师范大学,2012.

[38] 谢崇林.温特森三部小说中无尽的文本与创伤的身体[D].重庆:西南大学,2012.

[39] 关硕.论珍妮特·温特森三部小说中的互文性[D].苏州:苏州大学,2013.

[40] 张蔚.原型批评视角下的《守望灯塔》研究[D].哈尔滨:哈尔滨师范大学,2013.

[41] 王飞飞.从互文性视角解读橘子不是唯一的水果[D].大连:辽宁师范大

学,2013.

[42] 章佳妮.跨越界限:论温特森三部小说中的话语颠覆与重建[D].苏州:苏州大学,2014.

[43] 陈彦希.珍妮特·温特森小说中的个体生命意识研究[D].无锡:江南大学,2015.

[44] 刘匀.珍妮特·温特森小说的女性身体叙事研究[D].南昌:江西师范大学,2015.

[45] 樊冬雪.从女性主义叙事学角度解读詹妮特·温特森的小说《守望灯塔》[D].大连:辽宁师范大学,2015.

[46] 杨国伟.戏仿视野下父权的颠覆和自我的追寻:论《橘子不是唯一的水果》[D].杭州:浙江大学,2015.

[47] 刘卉.论《守望灯塔》的情节意蕴:情感叙事学视域[D].浙江:浙江工商大学,2015.

[48] 施薇.后现代视域中珍妮特·温特森《守望灯塔》的"灯塔叙事"模式[D].杭州:浙江大学,2016.

[49] 何颖.《写在身体上》中的身体书写[D].湘潭:湖南科技大学,2016.

[50] 熊森.《橘子不是唯一的水果》中主人公的伦理成长[D].武汉:华中师范大学,2018.

[51] 郭书辰.新媒体环境下纪录片故事化叙事研究[D].天津:天津工业大学,2018.

[52] 孟庆龙.纪录片"故事化"叙事手法渊源及演进研究[D].扬州:扬州大学,2013.

[53] 徐涛.女性主义视角下解读珍妮特·温特森《守望灯塔》中的银儿[D].哈尔滨:哈尔滨师范大学,2015.

[54] 杨楠.珍妮特·温特森小说的"故事化"叙事研究[D].苏州:江南大学,2019.

[55] 王影.后现代主义视角下《守望灯塔》不确定性研究[D].哈尔滨:东北农业大学,2020.

[56] MAKINEN, MERJA. The novels of jeanette winterson[M]. New York:Palgrave Macmillan,2005.

[57] ANDERMAHR, SONYA. Jeanette winterson:a contemporary critical guide[M]. New York:Continuum Press,2008.

[58] ONEGA, SUSANA. Jeanette winterson[M]. Manchester:Manchester University Press,2006.

[59] ELLAM J. Lovein Jeanette Winterson's novels[M]. Atlanta: Edirions Rodopi B. V. ,2010.

[60] MARGARET J, KILIC M. Winterson narrating timeand space [M]. London: Cambridge Scholars Publishing,2009.

[61] MERLEAU C T. Postmodernethics and the expression of differentinthe novels of Jeanette Winterson[J]. Journal of Modern Literature,2003,26(3):84 – 102.

[62] KOTIAH,SONIA. Narrative negotiations:the storytellerin Jeanette Winterson's the powerbookand lighthousekeeping[J]. ICTP Journal of English Studies,2015,10 (4):19 – 29.

[63] LANGLAND E. Sexing the text: narrative dragas feminist poeticsand politicsin Jeanette Winterson's "sexing the cherry"[J]. Narrative,1997,5(1):99 – 107.

[64] ALEXANDER B. Exile and freedomin Jeanette Winterson's the passion:Venice, the British inner cities, and the cultural politics of disenfranchisement [J]. Contemporary Literature,2014,5(2):270 – 303.

第十一章　阿莉·史密斯
小说中的空间叙事

第一节　阿莉·史密斯与实验小说

　　阿莉·史密斯(1962—)在苏格兰北部的一个工人家庭出生,七岁左右开始写故事和诗,十岁时已经可以阅读《尤利西斯》《动物庄园》等小说。从阿伯丁大学毕业后,她考入了剑桥大学攻读博士学位,在剑桥上学时,她遇见了莎拉·伍德,她的挚爱。她出版的每部书的扉页都写着"献给莎拉·伍德,我的一切",公开表达对伴侣的爱情和感谢,她从来不避讳自己的身份和情感。然而,在斯特莱斯克莱德大学任教时,阿莉·史密斯发现自己并不适合学术研究,而且深受慢性疲劳症的困扰,最终她辞去了这份工作,并且开始专心进行文学创作。

　　阿莉·史密斯的作品一经发表就受到了极大的好评,各大媒体纷纷以"光芒万丈""出类拔萃""精心雕琢"等词来称赞她,将她称为"英国最重要和有成就的作家之一"。她最先写短篇小说,《自由的爱及其他故事》是她在 1995 年出版的第一部短篇小说集,并且获得了处女作奖和苏格兰地区的最佳新人奖。

　　《自由的爱及其他故事》中的每个故事都从不同的角度和不同的方面表现了各种各样的"爱情",通过讲述一个个的故事和对人物的塑造,使得抽象词"爱"变得生动具体。其中《自由的爱》讲述的是女同性恋的故事,将读者带离了传统的爱情之路,把爱从男女两性之间释放出来,放到整个世界当中,不光是男女相爱,女人之间依旧可以相爱。在此之后的每部小说中,都有女性相爱的故事出现,这也表明了她对爱人的情感以及对同性的爱情观。

　　当她的短篇小说受到好评后,她开始尝试写长篇小说。1997 年出版的《相像》

是她创作的第一部长篇小说,以苏格兰和剑桥为背景讲述了一段主人公童年时期的友情,展示了一个80岁老人的心理世界及对往事的追忆,这些记忆又形成了她多姿多彩的生活内容。小说由两个独立的部分构成,就好像是一个由两部短篇小说构成的短篇小说集,在小说的谋篇布局上仍然沿袭了她在短篇小说创作中的那种刻意和精心,非常关注作品完整的结构性。

1999年,阿莉·史密斯出版了长篇小说《其他的故事》,仍然是沿袭其短篇小说的主题,涉及女同性恋的爱情,并从一个特别的角度重新审视"爱"这个词。可能因为自己是同性恋的原因,所以女性之间的爱情关系是阿莉·史密斯在她的许多作品中重点表现的主题,她试图通过那些短篇小说中形形色色的爱情故事来传达他对"爱情"的理解,那就是爱是自由的,它是不受年龄、性别、和环境的限制。阿莉·史密斯小说的创作主题是传统的,也是英国小说现在创作的热门主题,比如生与死、爱情、代沟、犯罪等,她总是能够为读者提供不同的、崭新的视角来看待这些传统的主题,是的她的小说显得更有新意,与众不同。

阿莉·史密斯2001年发表的长篇小说《饭店世界》就显得她在长篇小说的结构把握上更加成熟、自然。虽然小说也是由5个独立的部分组成,这些独立的部分各自有不同的主人公,但是阿莉·史密斯巧妙地在这些独立的部分之间建立起某种关系让它们彼此联系,共同构成了一个多维的故事。

《饭店世界》入围了英国柑橘文学奖和布克奖,被苏格兰艺术协会评为年度最佳作品,获得由英国作家协会颁发的安可奖,阿莉·史密斯也被称为英国文学界深具潜力的作家之一。2002年由刘乔翻译成中文,让中国的读者欣赏到这部作品。《饭店世界》的主题是丰富的、沉重的,围绕酒店的服务员萨拉的死亡之谜,情节具有悬疑色彩,既可以说它描绘了当代女性颇具代表性的生存状态和内心世界,不只是限制于女性,而是关于生与死、爱情等人类永恒的话题。

《饭店世界》里各种各样的人物就好像是读者生活着的世界的缩影,引发读者对世界、对自己的生活状态,乃至对人生的思考。具有高度技巧的叙事话语超越了故事的情节而成为这本小说的精彩所在。小说中没有描写那种关于死亡的恐怖情景,史密斯用轻松和幽默的叙述语言来化解这份沉重,让读者感受到作者乐观的态度。正如布鲁克·艾伦在《太平洋月刊》上的评论:"《饭店世界》是少有的能把悲哀和希冀结合在一起的小说。"

如果说《相像》和《饭店世界》都似乎和阿莉·史密斯的短篇小说相似,并没有突破她在短篇小说中的写作风格,那么她2005年发表的长篇小说《迷》则将她对故事结构更加自如的驾驭能力以及更加娴熟的叙事技巧完美地展现出来,《迷》成为她最负盛名的小说,也是她的第一部真正意义上的长篇小说。

　　这部小说 2012 年由宋伟航翻译成中文在我国出版发行。这是一部关于当代英国社会和家庭生活的小说，故事并没有太多新意，但是阿莉·史密斯却将读者的注意力从故事本身转移开来，转而关注人物的心理变化过程，并且在小说的很多情节上运用了意识流的写法。在看似平常的生活琐事中，隐藏着她对社会道德、种族等问题的深刻质疑和分析。

　　在《迷》中，神秘之客琥珀出现在这个四口之家中，改变着这个家里的每一个人，使一个原本并不幸福的家庭重新看到了希望和幸福。琥珀更是被塑造成一个类似幽灵的虚拟角色，是一位有种熟悉的感觉，但是却记不起从何而来的人。斯玛特一家人作为小说的主人公分别从各自的角度讲述故事，但是作者却选取以第三人称的视角进行叙述，以不同的人物口吻进行讲述，并且运用意识流、自由联想等方法展现人物的内心世界。

　　因为视角各不相同，所以虽然每个人物的叙述有相同的部分，但并不给人一种重复的感觉，而且这种叙述方式也在不断推动故事情节的发展。走进《迷》的世界，就如同走进了一个扑朔迷离、困难重重的迷宫一样，让读者费尽心思寻找出口，整个文本的各个构思都充满着各种可能性。而且小说中对绘画、电影、音乐等元素的巧妙运用令人眼前一亮。

　　小说中琥珀有四段独白，这四段独白仅仅占用了 14 页的篇幅，但是其中涉及电影 58 部，演员 10 余位，4 首电影主题曲，还提到了电影制作发展史、设备发明史等相关内容，令人眼花缭乱。小说的语言风趣幽默，叙事轻松自如，具有极其浓重的迷幻色彩，获得著名的惠特布雷德奖，以及为青年作家设立的柑橘文学奖，并获得布克奖提名。从这部《迷》可以看出，阿莉·史密斯的叙事技巧又有了很大的提高，尤其是在长篇小说方面。

　　在长篇小说《迷》之前，2003 年阿莉·史密斯发表了短篇小说集《完整故事和其他故事》。虽然叫"完整故事"，可是这部小说集里的故事并不完整，更多展现的是生活片段，阿莉·史密斯努力去捕捉生活中的每一个瞬间、感人的美丽时刻，书名含有讽刺的味道，和小说的内容形成了对比。

　　小说集里满是来自生活又超越现实生活的各色人物：有《五月》里爱上一棵树的恋人，有《快了》中在火车站遇见死神的旅客，有《普通的故事》里面的总是喜欢用旧小说来折纸船的艺术家，有总有让人害怕的无名顾客突然在《哥特》书店的某个角落里冒出来等，这些故事中的人物形象栩栩如生，就好像作者用画笔在读者面前勾勒出一个个奇怪而又生动的人物，既触碰了读者的内心深处，也同时感受着生活中的忧伤和痛苦。虽叫"完整故事"，但是没有一个故事具有完整的情节，更多的是运用话语在展现整个故事。同样都是在讲述故事，故事的完整度、可信度不再是重点。

　　而小说集中故事的排列顺序也是阿莉·史密斯小说的独特之处。故事是从冬天开始，历经春天、夏天和秋天，最后又回到冬天，四季轮回，就如同我们的人生循环往复。阿莉·史密斯使用简单直白的语言把故事一点点的展开在读者面前，篇幅有限但是却能够果断的选取材料并且能够用紧凑的结构讲述故事。表面看似琐碎，实际用词精准，看似平铺直叙，却没有冗长的废话，张弛有度，含有细腻的情感，加入了对日常生活的思考，让读者有了眼前一亮的感觉，感受到了不同人物的内心世界。小说一边把故事讲述给读者，另一边把作者是如何构思整个故事的过程讲述给读者，这就是所谓的元小说叙事技巧。

　　阿莉·史密斯大胆地将元小说的叙事技巧放到了自己的短篇小说中，揭开了小说"虚构"的本质。正如她自己所说的"一个好故事应该包罗万象"。她不仅讲述如何构建整个故事，也将女性主义、文学潮流的交替等文学批评理论融合到了小说中。阿莉·史密斯的小说最大的"魔力"就在于使简单地叙述不再简单，使平凡的生活不再平凡。

　　长篇小说《女孩遇见男孩》发表于2007年，继承了短篇小说集《自由的爱及其他故事》的主题，仍然是关于女同性恋、爱情的主题，表现了阿莉·史密斯冲破界限的爱情观。《卫报》知名记者阿历克斯·克拉克曾将其列为2007年他最喜欢的十部小说之一。

　　这部小说讲述了一对苏格兰姐妹各自不同寻常的爱情故事和生活状态。姐姐米基是当今社会女强人的代表，工作能力比公司的男性职员还要优秀，但是感情上却选择了和女性化的男生保罗交往；妹妹安西娅认识了另外一位女孩罗宾，两人从最初的相识到相恋、相爱。

　　这部小说实际上是以依奥维德的性别变形神话为基础改编的，阿莉·史密斯改写了这个神话，并且打破了传统的男女界限，通过这种颠覆传统男女性别的方式展现了性别二元论结构的不稳定性，并且提出了要拓宽性别界限，建立开放型性别秩序的必要性。

　　一直以来人类社会的性别都是非男即女，只有这样的性别二分法才是被传统的社会观念所认可的，否则就会遭到谴责和歧视。阿莉·史密斯对这部小说中的人物性别进行了模糊化，性别的划分不再是非男即女，而是存在着性取向的"灰色地带"，只有到故事的结尾，读者才会判断出主人公到底是男是女，让小说增添了神秘的色彩。

　　罗宾的性别从头到尾变化了四次，不明性别、男性、女性、超性别，给读者设置了各种各样的悬疑猜测。小说中最经典的一句话就是，当姐姐米基不能接受妹妹的同性恋取向,怨恨罗宾带坏了妹妹,质问罗宾的时候,她回答"用一个恰当的词汇形容我的话那就是'我'"。阿莉·史密斯以此正式答复了这个世界对女同性恋的不认同、不赞同和排斥,"我和这世界上的每个有人性的人一样,有着自己的爱恨情仇,有着自己的追求和准则。然而,我就是我,也意味着我有着不是所有人都有的独特的自我"。

阿莉·史密斯以女性加上同性恋作家的双重身份表达了去除二元建构的性别标签和消解强制性异性恋的必要性,为与传统性别不同的少数群体发声。英国作家温特森说,阿莉·史密斯希望能改变读者经常看待世界的角度,既包括自己的生活也包含艺术创作,她时刻不停留,不满足于目前的状态,她只想成为她自己,而不是其他人。

阿莉·史密斯之后发表了第四部短篇小说集《第一人称和其他故事》。在小说中,她暴露了叙述者的身份,直接将她是作家和同性恋叙述者的双重身份介绍给读者,同时讲述故事。这部短篇小说集的第一个故事叫《真正的短篇小说》,故事讲述的是在一个咖啡馆,叙述者阿莉讲述她在咖啡馆里听到的故事。故事是以一位老人和一位年轻人对文学的差异争论作为开端,尤其是长篇小说和短篇小说之间,直奔"什么是短篇小说"这个主题。年轻人认为长篇小说就像一个熟悉、温暖,但是已经快耗尽生命的老妓女;反之,短篇小说如同一位性感的女神,因为很少有人能驾驭,所以她仍然保持着优美的体型。阿莉·史密斯对文学非常感兴趣,在听到少年的这种比喻论断后就给朋友卡西亚打电话,两人就年轻人的观点进行交谈,这个故事最终以一老一少得知阿莉偷听他们的谈话后离开咖啡馆而结束。

在这部短篇小说集中,阿莉·史密斯关注了很多当代的话题:女性主义、友谊、疾病等,她希望读者在关注女性作家尤其是女性移民作家话语权的同时,还要理解目前短篇小说在文学中的困境,在她看来,短篇小说的写作难度要超过长篇小说,她的小说中展现了短篇小说的独特性,并且运用元小说的叙事策略多角度地阐释了生活的复杂性和连续性,进而显现了短篇小说的魅力。其后在 2015 年她又发表了短篇小说《公共图书馆和其他故事》,也得到了一致好评。

阿莉·史密斯在 2011 年发表了第五部长篇小说《纵横交错的世界》中,又引导读者进行了一次精神上的旅行。和《相像》《饭店世界》《迷》一样主要使用了意识流的写作手法,获得了布克奖和柑橘文学奖的提名,荣获英国霍森登文学奖,并且接连被英国《卫报》《华盛顿邮报》和《波士顿环球报》评为年度最佳小说。

《纵横交错的世界》由四个部分组成,讲述的是伦敦格林尼治举行了一场晚宴,其中有一位客人叫麦尔斯,他在晚宴中突然离开上楼,把自己锁进主人家的客房,并且拒绝出来,因此在当地引起轩然大波。

人们都非常想知道麦尔斯将自己反锁屋内的真正原因。但是他却只是用从门缝中递出的神秘小纸条与外界进行沟通,故事于是就围绕着安娜、马克、梅和布鲁克这四位主人公逐个展开。史密斯继续沿袭《迷》中的创作风格,给这部小说也安排了一个类似琥珀的人物叫麦尔斯。故事一开始描述了麦尔斯的样子,作者似乎有意在读者和麦尔斯之间设置了障碍,将他部分隐藏起来,在小说的最开始就向读者描述了麦克斯的长相,但是读者却无法勾勒出他的真面目,这就大大地增加了悬念。接着四个主要人物依次上场,通过回忆和想象诉说着自己的生活和感悟。

安娜独自生活,因为自己苏格兰的身份受到排斥,很少与人交流,因不满工作内容而选择辞职,对自己的生活感到非常困惑。马克深受异性恋霸权主义的毒害和母亲亡灵的打扰,同性恋的身份让他受到了冷嘲热讽,承受着极大的心理压力,母亲的幽灵不断打扰马克的生活,甚至依附在马克身边和他说话,马克就如穿梭在生与死的世界中,整个人像被撕裂了一般。老妇人梅无法忘记 10 岁的女儿的死,每天都生活在痛苦和回忆之中,她崩溃、精神错乱、高烧、失语症,女儿的死折磨着她,她的内心世界一片混乱。只有 9 岁的黑人小女孩布鲁克曾经进入麦尔斯所在的那间客房给他送过纸条。

在这部小说中,史密斯用她独具特色的机智与双关,探讨了人们对分离的需求——与过去分离和与人分离——以及希望挽回关系的可能性。从而告诉读者在现实生活中,人们很难真实完整的展现一个故事,因为每个人的每段记忆都是在不同时间和地点开始,也许就彼此错过,没有了交集,因此,生活中不能强求人与人之间的缘分,更多的缘分是一种偶然,只存在记忆中。

随后在 2012 年和 2014 年阿莉·史密斯相继出版了两部长篇小说《艺想》和《如何双全》。从 2016 年她陆续出版了季节四部曲中的三部。2016 年的《秋》是四部曲的第一部,曾入围英国布克奖和 2017 年戈登·伯恩奖,被评委认为是"富有同情心,滑稽且令人愉快的"。《秋》是关于英国历史以及英国脱欧后的社会状况的小说,被很多学者以及《金融时报》称为是第一本关于英国脱欧的小说。

小说的背景是英国处在脱欧的动荡时期,老人丹尼尔与午轻女子伊丽莎白之间产生了超乎寻常的友谊。丹尼尔已经 101 岁了,住在临终关怀中心,终日昏睡;而伊丽莎白才 32 岁,在一所并不知名的大学里讲授艺术史。她经常去探望、陪伴丹尼尔,并且给他读书。伊丽莎白小时候就认识丹尼尔,他是一位风趣幽默而又知识渊博的人,照顾、陪伴了童年的伊丽莎白,可以说是她人生的导师,他们之间的谈话从语言、艺术到生活、书籍等方面给了伊丽莎白很多的启迪。小说中的史密斯就如同一位温柔的导游,带着读者随着两人的谈话去领略艺术、历史、文学,甚至女权主义等的相关思想。

　　小说的开场白是一个如梦幻般的死亡,但是却巧妙地把丹尼尔与具有历史意义的、发生在前一年夏天的英国脱欧公投联系起来。阿莉·史密斯巧妙地运用意识流的写作风格将丹尼尔现在和过去的身体、情感状态做了对比,并且顺藤摸瓜地描述了伊丽莎白的成长历程。

　　这部作品所讨论的是在边缘化的世界中,我们以何种身份存在,以及存在的意义、什么是友谊等。史密斯在小说中借丹尼尔之口将个人的风格以及对时间的独特看法淋漓尽致地表达出来——"时间旅行是真实的,我们经常这样做"。小说整体结构并不紧凑,充满了意识流的流动特点,文字生动、幽默,具有想象力,运用了多种修辞手法,尤其是双关,这也体现了阿莉·史密斯独特的写作风格。而阿莉·史密斯是苏格兰裔的女作家,这也给读者提供了对历史进行反思的新视角,并且展示了英国作家是如何看待脱欧问题的。

　　2017 年出版的第二部是《冬》,改编自莎士比亚的《辛白林》,描述的是英国保守党上台时期的黑暗。2019 年又出版了第三部小说《春》,也是根据莎士比亚的戏剧《泰尔亲王佩力克里斯》进行改编的。其中的一位主人公布兰特妮·霍尔在一个负责将移民从英国驱逐出去的组织工作,而之前在史密斯的小说《纵横交错的世界》中,主人公之一的安娜也是就职于此。小说中的这个组织会将难民拘留起来,而在现实的英国社会中,也曾有过拘留难民的现象。阿莉·史密斯写道:"人们不知道被拘留是什么感受,他们只相信政府告诉他们的内容。人们不知道。你必须告诉他们真相。"

　　到目前为止阿莉·史密斯出版了 9 部长篇小说和 55 部短篇小说,基本每两年就会有一部作品出版,而且每一部作品都受到读者的欢迎和好评。小说中丰富的语言、出乎意料的情节、设计精妙的巧合以及多变的叙事视角都深深地吸引着读者。她突破传统小说中的性别观念和地位,赋予作品中人物以各种情感,耐人寻味而又内涵丰富的主题都是她小说的灵魂所在。因为其多部作品都使用了意识流的手法,也常常被称为"最具天赋的弗吉尼亚·伍尔夫的继承者"。

　　英国著名女作家,A. S. 拜厄特评论她"才华横溢,幽默感人,她对日常语言的非凡运用是她的成功之处"。小说家塞巴斯蒂安·巴里说,她可能是"苏格兰的候补诺贝尔奖得主"。

　　阿莉·史密斯从发表第一部作品以来就成为国内外学术界研究的热门,并且受到了一致好评。1996 年,凯西·梅奇从女性主义的角度在其著作《暧昧话语:女性主义叙事学与英国女性作家》中解读了阿莉·史密斯的作品;菲利普·尤恩在《当代英国小说》中将阿莉·史密斯评价为英国当代具有影响力的作家之一,并且以她的苏格兰背景为切入点,从移民作家身份建构与认同的角度研究她的作品;威廉姆斯·柯斯蒂在《一个不同的自然:杰基·凯与阿莉·史密斯小说》中将2006年以前阿莉·史密斯出版的作品进行了系统的介绍,关注小说中的同性恋主题和道德意识,体现了史密斯准确地把握了性别开放的秩序;劳拉·玛利亚从后现代主义角度在其《跨越一个世纪:女性短篇小说从弗吉尼亚·伍尔夫到阿莉·史密斯》一书中解读了阿莉·史密斯的短篇小说,从作家的出身、女性角度和写作技巧等方面分析比较了伍尔夫、史密斯等女性作家;加比·莱斯在《重要作家指南:聚集阿莉·史密斯包括史密斯的教育背景、最畅销小说的分析、奖项和提名等》中通过关注不同的研究重点和不同的批评方法,以阿莉·史密斯小说研究的论文、著作和访谈为基础,使读者进一步理解和研究其作品;莫妮卡·热尔马纳和艾米丽·霍顿共同编写的《阿莉·史密斯》一书中收录了阿莉·史密斯全部的作品,是世界上第一本综合性研究阿莉·史密斯作品的评价指南,将各种评论阿莉·史密斯的观点都收纳进来,既有关于性别概念的,也有关于语言文字和社会哲理的。此外,还有一些研究者对阿莉·史密斯的某一部作品进行了研读,如莫妮卡与艾米丽·霍顿合著的《阿莉·史密斯:当代批判视角》、马丁·赖尔的《阿莉·史密斯＜意外＞》和菲奥娜·多伦汗的《阿莉·史密斯＜女孩遇见男孩＞中的变质书写》。

阿莉·史密斯的知名度随着她作品的出版也在不断提升,越来越多的国外学者开始关注并研究她的作品,主要是以论文和评论性的文章为主。分析已经发表了的这些评论性文章可以发现,这些学者主要是从以下几方面进行研究的。

第一,叙事伦理和主题。阿莉·史密斯的多部作品都触碰了同性恋和创伤心理等人们一直避免谈论的伦理禁忌问题,所以其中一个研究的热点就是讨论其作品中的人物的伦理道德观。嘉玛·洛佩兹的《阿莉·史密斯＜饭店世界＞的创伤》和埃米莉·霍恩(的《阿莉·史密斯小说＜意外＞中的创伤和幻想》都是选择了阿莉·史密斯的某一部小说,利用弗洛伊德的心理分析等方法从创伤的角度解读小说中几位边缘女性的生活状态和生存状况。莫妮卡·杰曼关注了小说中"魂灵",并认为魂灵可能是在以女性为主题的作品中一种独特的表达欲望的方式。

第二,男女平等和女性主义叙事。阿莉·史密斯小说的主人公大多是女性,他们期望在工作和生活中都能拥有和男性一样的权利和自由。

第三,生态学和叙事学结合。贾丝廷·科斯诺斯卡在其文章中从生态诗学的角度充分阐述了《饭店世界》和《迷》。

第四,身份构建与身份认同的研究。阿莉·史密斯从来不避讳自己的苏格兰背景,在作品中也涉及了移民问题。卡拉罗·德里格兹从她作品中人物的移民身份角度进行了分析研究,发表了《阿莉·史密斯小说＜相像＞中的英格兰与苏格兰冲突书写》。

第五,叙事技巧的分析。很多国外学者选择从叙事学的角度研究解读阿莉·史密斯的作品。如:贾丝廷·科斯诺斯卡对《饭店世界》中的共生叙事空间。玛丽·霍根从当代资本主义的价值观和本质的角度,分析了小说中的"金钱叙事"。爱玛·史密斯则对小说中的"集体叙述"进行分析,认为阿莉·史密斯小说中所体现的叙述声音是"民主的声音",她重新分配了小说中的叙述权威。作为后现代主义作家的代表,她在创作风格和写作技巧上敢于创新和突破,读者从她的作品中可以感受到后现代主义的风格,而且会让读者意犹未尽,被她独特的叙事技巧所吸引、所触动。

阿莉·史密斯的作品在文学评论界受到广泛赞誉,逐渐地国内学者也开始对史密斯及其作品进行了研究。截至2019年2月,在中国知网上搜索到关于阿莉·史密斯的论文一共18篇,其中硕士论文8篇,期刊论文10篇。

文本研究主要是针对她的《饭店世界》《迷》《纵横交错的世界》《女孩遇见男孩》和《秋》。

2007年在《外国文学》上邱瑾发表的《英国当代作家阿莉·史密斯》是我国第一篇对阿莉·史密斯及其作品进行介绍与评论的文章,主要关于史密斯的个人生平以及《饭店世界》和《迷》的主要内容和写作特点的研究,邱瑾认为《饭店世界》具有丰富并厚重的主题,既对当代女性的生存状况和内心状态进行描写,也涉及了关于生死、爱情等永恒的主题,但是其中的叙事实验技巧略显生硬。《迷》是阿莉·史密斯创作的真正意义上的长篇小说,文章穿插借用了访谈、电影、十四行诗等多种形式,将散乱的、偶然的经验与本质性的真理不断交织,让读者不由自主地跟着作者读下去。还对阿莉·史密斯的短篇小说进行了简要的介绍,并翻译了其短篇小说集《完整的故事》中的短篇小说《快了》。邱瑾认为,阿莉·史密斯是一个神秘坦诚、淡泊勤奋的作家,值得期待并且令读者充满期待。

瞿世镜、任一鸣在2008年出版的《当代英国文学史》"青年作家"一章中详细介绍了阿莉·史密斯及其作品,并高度评价了她的作品。主要介绍了短篇小说集《自由的爱及其他故事》和《完整故事和其他故事》,认为女性之间的爱情关系是阿莉·史密斯在她的短篇小说中重点表现的主题,史密斯试图通过那些短篇小说中形形色色的爱情故事来传达她对"爱"的理解,那就是爱是自由的,它不受年龄、性别和环境的限制。还着重介绍了她的长篇小说《饭店世界》的主要内容和写作特点,通过设置悬念,吸引读者,调动读者的想象力,又进行着语言游戏,化解文本中死亡的那种沉痛,让人心怀希冀。文中介绍的另外一本小说《迷》从意识流的角度进行了分析,并且从叙事视角方面提出了一个阿莉·史密斯在这本小说中所采用的独特之处。《迷》的叙事声音来自一个孩子,阿莉·史密斯以儿童的视角作为叙事角度来进行成人世界的叙事,是对权威传统叙事的极大挑战。这种叙述既不能把成人的思想和观念强加给孩子,也不能一味地按照儿童的语言和思考能力使文章显得特别的幼稚。这是目前国内唯一一篇评述阿莉·史密斯写作特点的文章,从而说明她在小说写作技巧上既吸取传统的创作手法,也糅合了后现代创作手法。因此,阿莉·史密斯的小说技巧给读者留下的感觉是似曾相识,但又不乏新意。

从2013年至今对阿莉·史密斯的研究逐渐增多,其中大连外国语学院的刘晓辉教授发表了共四篇文章,都是关于阿莉·史密斯作品的研究成果,主要是《迷》和《女孩遇见男孩》。

2017年郝玉梅在《河西学院学报》上发表了《阿莉·史密斯短篇小说初探》,这是我国目前唯一一篇分析阿莉·史密斯短篇小说的文章。文章分析了她的短篇小说的独特性:从故事中的故事、关于故事的故事、打破框架等元小说叙事策略,从第二人称的叙事视角、古怪的标题、独特的叙事技巧等来讲述充满复杂性和连续性的生活,向读者展示了短篇小说特有的魅力。

还有信征2019年在《语言教育》上发表的《女性心里的独特再现——阿莉·史密斯<饭店世界>的"叙述声音"与性别政治》一文中首次运用苏珊·蓝瑟的"女性叙述声音"理论逐个解析作品中的人物。

2018年和2019年有四篇硕士论文都是关于《秋》翻译的过程和对史密斯作品中语言文字的剖析。因此目前国内学者主要是从作品主题、叙事艺术以及跨学科等方面分析和研究阿莉·史密斯及其作品。

第一,研究作品的主题。叙事主题的多样性是阿莉·史密斯作品的一个重要特点,国内学者大多从性别和爱情问题两方面研究小说文本,如《阿莉·史密斯<女孩遇见男孩>中的性别解码》,运用德里达的性别机构论和朱迪斯·巴特勒的性别理论分析阿莉·史密斯的小说《女孩遇见男孩》,提出了在男性和女性之间还存在着"灰色地带",并且在世界上并不是只存在男性和女性两种性别,这也阐释了阿莉·史密斯对占主导地位的异性恋和性别二元论提出了质疑。

《神话改写与性别重构——阿莉·史密斯<女孩遇见男孩>的性别研究》中刘晓晖对史密斯作品中的同性恋话题进行研究。依旧根据巴特勒的性别理论,围绕异性恋矩阵、性别排斥机制、性别认可等概念分析《女孩遇见男孩》中同性恋、性别流动和跨性别形象。通过改写深化原有的神话,对传统的性别界限进行了突破,认为传统的性秩序存在着不稳定的特征。小说中对多样的性别气质和性别的细致描写,表达了要拓宽性别和建立一个开放的性别秩序。

第二,叙事学角度的研究。国内目前从叙事技巧的角度对阿莉·史密斯的作品进行分析的有两篇硕士论文:一篇是陆若溪2013年在其硕士论文《阿莉·史密斯小说＜若不是……＞中的叙事实验》中研究阿莉·史密斯的小说《纵横交错的世界》的叙事手法，认为这部小说所具有的实验技巧要远远超过《饭店世界》和《迷》，将具有个人特色的文学实验带进了另一种境界。论文分析了在这部小说中史密斯所使用的叙事技巧，包括角色塑造、打破情节线性发展、时空转换、视角转换以及拼贴、戏仿和蒙太奇等特点，以此来证明阿莉·史密斯的作品具有实验性质。另外一篇硕士论文是张秋芳 2014 年发表的《＜倘若……＞的语言艺术—文学文体学视角》展现出史密斯小说独特的语言和成熟精妙的叙事技巧。上海交通大学的信征发表的《女性心里的独特再现——阿莉·史密斯＜饭店世界＞的"叙述声音"与性别政治》中，以苏珊·蓝瑟的"女性叙述声音"理论为基础，逐一解析个人型叙述声音、作者型叙述声音和集体型叙述声音等三种叙述声音与性别政治的关联，试图由此洞悉小说中边缘女性饱受压迫的生存状态和内心世界。三种叙事声音协同合作，旨在帮助构建女性权威，颠覆异性恋霸权以及削弱男性权威，实现了叙述声音和女性主义意识形态的有机结合。2019 年张萌的《小说＜迷＞虚构性解读》从虚构性的角度对小说《迷》的叙事手法进行分析和解读，认为后现代的风格深深地影响了阿莉·史密斯的写作，作品中故意对叙述者身份的暴露，在小说中毫不避讳地发出自己的声音，并且将意识流、拼贴等叙述方法灵活地应用在小说中。

第三，艺术手法研究。阿莉·史密斯被称为实验小说家，是因为各种各样的可能性充斥着她的小说文本，读者可以从各个角度对作品进行解读。刘晓晖 2015 年发表的文章《走不出的迷宫——阿莉·史密斯小说＜迷＞中的空间审美架构》对《迷》这部小说的空间特点和写作叙事技巧进行了分析。这部小说的文本空间好像是一座迷宫，充斥着各种各样的可能性，体现了她特有的的空间架构模式。阿莉·史密斯的这种特别的空间艺术，看似一团混乱，但是却乱中有序，彻底打破了传统文字叙述的线性定律。2018 年周姝彤和刘晓晖发表的《迷失的在场与实存的缺席——阿莉·史密斯＜纵横交错的世界＞》结合哲学"在场""不在场"理论解读作品，从不在场的在场性、在场的不在场性和二者的生存困境三个维度展示现代人在后现代场域中的生存困境，揭示人存在的模糊性，表现史密斯对后现代视野下人类生存状态的深切关注。

第四，跨学科研究。文学也是艺术的一种形式，与艺术的其他领域是相互融通的。比如和电影学相结合，研究其作品中涉及的与电影相关的信息。刘晓辉分析了《迷》中阿莉·史密斯是利用电影空间、影像幻化和摄像镜头等手段阐释影像、幻象和人生的技巧，从而使这部小说具有新奇的质感。从电影空间角度引导读者从影视角度进行思考。这种电影元素的应用大大激发了读者的想象，增强小说的神秘色彩，创造了复杂多变的小说艺术。2014 年刘晓晖发表了《空缺的世界——

走进阿莉·史密斯的＜饭店世界＞》对文本的空缺本质进行分析,证明阿莉·史密斯的小说文本是开放的、无限的。硕士论文《阿莉·史密斯长篇小说中的"空缺"艺术》利用"空缺"这一美学策略分析她的三部作品《饭店世界》《纵横交错的世界》《迷》。认为这三部小说都运用了空缺理论,充满浓厚的实验性质,情节充满巧合与意外,视角不断变化,结构开放,折射出艺术的"空缺"美,让读者感受"空缺"带来的永恒魅力。另一篇硕士论文《此彼之间——幽灵学视阈下阿莉·史密斯＜纵横交错的世界＞中界限的消失》中分析了《纵横交错的世界》幽灵色彩,认为这是史密斯不断践行其创作信条的表现,在她的多部作品中都有幽灵的出现。以雅克·德里达的幽灵学作为理论研究基础,从现在和过去、缺席和在场、真实和虚拟三个方面讨论《纵横交错的世界》中界限的消失,目的是引发对人类生存困境的反思。史密斯在《纵横交错的世界》中精心构建了一个幽灵幻影般的世界,消解了传统二元论对清晰界限的崇拜,揭示出当代人类的生存窘境,进而以全新的目光关注现代人的精神状态。

第二节　《饭店世界》中的空间叙事

《饭店世界》是阿莉·史密斯于 2001 年继《相像》之后创作的第二部长篇小说,入选了"21 世纪年度最佳外国小说",是一部讲述生、死、爱的小说。

小说围绕着萨拉之死讲述了五个女人在环球饭店的故事:环球饭店的接待员丽莎、离家出走成为乞丐的爱尔诗、为写宣传环球饭店文稿来到酒店的记者佩妮、调查姐姐死亡真相的克莱尔还有不慎在饭店摔死的幽灵萨拉。

《饭店世界》的叙事框架很是独特,小说的 6 个部分是相互独立的,这些独立的部分有各自不同的主题和主人公,他们讲述不同的故事,就好像是一篇篇短篇小说,但是阿莉·史密斯巧妙地在这些独立的部分之间建立了联系,让小说成为一个完美的整体。

小说开始于幽灵萨拉的第一人称独白,一连串没有标点的句子把读者带入一个陌生的世界,一个随着升降机急速下降的世界,心情极度紧张,半秒钟的时间经历了从生到死。萨拉的幽灵在第一部分讲述了她死亡的经过,讲述了她对曾经生活的那个世界的留恋,她看到了自己的葬礼、父母和妹妹,又讲述了她心中怕别人以异样的眼光看待的爱情。阿莉·史密斯把萨拉的幽灵和肉体的对话写得十分精彩,似梦似真,现实世界中的一切,都通过幽灵之口讲述出来。

整本小说就好像五个女人在自说自话,没有连贯的情节,只有不断变化的内容、变化的场景和聚焦的人物。阿莉·史密斯灵活地运用不同概念上的空间距离，突出作品中人物的心理空间与事件的物理空间的关系；不同人物的意识流动、人物之间的心理空间关系，表达人物对客观世界的认知局限性和对流动性的认识，从而说明通过时间和空间才能使人类真正认识外界。加布里尔·佐伦在《走向叙事空间理论》一文中创造性地提出了叙事空间的三个层次：地志空间、社会空间和文本空间。在《饭店世界》这部小说中，阿莉·史密斯通过空间叙事艺术完美地诠释了小说的主题。

小说的地志空间是通过不同地志空间的并列和对比揭示人物价值观念之间的矛盾与差异，从而展现出人物的生活状态和心理世界。环球饭店作为公共空间，是整个故事发生的重要地点，在这本小说中是最重要的空间整体。而因为环球饭店在世界各地都有分店，所以它本身就象征着资本主义对人性的压迫，并且作为小说中的核心建筑，五位主人公的故事都是围绕着饭店而展开。

从物理空间的角度来说，环球饭店拥有悠久的历史，二百多年前它只不过是仆人们的住所，后来成为妓女、穷困潦倒的那些女孩们的避难营。随着全球经济的发展，这个饭店成为体现资本主义的法则，是只有富有的人才能居住的旅馆。史密斯描述饭店的外观令人印象深刻："外面的灯都点亮了；整个饭店正面安装的向上照射的灯光把饭店衬托得富丽堂皇又有几分怪异。"

但是这样历史悠久的饭店，它的设施却是华而不实的，水龙头里面流出的是黄而生锈的水，房间的天花板也需要重新修饰了，墙上也留着很多刮痕，房间的地毯都污点斑斑。正是其内外的差异性，显示出环球饭店本身就是自相矛盾的存在，反映了资本主义社会的伪善和虚伪。就如同它的名字所暗示的那样，环球饭店是遍布全球的，世界各地都有它的分店，但是所有分店的外部设计，包括饭店的大堂都是一模一样的，并没有添加地方特色。

环球饭店作为资本主义的缩影，谋取利益是它的主要目的，而且它的管理体制也反映了资本主义对个人，尤其是劳动阶层的控制和影响。加斯东·巴什拉认为房间具有特殊的空间含义，是一个人能够独处的私密场所。阿莉·史密斯在这本小说中描述了各种各样的房间，包括饭店的房间、丽莎的卧室和萨拉的卧室，这些不同的卧室展现了人物的性格特征和心理矛盾。

小说中的人物和饭店的各个房间都有着彼此的联系，饭店的员工可以进入任何一个房间。萨拉在饭店工作的第二个晚上和邓肯溜到了一个空房间，坐在床上吃着客人留下的食物。而萨拉突如其来的死亡对邓肯的生活产生了巨大的影响，他对萨拉的死亡十分自责，所以他的性格发生了巨大的变化。在萨拉死前，邓肯是一位有趣又有魅力的，但是在这场事故之后，他的心理世界崩溃了，不再喜欢和其他人交流,被安排在了仓库,迫不得已时才走出来。

就是在这样一个堆满了各种架子和物品的小房间里,邓肯的内心充满罪恶感,而他在努力地让自己摆脱这种感觉。当他意识到萨拉的妹妹克莱尔在顶楼弄得一团糟的时候,他愿意走出房间帮助克莱尔修补那面墙;当他知道克莱尔要离开的时候,他跟在后面并且给了他曾向萨拉借的五英镑。邓肯对萨拉妹妹的态度表明他的自省和痛苦。

在小说中,城市和乡村之间强烈的对比表现了社会各个阶层之间社会等级的悬殊和价值观的冲突。就像佐伦指出的,城市和乡村之间的关系就好像是中央空间和外围空间之间的关系,也就是说,环球饭店的位置是在城市的中央空间,而城市的郊区就如同外围空间。很明显,城市的未知地带就是传统和现代的结合,因为城市里充满了“中世纪的建筑物和标志着现代发展的中世纪污水管道”。

这种中世纪的建筑物代表了受传统影响的居民,而商业的发展推动他们加快了现代化发展的步伐,所以城市当中存在传统和现代的不间断的冲突,对城市居民产生了巨大的影响。众所周知,生活在城市的人总是急匆匆的上班,不停地接打电话,他们忙得只会在意那些给他们带来利益的事情,资本主义社会的生活让城市的人们对自然世界的美已经毫无知觉了,这些人只会将一切事物同物质利益联系起来。而城市的郊区则体现了与城市不同的风景,两种截然不同的地方景色展示了人们的社会观和道德观的差异性以及矛盾。

佩妮和爱尔诗所住过的郊区被认为是城市最糟糕的地方,是被富人们必然忽略的地方。住在郊区的人们每天生活在带花园的小房子里过着平静的生活,从日常生活中获取快乐,并和家人们分享彼此的生活。而说到房子,这些人也并不十分关注房子的装饰,很多房子里都摆着过时的家具,毫无价值的旧物堆满了房间;但是对于生活在郊区的人们来说,他们满足于这种简单的生活。城市和郊区风景的对比折射出两个地方人们生活的不同之处。

亨利·列斐伏尔在《空间的产生》一书中将空间分析与符号学、身体理论以及日常生活结合在一起,把社会批判理论从空间维度带回社会维度,从空间视角重新审视社会。在列斐伏尔看来,每一种社会形态都生产自己的社会空间,社会关系不是空洞的抽象,而是一种具体的空间存在,它们将自身投射在空间里,与此同时它们又生产着空间。

在这本小说中,社会空间通过社会等级制度对个人进行残酷压迫,展现女性对父权社会的反抗,以及女性在空间中的边缘性和男女之间不平等的社会地位。随着资本主义社会的发展,跨国公司、银行和其他商业组织遍布全球,小说中的环球饭店就是一种国际性的酒店连锁,在全球的很多地方都设有分店,它的产生和发展即是资本主义的产生和发展,被认为是资本主义上层社会及统治阶级的典型代表。

饭店的标语是"我们认为世界属于你",将"顾客至上"作为座右铭,而这样管理的目的就是为了获取利益。正如小说中所描述的,饭店的大多数物品对于顾客来说并不是可以免费使用的,顾客只有花钱才能看付费频道。饭店只注重外部形象的装修,而不改善其内部设施和条件;而饭店让佩妮前来是为了写一篇赞扬其优质服务的文章,目的是欺骗人们选择此处来住宿。

社会空间在《饭店世界》这部小说中的人物关系上起着重要的作用,而生活在资本主义社会中的五个女性人物是受资本家控制的。无家可归的女孩爱尔诗是底层阶级的代表,她每天所坐的地方就像是一个垃圾堆,周围的破破烂烂的东西是她所有的财产。每当人们从她身边走过的时候,他们都假装没有看见她,就好像她是一个透明人。

有一个女人告诉爱尔诗她有资格参加警方的咨询服务,而且咨询是免费的,如果太穷就不用交钱了。但是讽刺的是,有时会有一些警察要求爱尔诗离开街头,甚至威胁她如果不带着她的东西离开,就把她的东西都扔进垃圾箱。事实上,环球饭店外面流浪的人逐渐增多,而且大多是年轻人,从酒鬼、中年疯女人到年轻的女孩,这就意味着社会上越来越多的年轻人陷入了谋生的危机,他们无法抵抗社会的种种诱惑,这也是资本主义社会发展、贫富差距不断扩大的必然结果。

爱尔诗曾经也是一个生活在幸福家庭的天真小女孩,每天穿着她妈妈精心给她缝制的衣服。她的过去和现在形成了强烈的对比,就像小说中所描述的那样,很多像爱尔诗这样无家可归的人甚至还会吸食毒品。这就表明在资本主义社会中,底层的穷人更容易堕落,并且一点也不关注所谓的社会道德。

小说中除了包含社会等级制度的差别外,另一个就是性别之间的关系。在男性主宰的社会中,男性和女性的关系体现了社会关系中的二元对立结构;大多数情况下,所说的自我指代的都是男性,而她者才指代的是女性。

所以,这部小说中的女性人物就暴露在了男性所支配的不公平空间之中,也是男性对女性的一种殖民化。在男性话语社会中,异性恋是主流,同性恋被认为是怪异而受到歧视的。当萨拉意识到她对钟表店的女孩一见钟情的时候,她迷失了,不知道怎么办。起初,她的心里充满了快乐、幸福和迷惘,她清楚地知道如果她告诉其他人她爱上了一个女孩,就会被当成一个怪物。她甚至认为她爱上一个女孩的行为就如同在户外泳池边,当着所有人的面脱光了衣服。在看到钟表店女孩第一眼之后,萨拉便不断地出现在钟表店外面,只是站在外面盯着自己的脚,连续三周,她都是这样,但是从来没有和女孩说过一句话。她不知道如何表达她的爱慕,甚至没有勇气以更直接的方式表达她的感情。

最终,她把女孩给她的收据当作是一种爱情的象征藏在了自己卧室的一个秘密的地方。阿莉·史密斯通过对这些人物的描写,展现了当今社会异性恋的权威地位和女性的弱势,史密斯并没有对这些人物在作品中加以评论,只是将其客观地呈现给读者。讲述这些人物的时候他们代表的就是自己本身,是独立的个体。文本空间体现在小说中,是运用了变换的叙事人称以及错置时间这种叙事实验技巧,增加小说的文本空间感。在设置了开头的死亡悬念后,传统小说接下来就会讲述萨拉死亡的原因,但是阿莉·史密斯接下来却是描写其他三个与萨拉毫无关系的女性,从第三人称的角度进行讲述,描写了离家出走的流浪女爱尔诗、表面风光却内心寂寞难耐的记者佩妮、原本认真工作但却心理失衡的接待员丽莎。

而到第五部分关于萨拉的妹妹克莱尔的讲述又回到了第一人称,并且用了同样没有标点符号的文字,甚至还有用 & 连接的破碎的句子,来表现她对姐姐的懊悔和想念。小说叙述的人称和视角不断地发生变化,每部分既是独立的又是彼此相互联系的,人物的情感和意识也是交织在一起的。

第六部分又回到了全知视角,钟表店的女孩带着那块不知道顾客什么时候回来取的手表,等待着。小说的结尾重复了开篇的一句话,也是整本小说的精髓:"记住你必须活着,记住你心最爱。"

小说中不断切换的故事场景和变化的叙述视角,正如阿莉·史密斯自己所说的,"这本小说具有片段性和试验性的本质"。故事不是按照迷宫的走势而是通过一个旋转门徐徐展开,每个人内心都有一团乱糟糟的东西,但仍然有一条主线从过去到未来,整个叙事结构形散而实不散。阿莉·史密斯颠覆了传统的叙事结构手法,抛弃了传统的统一叙述视角,运用碎片化的叙事及拼贴的方式讲述了五个女人的不同经历,更有效地表达了作品的主题。

阿莉·史密斯在《饭店世界》中创造性地运用了空间叙事技巧,让读者更好地理解作品中所包含的主题,生与死的分离,爱情和社会的本质。作家为读者提供了新颖清晰的视野,让读者在阅读小说的同时,随着人物的意识流动,跟随作者的叙事节奏和叙事视角,感受到阿莉·史密斯作为实验小说家的独特艺术魅力。她的这种不拘泥于传统小说的叙事模式,通过空间转换推进小说情节的发展,读者似乎和人物合二为一,体验着书中人物的精神世界,感受着那种现代社会中人与人、人与社会之间的关系。作者就像一个向导一样带领读者在完全不同的世界畅游翱翔,同时也推动了当代小说的空间叙事技巧的发展。

第三节 《秋》中的意识流空间叙事

2017 年 9 月,阿莉·史密斯凭借四季小说之三的《秋》入围了英国布克奖短名单,被评委认为是"富有同情心,滑稽且令人愉快的",并且被《纽约时报》誉为"第一本伟大的脱欧小说"。小说完美地再现了英国社会的"分裂人格",作者以跳跃性的语言、奇妙的幻想,创造性地进行实验性的小说创作。

小说以英国公投脱欧为时代背景,由丹尼尔的梦境、伊丽莎白的回忆和公投后英国公民的生存现状三部分组成。从空间叙事学的角度分析阿莉·史密斯的叙事手法,可以引发读者对英国的政治形态、民众的生存状态和心理变化的一系列思考。

《秋》讲述的是英国大学艺术史教师伊丽莎白在少女时期与年长她许多的隔壁邻居丹尼尔的故事。丹尼尔年轻时是个艺术家,与 20 世纪 50 年代英国家喻户晓的政治丑闻模特克里斯汀·基勒是好朋友。岁月的沉淀使丹尼尔学识广博、见解独到,他从不把伊丽莎白当孩子看待,平等的相处模式使伊丽莎白更加喜欢和这位邻居交往,两人经常探讨艺术和人生问题。

小说以一桩真实的政治丑闻为背景,由丹尼尔濒死前的梦境和伊丽莎白回忆少女时期与丹尼尔的交往交叉构成文章的主体。不断变化的叙事人称和多重视角,向读者展现了英国民众在脱欧时期的生存状况和精神状况,以及引发读者思考的女性艺术家在这个时代背景下遇到的瓶颈问题。

阿莉·史密斯在《秋》这部作品中运用了意识流叙事的手法,整部作品就如同一部录像机在跟踪拍摄,让读者能够更深层次的感知人物的心理变化。在心理描写方面,意识流手法打乱叙事时间,碎片性地刻画人物的内心,而这种人物碎片性的心理活动和不可靠的叙述反而留给读者悬念、疑问和想象的空间。

意识流小说的作品经常会以象征或者暗示的方式,呈现作品中人物内心的微妙变化,继而表达一定的生活意义及人生价值。

《秋》在开篇第一章就为读者展现了一副阴郁的场景:"世间种种正在土崩瓦解。"这也预示着旧事物的消亡,新事物的来临。接着一个老头儿被海水冲到岸边,"他看上去就像个扎破的足球,缝合处也裂了",这里作者用比喻的修辞手法恰到好处地描绘了人到老年皮肤褶皱、身材干瘪的状态。这个老头儿就是小说的主人公之一——丹尼尔,此时的丹尼尔正躺在疗养院的病床上,他正处于昏迷状态,一个弥留之际的人,他的身体已经无法动弹,那么他的头脑里还有意识吗?阿莉·史密斯用细腻的笔触为我们展现了弥留之际的病人的精神状态。

每个人都想过这样一个问题:人死后是什么样子? 人的灵魂还存在吗? 它会离开躯体继续存在还是跟随躯体一起消失? 丹尼尔被海水冲到岸上,"赤条条的""脑袋动起来疼""老化的躯体",在梦境中,这些预示着丹尼尔已经死去,死去的丹尼尔并不喜欢这副老态的躯壳,因而又想返回阳间。

"他突然意识到今天的视力好得出奇",没戴眼镜的丹尼尔甚至能看到沙砾的棱角,这预示着他的新生。光着身子的丹尼尔偶然发现自己的身体重新回到年轻时代,而此时的他发现一个女孩就在身旁,为了遮羞,他溜进树林。在树林的映衬下,他的身材年轻而健美,让人联想到亚当,而这个女孩就像伊甸园中的夏娃,人类之初的场景跃然纸上。而这一切预示了丹尼尔又重新开始了生命的轮回——重生。

丹尼尔的梦诡异而复杂,作者以全知视角的叙事角度全方位地引领读者和丹尼尔一起经历了梦境中的悲伤、糟糕、恐怖、黑暗,而后又经历了美丽、光明、童话和希望。这也代表了过去与现在,理想与现实,危机与新生,错综复杂的叙述给人留下深刻的印象。

而另一个主人公伊丽莎白回忆了自己十几岁时与丹尼尔从最初的相识到相知。尽管伊丽莎白和丹尼尔相差将近二十岁,但在这个十几岁的小女孩看来,丹尼尔并不老,因为她在电视上看到的那些老人们像被困在橡皮面具里一样,而这个面具不只是面部的面具,而是把人从头裹到脚的。丹尼尔却与这些人一点都不一样,在伊丽莎白的心中,丹尼尔能够了解她的想法并且能够放下长辈高高在上的姿态以平等的身份与她探讨艺术和人生,他并不是长辈而是生活中的良师益友。

这种人物的意识渗透在作品的各个层面,关联了作品的结构,使人物的形象既明确完整,又是碎片化的,这些意识混合在一起,在现实和梦境中交替出现,时间颠倒,空间重叠成为作品的一大特色。通过人物对外部世界的印象和记忆深处的潜意识,他们摆脱了传统物理时间的限制,从而在回忆和现实中不断穿梭,作者将伊丽莎白的内心世界直观地展现在读者眼前,让人们更加深刻地体会这段令人难忘的忘年之交。

《秋》这部小说创作的时代背景是 2016 年英国退出欧盟公投,因此小说的后半部分涉及的短暂的现实就是描绘英国民众对投票结果的态度以及反应。阿莉·史密斯使用了碎片化的场景变换带领读者感知民众的心声。

小说中,阿莉·史密斯选取邮政总局这个空间,描绘了伊丽莎白办护照的经历。对于这个空间的选择,作者别具匠心。将旧护照换成新护照预示着公民等待身份的重新确认,脱欧后的英国,民众的身份和利益又会有哪些变化? 这一切都是未知,等待确定。在办护照的过程中,卡夫卡式的情节极具荒诞性,比如柜员对伊丽莎白名字拼写的质疑、用皮尺量照片,说伊丽莎白的脸尺寸不对,这些人物行为显然违反常理与理性。邮政总局大厅里气氛沉闷,柜员态度冷漠,言语晦涩难懂、充满矛盾,让读者感到政府公职人员的扭曲心理。这一切看似荒诞,实则突出生活在社会底层的小人物对世界的惶恐不安和迷茫,而伊丽莎白在遭受不公的对待后既无力反抗,也不敢反抗。

邮政总局的选取只是突出个体在英国公投后生活状态的一个缩影,接下来阿莉·史密斯选取了一个更为广阔的空间——村子来描绘广大民众的生活状态。为了迎接暑期节庆的到来,商业大街挂满了彩旗,而它们却映衬着危机四伏的天空。彩旗在风中互相拍打,动静响彻大街,突出了民众对公投这件事并没有显露出半点高兴庆祝的样子,相反村子里的商业街死气沉沉,街上的静映衬了人们心情的沉重。英国政府将脱欧这样的大事交给公民投票,而民众对脱欧这件事的利弊全然不知,对即将的脱欧也是表现出悲伤和无可奈何的情绪。

在《秋》这部作品中,阿莉·史密斯运用了空间叙事学,通过空间场景的跳跃性与情节发展相结合,让读者感受到史密斯独特灵巧的空间叙事方式。通过对《秋》中空间叙事学的探讨来剖析作品的意义,从意识流和空间场景的转换来看这部作品的叙事艺术,可以看出这部小说在主题思想的表达和艺术技巧上的成功都与空间叙事的多种方式有着密切的关系,可以说空间叙事艺术是《秋》具有很高研究价值的重要因素之一。

第四节　阿莉·史密斯
对 20 世纪英国实验小说的影响

阿莉·史密斯作为一名实验派小说家,其作品的叙事结构、叙事视角等方面都突破了传统叙事,形成了自己独特的写作风格,并且可以将她自身的背景与叙事学相结合对其作品进行研究,比如将女性身份和叙事学相结合,从女性实验小说的角度对其进行研究,探究其作品中的"女性气质"。这种大胆的叙事技巧的尝试不仅体现了她对传统文学和叙事方式的挑战,也体现了她作品的重要特征,既是对父权主义社会结构的反抗,也是对女性主义的一种鼓舞,从而对她作品的理解更加深刻。

在作品中,阿莉·史密斯还使用了意识流的方法颠覆传统叙事,打破传统叙事的框架,这在英国文学界的叙事技巧方面具有极其重要的影响力。阿莉·史密斯采用了实验主义的写作手法并结合了现实主义叙述、意识流、黑色幽默,这是英国小说近年来最有特色的写作方式,调和了现代主义的形式实验和叙述方法之间的矛盾,而阿莉·史密斯在这方面是一位极具代表性的作家。

阿莉·史密斯的叙事策略颠覆了传统的叙事方法。而叙事学是文学批评理论中比较重要的一个方面,是以小说为研究对象的叙事文学理论,主要研究作品中的人物角色特点、特殊的叙事视角、叙事方式和结构等。从这些角度对作品进行分析,既能够更好地理解作品的内涵,又能够解析到作家的写作特点。

左拉在《实验小说论》中认为"实验小说"实际上是"小说的实验",是对小说的创作观念、叙事方式、审美追求等方面所进行的一系列试验和更新,不同于以往文学传统的写作方法本身就是一种实验。

阿莉·史密斯以其独特的叙事技巧被评论界归为实验小说家。"实验主义"侧重于强调小说的虚构性,强调研究小说本身的形式结构,挖掘其象征主义的潜在内容。虽然每一位实验派作家的风格各不相同,但是他们都尝试突破或者扬弃18世纪至19世纪的现实主义传统,变革小说的形式结构和表现手段。他们的作品可能并不反映重大社会政治问题,只注重表达人物的自我本质和小说的美学意义。实验派作家在表现手法上,不同程度的都会忽视故事情节、人物塑造、客观描绘的倾向,而重视挖掘人物内心世界、披露潜意识本能和主观感受。实验派小说家认为,新颖的叙事结构和灵活的叙事技巧比思维的逻辑性、时间的顺序性、文字的清晰性更为重要。

20世纪出现的女性实验小说,既是推翻传统文学模式,又是对父权社会结构进行的反抗。女性主义实验小说在艺术和思想上与女权主义文学是一致的,都是突出体现女性的地位和特点,对传统的时间观念进行否定,并且对人的主观世界进行新的研究探索,使读者体会作品的多样性和模糊性,关注女性叙述的主观性。阿莉·史密斯的小说基本都是以女性为叙述主体的,是对女性的维护,为同性恋这种边缘群体发声。

阿莉·史密斯小说中所采用的叙事实验既颠覆了传统的叙事模式,又不断改变叙事视角、叙事人称,多种叙事实验技巧的应用在她的所有作品中都有体现。总之,阿莉·史密斯小说中的叙事技巧体现在以下几个方面。

第一,她推翻了传统的叙事形式,将实验技巧应用在人物刻画、故事的讲述和小说的故事元素上。第二,阿莉·史密斯打破了线性叙事的方式,包括事件的不连贯性、偶然事件的插入和破碎的情节。第三,小说中传统的时间和空间的叙事方式被打破并且重新构建。

阿莉·史密斯成功地打破了小说传统的叙事方式,采用叙事实验的技巧,此外她还采用了很多其他的叙事技巧,如拼接、独白、情节的插入和不同题材的融合。与此同时,实验派小说的语言也在进行着实验,就如同语言和文字的游戏,小说中的不可靠叙述者也是她文本的一个重要特点。

参 考 文 献

[1] 巴赫金.陀思妥耶夫斯基诗学问题[M].白春仁,顾亚玲,译.北京:生活·读书·新知三联书店,1988.

[2] 史密斯.酒店世界[M].刘桥,译.北京:人民文学出版社,2002.

[3] 史密斯.纵横交错的世界[M].蔡斌,译.南京:译林出版社,2015.

[4] 史密斯.迷[M].宋伟航,译.南京:译林出版社,2012.

[5] 史密斯.秋[M].王晓英,译.浙江:浙江文艺出版社,2019.

[6] 朱立元.当代西方文艺理论[M].上海:华东师范大学出版社,2018.

[7] 瞿世镜,任一鸣.当代英国小说史[M].上海:上海译文出版社,2008.

[8] 尤迪勇,空间叙事学[M].上海:上海师范大学,2008.

[9] 胡亚敏.叙事学[M].武汉:华中师范大学出版社,2004.

[10] 兰瑟.虚构的权威:女性作家与叙述声音[M].黄必康,译.北京:北京大学出版社,2002.

[11] 申丹,王丽亚.西方叙事学:经典与后经典[M].北京:北京大学出版社,2010.

[12] 巴赫金.文本·对话与人文[M].河北:河北教育出版社,1998.

[13] 程爱民.20世纪英美文学论稿[M].上海:上海外语教育出版社,2002.

[14] 阮炜.20世纪英国文学史[M].青岛:青岛出版社,1998.

[15] 米勒.解读叙事[M].申丹,译.北京:北京大学出版社,2002.

[16] 申丹,韩加明,王丽亚.英美小说叙事理论研究[M].北京:北京大学出版社,2005.

[17] 洛奇.小说的艺术[M].王俊岩,译.北京:中国社会科学出版社,1997.

[18] 王佐良,周珏良.英国21世纪文学史[M].北京:外语教学与研究出版社,1994.

[19] 邱瑾.英国当代作家阿莉·史密斯[J].外国文学,2007(4):20-25.

[20] 信征.女性心理的独特再现:阿莉·史密斯《饭店世界》的"叙述声音"与性别政治[J].语言教育,2019(8):78-84.

[21] 陆双祖.论《喧哗与骚动》的复调性叙事策略[J].文教资料,2013(26):8-9.

[22] 陈礼珍.当代西方认知叙事学研究的最新走向与远景展望[J].解放军外国语学院学报,2020(1):51-58.

[23] 郝玉梅. 阿莉·史密斯短篇小说初探[J]. 河西学院学报,2017(1):102-105.

[24] 姚晓蕾. 从叙事学角度分析"献给艾米丽的玫瑰"[J]. 哲学文史研究,2016 (7):53.

[25] 申丹,叙事学研究在中国与西方[J]. 外国文学研究,2005(4):110-113.

[26] 王守仁,谈后现代主义小说:兼评《美国后现代主义小说艺术论》和《英美后现代主义小说叙述结构研究》[J]. 外国文学评论,2003(3):142-148.

[27] 刘晓晖,王丽娟. 影像、幻象与人生:解读阿莉·史密斯小说中的电影情节[J]. 安徽文学,2015(6):19-21.

[28] 刘晓晖,李晖. 阿莉·史密斯《当女孩遇上男孩》中的性别解码[J]. 辽宁工程技术大学学报(社会科学版),2015,17(3):309-314.

[29] 李晖,刘晓晖. 神话改写与性别重构:阿莉·史密斯《女孩遇见男孩》的性别研究[J]. 长春理工大学学报(社会科学版),2016,29(3):131-134.

[30] 刘晓晖. 走不出的迷宫:阿莉·史密斯小说《迷》中的空间审美架构[J]. 长春理工大学学报(社会科学版),2015(7):135-139.

[31] 刘晓晖,曲义. 空缺的世界:走进阿莉·史密斯的《饭店世界》[J]. 天津外国语大学学报,2014(4):65-70.

[32] 尚必武. 性别·叙事性·语言学视角:露丝·佩奇的女性主义叙事理论评析[J]. 浙江工商大学学报,2013(5):10-17.

[33] 郑芳. 英美女性实验小说传统及其先验创作的特征[J]. 文学教育(下),2013 (5)58.

[34] 苏轶娜. 众声喧哗的对话世界:复调小说《卡拉马佐夫兄弟》的话语结构分析[J]. 邢台学院学报,2012(1):82-84.

[35] 陈雍. 阿城小说《孩子王》文本的音乐性阐释[J]. 参花(上),2014(9):158-159.

[36] 张玉洁,胡宗峰. 巴赫金视野下《秦腔》与《喧哗与骚动》复调特征研究[J]. 电影评介,2008(23):109.

[37] 于森,王琳娜,张浩.《饭店世界》的叙事策略分析[J]. 汉字文化,2020(4):82-83.

[38] 于森,张浩,陈敏达. 论《饭店世界》的复调性叙事策略[J]. 品味经典,2020 (2):6-7,32.

[39] 张浩,王琳娜. 论《饭店世界》的意识流分离叙事[J]. 边疆经济与文化,2020 (4):96-97.

[40] 王琳娜,张浩,肖成笑. 以叙事学的视角分析阿莉·史密斯的《秋》[J]. 现代交际,2020(6):95-96.

[41] 陆若溪.阿莉·史密斯小说《若不是……》中的叙事实验[D].重庆:四川外国语大学,2013.

[42] 张维维.阿莉·史密斯长篇小说中的"空缺"艺术[D].淮北:淮北师范大学,2018.

[43] 周姝彤.此彼之间:幽灵学视阈下阿莉·史密斯《纵横交错的世界》中界限的消失[D].大连:大连外国语大学.2019.

[44] 赵冠楠.阿莉·史密斯之《秋》(节选)翻译报告[D].开封:河南大学,2019.

[45] 崔珊珊.英汉文学翻译实践中的翻译转换现象讨论[D].北京:北京外国语大学,2018.

[46] TEW,PHILIP. The contemporary British novel[M]. London:Continuum,2007.

[47] GENETE G. Narrative discourse[M]. Oxford:Basil Blackwell,1980.

[48] GERMANA M,HORTON E,SMITH A,et al. Contemporary critical perspectives[M]. London:Bloomsbury,2013.

[49] GERMANA,MONICA. Ali Smith[M]. New York:Verso,2013.

[50] SMITH E. "A democracy of voice" narrating communityin ali smith's hotel world[J]. Contemporary Women's Writing,2010(2):81－99.

结　　语

从 20 世纪 80 年代开始,英国文学摆脱了战后一度出现的沉寂和萧条,呈现出生机勃勃的繁荣景象。这一时期文学的主流特征就是在后现代主义文学的广阔背景之下,产生了很多具有不同风格和有重要影响的文学思潮和流派,它们同时共存,相互影响,试图超越传统,因此构成了真正意义上的多元化文学倾向,而其中最为显著的就是实验小说。伴随着文学理论的发展以及各种文学思潮的影响,英国实验小说进行了如火如荼的写作探索,正是在这种动荡纷乱的大环境之下,实验小说的思潮得以蓬勃发展,丰富了英国文学。同时,作家用他们与众不同的文学思维方式创造了多元化的作品,使英国文学更具创造性。

现代小说始于福楼拜而完善于乔伊斯,他们都被认为是实验主义集大成者。然后随着时代的发展,乔伊斯时代对小说的实验已经不能满足读者的需求,于是以马丁·艾米斯为代表的实验小说家在后现代主义文学思潮的基础上,进一步推行实验主义,促进小说的创新发展和变革。虽然仍有一部分英国作家坚守现实主义创作传统,比如多丽丝·莱辛和玛格丽特·德拉布尔等,但是这些作家的中后期作品中都充分运用了实验小说的创作手法来表现新时代的特征。因此从某种意义上来说,没有人能够脱离时代的背景而独自发展,英国文学也是如此。对实验小说的叙事特点进行分析,便能够领会到实验小说的特征就是反传统,崇尚无拘无束的创作风格,对传统和现实进行挑战和抗议,实验小说的产生和发展是社会、政治、经济等发展的必然结果。不论英国小说以何种姿态和方式呈现,都是对新模式和新话语的诉求,是基于英国小说实验性发展的结果。实验小说的创作特点大致可以归纳为:现实与虚构的结合、历史与虚构的结合、神话与虚构的结合、科幻与虚构的结合等模式。其叙事的表现技巧也是多种多样的,如元小说、戏仿、互文、迷宫、黑色幽默等。因此,英国的实验小说是对传统小说形式和叙事模式的反思,其整体特征表现为不确定性、开放性以及多元性,并且这些特征还会与时俱进、不断发展和创新。

　　本书的写作目的不仅是介绍几位作家及其作品,而是要对这些具体的文学作品进行理论上的分析,借此来探讨实验小说的叙事特点以及英国小说的发展趋势。两次世界大战给英国带来了重创,沉重的福利开支和僵硬的计划经济使英国发展的步伐减慢,英国的小说家们也在反思战后的文化思潮和艺术丰碑,标新立异的实验主义发展缓慢。而随着社会经济的逐渐复苏,科技的进步,结构主义理论及其他文学理论的发展,小说家们对社会的现实问题更加关注,但是他们的作品不再像19世纪的现实小说家那样直接反映社会现实,而是运用更具实验性和想象力的方式揭露现实。因此,读者既能读到马丁·艾米斯的社会讽刺小说,也能发现朱利安·巴恩斯宏大历史叙事的分离;既能体会伊恩·麦克尤恩创伤叙事中反映的社会现实,也能感受到安妮塔·布鲁克纳和阿莉·史密斯的女性书写。

　　20世纪的英国小说可以说是既有丰富曲折的情节,也有情节淡化的作品。但是不论情节如何,这些小说都不再是单纯叙述故事,而是面对社会和人生的审视与感悟。当代的西方社会充斥着各种畸形扭曲的现象,促使人们痛定思痛地探究问题的根源。许多实验小说家都是大学教授或者是获得文学创作专业学位的学者,他们具有深厚的理论功底,擅长哲理思辨,他们往往能借助于一个简单或者复杂的故事阐明人生的真谛或者探索社会问题的症结,从而满足读者喜爱思索的需求。因此很多英国实验小说具有一种双层复合结构,读者阅读小说的时候不再是轻松地听别人讲故事,而是必须仔细、反复地推敲言外之意、弦外之音,这样才能把握住隐藏在表层含义之下的哲理内涵。

　　实验小说在英国文学史上走过了发展和繁荣时期,经过 B. S. 约翰逊、约翰·福尔斯、马丁·艾米斯等实验小说作家的努力,许多英国小说家都开始积极进行小说的创新,在坚持传统的现实主义的同时,大量采用实验主义的创作手法,并且还注意吸收欧美现代派实验主义的一些创作技巧,注重创作手法的创新,形成独树一帜的创作风格,使人们重拾对莎士比亚、狄更斯、乔伊斯等先辈的敬仰。实验小说的存在不仅是英国文学的自豪,更是欧美文学在英国的巨大成功,是世界性的跨文化相互影响的必然结果。通过阅读和分析英国20世纪具有代表性的实验小说,作者认为,实验主义的思想已经渗透到英国文学创作的方方面面,只有了解实验小说的叙事特征,才能够领会其深刻内涵。